WURDACK
BÜCHER FÜR LEUTE MIT FANTASIE

Science Fiction

FSC

Das Buch wurde auf FSC-zertifiziertem Papier gedruckt und leistet damit einen aktiven Beitrag zur nachhaltigen Bewirtschaftung der Wälder rund um den Globus.

www.wurdackverlag.de

Lektorat: André Piotrowski
Covergestaltung: Alexander Preuss

ISBN 978-3-95556-010-2

Dirk van den Boom

Eine Reise alter Helden

DIE NEUNTE EXPANSION

Carlisle klagte wieder über Druckstellen.

Lieutenant-Commander Thrax beugte sich nach vorne und inspizierte den Sitz, in dem der Navigator seit Jahren saß. Die blutigen Krusten des letzten Geschwürs waren recht gut abgeheilt, das fleckige Narbengewebe war das Beste, was man unter diesen Umständen erwarten konnte. Carlisle stand ununterbrochen unter Schmerzmitteln, sodass er die meisten seiner Blessuren gar nicht mehr bewusst wahrnahm, vor allem dann nicht, wenn sein Bewusstsein sich auf dem drogeninduzierten Trip befand, der ihm half, die Interceptor sicher durch das Gewirr der Wurmlochbahnen zu steuern.

Wenn er über Schmerzen klagte, leise, fast schüchtern, dann litt er Schmerzen, deretwegen normale Menschen wahnsinnig werden würden.

Thrax lächelte bei dem Gedanken. Normal. Das konnte heutzutage alles bedeuten. Er streckte seinen rechten Arm aus und ballte die Hand zur Faust. Aus den Knöcheln streckte sich das kaum sichtbare Filament des Analysators hervor und drang ohne erkennbaren Widerstand in das weißliche Fleisch von Carlisles unförmigem Körper ein. Thrax ließ die Med-Daten in seinen Kortex laden und verglich sie mit denen der Automatik. Zwei Sensoren der uralten Suite waren offenbar ausgefallen, ohne dass die KI Alarm geschlagen hätte. Die Interceptor war seit 170 Jahren im Dienst und insbesondere die damals gebauten Medsuiten gehörten zu einer Technologie, die heute kaum noch ein Wartungsingenieur verstand. Thrax kommandierte den Abfangkreuzer seit vier Jahren und hatte Tage damit zugebracht, sich mit dem Schiff und speziell dessen Macken vertraut zu machen. Er wusste meist, was nicht funktionierte. Warum nicht und wie er es wieder reparieren konnte, konnte er im Regelfalle nicht sagen.

Thrax rekonfigurierte die Suite. Die »Druckstellen« – schwärende Wunden, die sich mit dem uralten Septplastik des Navigatorsessels verbunden hatten und zu verwesen begannen – wurden sofort von den Nanobots angegriffen.

Thrax verfolgte mit seinem inneren Auge, wie die Wundränder sich schlossen, sich das Gewebe vom Plastik löste, wie desinfiziert und geheilt wurde und, das war das Wichtigste, wie schmerzstillende Gels die Wunden abdeckten.

Carlisle stieß ein sanftes Seufzen aus.

»Das ist besser«, sagte er mit seiner kindlichen, piepsigen Stimme, die so gar nicht zu dem voluminösen Körper passte, der fast regungslos in dem gigantischen Sessel saß und diesen, wie es das Schicksal der meisten Navigatoren war, zu Lebzeiten nicht mehr verlassen würde. Thrax kam gut mit Carlisle zurecht, der Mann war nicht halb so verrückt wie andere seines Standes, aber er würde verbrennen wie sie alle. Noch zwei oder drei Jahre Fronteinsatz, dann war sein Gehirn durch und der geniale Beherrscher des Raumzeit-Gefüges nur noch ein dementer Idiot, der gnadenvolle Aufnahme in einem der Euthanasiezentren der Raumflotte finden würde.

Thrax wollte nicht daran denken. Das gleiche Schicksal erwartete ihn dereinst, wenn sein Körper die Medikamente nicht mehr vertrug, die die Abstoßungsreaktionen seiner Implantate unter Kontrolle hielten. Nicht in zwei oder drei Jahren, aber auch nicht erst in zwanzig oder dreißig. Zehn, meinten die Mediker. Das fand Thrax schon sehr optimistisch.

Er ging nicht davon aus, dass die Hondh ihn so lange am Leben lassen würden.

Thrax zog das Medfilament zurück, es glitt sanft in seine Hand und der Knöchel verschloss sich. Dann setzte er sich wieder auf seinen Sessel, spürte das Knacken des brüchigen Plastikbezugs, das pulsierende Signal des Log-ins in seinem Kopf. Doch er wollte sich nicht mit der KI verbinden, er wollte einfach nur sehen, hören, riechen. Er hasste die Verbindung, die Verlockung des Log-ins. Sie erinnerte ihn an das, was da im Sessel vor ihm hockte und nun wieder selig lächelte, den starren Blick ins Leere gerichtet.

Thrax setzte sich zurecht.

»Alles in Ordnung mit Carlisle?«

Neben ihm tauchte die schlanke Gestalt von Lieutenant Theresa Skepz auf. Seine Stellvertreterin schaute ihn auffordernd an. Richtig. Der Wachwechsel. Thrax' Zeit für Ruhe und Besinnung.

Thrax hasste Ruhe und Besinnung. Wenn er sich besann, dann immer nur auf das Leben, das er führte, ein Sklave des nunmehr 120 Jahre währenden Krieges gegen die Hondh, die niemals jemand zu Gesicht bekommen hatte und die das Gesicht der Menschheit so sehr veränderten. Thrax gefiel nicht, was er da sah. Vor allem nicht, wenn er in einen Spiegel blickte.

»Es geht ihm gut.«

Skepz nickte und schob sich in den Sitz neben ihm. Sie wusste, dass Thrax meist keine Lust hatte, die exakten Schichten einzuhalten, und lieber noch einige Minuten blieb.

»Situation?«

»Unverändert. Die Frachter sind fast fertig. Commodore Sebastian meint, dass wir spätestens in einer Stunde loskönnen.«

Skepz warf einen Blick auf das taktische Display. Die farbigen Icons zeigten die siebzehn schweren Frachter, die Exonium aus dem Asteroidengürtel abtransportieren sollten, den Ertrag der Arbeit eines Standardjahres. Unerkannt von den Hondh hatten die Schürfroboter das kostbare Metall aus den riesigen Gesteinsbrocken extrahiert und in leicht transportable Megabarren transformiert. Ohne Exonium funktionierte wenig in der Flotte der Terranischen Hegemonie, vor allem nicht der Überlichtantrieb. Exonium war das, woran alles hing, auch ihr Überleben im Krieg gegen die Hondh. Siebzehn volle Frachter, das hieß genug Exonium für ein Jahr.

Thrax' Geschwader weilte seit vier Tagen im System, und die einzige Aufgabe der 26 Leichten Abfangkreuzer bestand darin, das Überleben der Frachter zu sichern. Für den Fall, dass die Hondh angriffen, war das vollständige Ende des Geschwaders mit einkalkuliert. Nicht eines der antiken Schiffe oder der Besatzungsmitglieder war es wert, mit Exonium aufgewogen zu werden. Jeder an Bord wusste das. Jeder fieberte dem Ende der Aktion entgegen. Waren die Frachter gefüllt, würde man auf Fluchtgeschwindigkeit beschleunigen. 30 Stunden später war man dann sicher auf dem Heimweg. Thrax fieberte diesem Zeitpunkt entgegen. Die fünfjährige aktive Schicht seiner Crew war fast um. Bis auf Carlisle, der auch einem neuen Kommandanten dienen würde, hatten sich dann alle einen zehnmonatigen Urlaub verdient, ehe die nächsten fünf Jahre abzudienen waren. Für Thrax, den Ältesten unter ihnen, gleichzeitig die letzte Dienstzeit. Es gab nicht viele, die ihren Ruhestand erlebten. Lieutenant-Commander Alfonso Thrax hatte sich vorgenommen, zu diesen wenigen zu gehören.

Bis jetzt hatte er sich ganz gut gehalten.

»Meldungen vom Commodore?«

»Nichts.«

»Irgendwas auf der Ortung?«

»Nichts.«

»Was gab es zum Mittag?«

»Gar nichts. Glaub mir, ist besser so.«

Skepz verzog das Gesicht. Ein angenehmes Gesicht, wie Thrax fand, schon lange, ohne dass er es jemals hätte sagen dürfen. Schmal, die Nase eine Spur zu dominant vielleicht, aber absolut symmetrisch, mit schönen, großen Augen. Skepz wusste nicht, wie sie auf Männer wirkte, davon war Thrax überzeugt. Ihn selbst durfte es nicht betreffen, schon deshalb nicht, weil er ihr kommandierender Offizier war. Zudem bestand er mittlerweile zu rund dreißig Prozent aus kybernetischen Implantaten, die verloren gegangene Gliedmaßen und Organe ersetzten. Thrax war kein schöner Mann. Er sah aus wie dieser Krieg: alt, verbraucht, hässlich.

»Ich hole mir trotzdem was. Einen Kaffee?«

Nun war es an Thrax, die Gesichtszüge entgleisen zu lassen. Der Nahrungsynthetisierer war so alt wie die Interceptor und produzierte Nahrungsmittel, die zwar bekömmlich waren, jedoch nach nichts oder entsetzlich schmeckten. Das galt auch für den Kaffee. Es war eine schlechte Angewohnheit, dass er und Skepz zu jedem Wachwechsel einen Becher tranken.

Sie taten es dennoch, weil es einfach schön war, einem Ritual zu folgen, das ausnahmsweise nichts damit zu tun hatte, sich auf das Sterben vorzubereiten.

Als Skepz ihm seinen Becher in die Hand drückte, roch Thrax daran, lächelte säuerlich und nahm einen Schluck. Gut, er war heiß und es gab Koffein darin, und das nicht zu knapp. Thrax beschloss, etwas Dankbarkeit zu zeigen dafür, dass Skepz ihm den Becher gebracht hatte.

Er lächelte sie an. Seine rechte Wange bestand aus Synthohaut, die nicht besonders gut verheilt war. Sein Lächeln war sehr schief, wirkte auf den unvorbereiteten Beobachter eher abstoßend, ja erschreckend. Skepz war nicht unvorbereitet. Sie hob ihren Becher in einem scherzhaften Salut und trank, und ihr so apartes Gesicht verzerrte sich für den winzigen Moment, in dem sie darum rang, den Geschmack des Gesöffs zu ertragen.

»Meinst du, dass die Hondh noch auftauchen werden?«, fragte sie dann.

Thrax zuckte mit den Achseln.

»Das wissen wir doch nie.«

»Es wäre schön, wenn wir nach so langer Zeit endlich einmal etwas Definitives über unsere Feinde erfahren würden«, murmelte Skepz und schaute in ihren Becher, als ob sich darin die benötigten Informationen finden lassen würden.

»Die Hondh haben daran offenbar kein Interesse.«

»Ich bin es aber leid.«

Thrax schwieg. Diese Seite von Skepz kam in letzter Zeit immer öfter zum Vorschein. Es war eine Art von fatalistischer Ermüdung, die viele, selbst die Besten, nach all den Jahren des Kampfes überkam. Skepz schien dagegen in der Vergangenheit eher gefeit zu sein. Thrax zeigte es nicht, aber er begann, sich um sie Sorgen zu machen. Er war auf seine Stellvertreterin und ihre geistige Gesundheit und Selbstdisziplin mehr angewiesen, als er sich selbst gegenüber zugeben wollte.

Entweder war sie mindestens so urlaubsreif wie er oder die allgemeine Anstrengung hatte eine Stufe erreicht, die schlicht ihre Kräfte überforderte – und dann würde auch der anstehende Urlaub das Unausweichliche nur aufschieben. Wenn der Burn-out drohte, dann war die Konsequenz eine Versetzung in den Verwaltungsdienst, ein Ort, an dem Skepz sicher ganz hervorragende Arbeit leisten würde.

Aber was sollte er nur ohne sie anstellen?

Thrax wollte gar nicht daran denken.

Er zwang seine Konzentration auf den Rest des Kaffees, den er mit großer Mühe runterbrachte. Dann warf er den Becher in den Abfallschacht und wusste, dass die Verzögerungstaktik nicht weiterhelfen würde: Seine Schicht war vorbei.

»Ich übergebe das Kommando.«

»Leg dich hin, Commander.«

Thrax lächelte schief, erhob sich aus seinem Sessel und drückte sich an Skepz vorbei. Die Brücke war eng. In Kampfeinsätzen saßen hier fünf Offiziere, außer ihm und Carlisle noch Skepz als Erste Offizierin, der Waffenoffizier Lt. Lachweyler und der Zweite Ingenieur Lt. Thaddeusz. Weitere fünf Besatzungsmitglieder waren auf der Interceptor verteilt: Der Erste Ingenieur saß zusammen mit einem Techniker im noch engeren Maschinenraum, die Bordärztin hockte in dem, was auf der Interceptor als Krankenstation durchging, und zwei weitere Mannschaftsdienstgrade saßen in den Waffenkuppeln des Kreuzers, um nötigenfalls die Offensivfähigkeiten des Schiffes auch ohne zentrale Steuerung auslösen zu können. Eine kleine Besatzung auf einem Raumfahrzeug, das ursprünglich für eine Normbemannung von 32 Personen gebaut worden war. Doch es gab kein qualifiziertes Personal mehr. Niemand wollte zur Flotte und dort sterben, denn niemand sah darin noch einen Sinn. Zwangsrekrutierungen hatten sich als sinnlos erwiesen, da die Einsatzbereitschaft der gepressten Soldaten gegen null ging. Also arbeitete die Flotte mit einer stetig dünner werdenden Personaldecke, immer älteren Schiffen und immer mehr handgebastelter Automatisierung, die nicht einmal mehr jene durchschauten, die sie installiert hatten. Würden nicht fortlaufend hochwertigere KIs entwickelt, die Verteidigungslinie gegen die Hondh wäre bereits vor fünfzig Jahren zusammengebrochen.

Thrax war ein Relikt, das wusste er wohl. Und als er sich durch die engen Gänge der Interceptor auf seine Kajüte zuquälte, fühlte er sich auch so. Es gab kaum einen Teil seines Körpers, der nicht irgendeine Art von Schmerz ausstrahlte. Thrax hielt die Responsivität der Medsuite in seinem Nacken so gering wie möglich, da er ein großes Interesse daran hatte, auch zu fühlen, dass er noch lebte. Der Schmerz war auszuhalten, und während des nahenden Urlaubs würde er eine vierwöchige Kur bekommen, davon drei Tage in einem Bad aus Heilgel im Nährschlaf. Das war teuer, aber nicht so teuer wie die Suche nach einem geeigneten Ersatz für einen erfahrenen Führungsoffizier wie ihn.

Er dachte an Carlisle. Vor sieben Jahren hatte der Navigator nach dem Ausbrennen seines Vorgängers das Schiff betreten, damals ein schmächtiger Bursche, frisch von der Akademie. Anfangs hatte er sich noch im Schiff bewegt, war auf Landgang gegangen, hatte sogar was mit einer Dockarbeiterin angefangen. Doch je mehr er sich in den für normale Menschen unverständlichen Tiefen des Menger-Raums und dessen ganz eigener Ausstrahlung verfing, desto längere Zeit brachte er in seinem Sessel zu, bis er ihn irgendwann nicht mehr verlassen hatte. So erging es allen Navigatoren mit der Zeit. Sie glaubten, Gott in den Wurmlöchern zu erblicken, sowohl in den natürlichen als auch in den durch die Generatoren erzeugten. Thrax hoffte, dass Carlisle damit recht hatte. Es wäre ein nur gerechter Ausgleich für das kurze, erbarmungswürdige Leben, das diese Menschen führten.

Er erreichte seine Kabine, ein winziges Kubikel von drei mal drei Metern. Eine aufklappbare Liege, ein aufklappbarer Tisch, ein aufklappbarer Stuhl, ein aufklappbares Terminal – sein aufklappbares Privatleben verborgen in einem winzigen Schrank, den er seit Wochen nicht mehr geöffnet hatte. Er verharrte für einen Moment in der Mitte des leeren Zimmers, wie er es immer tat, holte tief Luft, klappte das Waschbecken auf und warf sich warmes, leicht säuerlich riechendes Recyclingwasser ins Gesicht. Dann holte er die Liege hervor. Wie immer vermeinte er, ein leichtes Quietschen seines künstlichen rechten Hüftgelenks zu hören, als er sich niedersetzte.

Natürlich alles Einbildung.

Als er lag und die Augen schloss, konnte er sich auf all die Schmerzen konzentrieren. Die brennende Synthohaut in seinem Gesicht. Das Pulsieren des Elektromotors in seinem rechten Ellenbogen, der hin und wieder unkontrollierte Stromstöße abgab und seinen Arm zum Zucken brachte. Der permanente Kopfschmerz durch den Kortikalstecker oder das mit den Jahren etwas instabil gewordene NeuroLAN, mit dem er sich während des Kampfes mit der KI verbinden konnte. Seine Muskeln, mal unterstützt, mal natürlich arbeitend, die oft verkrampften und nicht wussten, ob sie der Herr des Körpers waren oder nur Anhängsel all der Ersatzteile, die sie umgaben.

Thrax konnte sich jederzeit ein Schlafmittel verabreichen, aber er zog es vor, auf natürlichem Wege einzunicken. Das dauerte zwar länger und hatte meist wilde, oft erschreckende Träume zur Folge, aber auch das erinnerte ihn daran, dass er ein Mensch war.

Urlaub, dachte er.

Bald hatte er Urlaub.

Er war so, so müde.

»Was haben wir?«

Thrax war hellwach. Jahrelange Praxis sowie die Injektion entsprechender Mittel sorgten dafür, dass er Sekunden nach einem Alarm einsatzbereit war. Die Strecke von seinem Bett bis auf die Brücke hatte er in zwanzig Sekunden zurückgelegt. Er wurde offenbar alt.

»Kommando meldet: Hondh-Einsatzgruppe hat Wurmlochverbindung verlassen, ETA: 23 Stunden und 40 Minuten.«

Thrax warf sich in seinen Sessel. Der Leib der Interceptor vibrierte, als ob das alte Schiff nur darauf brenne, gegen den Feind zu ziehen. Tatsächlich hingen die Vibrationen mit schlecht aufeinander abgestimmten Maschinen und notdürftig reparierten Anlagen zusammen; eigentlich sollte man absolut nichts fühlen, insbesondere jetzt, wo der Kreuzer noch im freien Fall schwebte.

»Eine ganze Einsatzgruppe?«

»Ich habe sie auf dem Schirm«, meinte Skepz.

Thrax zog den entsprechenden der beiden auf schwenkbaren Armen an den Lehnen seines Sessels befestigten Monitore zu sich heran. Niemand wusste, wie die Hondh ihre taktischen Prinzipien, die Aufstellung ihrer Flotten oder die Typen ihrer Schiffe bezeichneten, also hatte man sich selbst Namen ausgedacht. Eine Einsatzgruppe war eine veritable Flotte, bestehend aus im Regelfalle 40 bis 50 Einheiten, wie immer bei den Hondh nicht eindeutig in Schiffsklassen und Geschwader zu differenzieren. Dieses scheinbare Chaos irritierte schon lange niemanden mehr, alle wussten, dass die Flotten der Gegner höchst überlegt, effektiv und diszpliniert operierten.

Thrax schätzte, dass die Hondh dem Schutzgeschwader der Frachter in puncto Feuerkraft um etwa das Dreifache überlegen waren. Die terranischen Kreuzer waren meist schneller und wendiger, aber bei diesen Verhältnissen würde dies das sichere Ende nur hinauszögern.

Mehr war aber auch nicht nötig.

»Status der Frachter?«

»Beladung wird abgebrochen. Zwei sind bereits mit voller Beschleunigung auf Fluchtkurs. Die anderen verlassen den Asteroidengürtel binnen einer Stunde. Fluchtvektor.«

Die siebzehn großen und nur langsam beschleunigenden Einheiten würden sich in entgegengesetzter Richtung vom heranstürmenden Feind davonmachen. Sie würden ewig brauchen, bis sie die notwendige Entfernung von der Sonne erreicht hatten, um den Wurmlochgenerator auslösen zu können, aber wenn die Interceptor und ihre Schwesterschiffe ihre Pflicht erfüllten, würde es gerade noch so reichen.

Die Hondh meinten es ernst. Eine komplette Einsatzgruppe war ein erhebliches Machtpotenzial, das jetzt gerade an irgendeinem anderen Abschnitt der Front fehlte und dafür sorgte, dass terranische Einheiten dort etwas Zeit zum Durchatmen bekamen, vielleicht sogar genug für Reparaturen oder, ganz gewagt, einen kurzen Landgang für die am ärgsten beanspruchten Mannschaften.

Thrax gönnte es ihnen, und das wirklich neidlos. So, wie er die Sache sah, war sein Urlaub gestrichen. Es war schwierig, sich zu entspannen, wenn man als Atomwolke durch das All schwebte. Zumindest vermutete er das.

Mal sehen.

»Wir haben einen Abfangplan vom Commodore bekommen«, meldete sich nun Carlisle. Er mochte Raumkämpfe nicht, sie hielten ihn davon ab, sich verträumt in der Wurmlocharithmetik oder über die Sensoren der Dimensionsspürer in den Farbspielen und der für Außenstehenden unerklärlichen Ästhetik des überdimensionalen Raumes zu verlieren. Das machte ihn zu einem hervorragenden Kampfpiloten, denn alles in ihm brannte nur noch darauf, endlich wieder in Ruhe seinen Geist dorthin zu schicken, wo er Gott vermutete. Dazu musste er überleben und das Schiff intakt bleiben – beides Parameter, mit denen auch Thrax gut leben konnte. Carlisle war kein eifriger Kämpfer, er war ein gehetztes Opfer seiner sensorischen Süchte, und das machte ihn erbarmungslos und effektiv seinen Feinden gegenüber, die ihn von diesem Genuss abhielten.

Thrax rief den Angriffsplan auf und war nicht überrascht über das, was er vorfand. Ein klassisches Abfangschema, mit dem das Geschwader auf die Einsatzgruppe zufliegen und diese so lange wie möglich in verzögernde Kämpfe verwickeln würde. Jederzeit lästig genug, um gefährlich zu sein, aber niemals so nahe dran, dass man sie sofort vernichten konnte. Natürlich war Letzteres dann auch nur eine Frage der Zeit, aber genau um Zeit ging es hier ja.

»Die letzten Frachter beschleunigen auf Fluchtkurs«, murmelte Skepz und sah auf, als Lachweyler und Thaddeusz die Brücke betraten, fast hereinschlenderten. Thrax tadelte sie nicht. Für beide gab es erst etwas zu tun, wenn die Fetzen flogen, und bis dahin war es noch eine Weile.

Der Waffenoffizier setzte sich und begann den Systemcheck. Die Interceptor steckte bis zur Halskrause voller Raketen, die meisten davon mittlerer Reichweite. Zur Nahverteidigung hatte sie siebzehn Lasercluster sowie einen Energiefeldgenerator aufzubieten. Offensiv aber kämpften die Schiffe ihres Typs fast nur mit Projektilen. Dazu gehörten auch die beiden Railguns, große Massenbeschleunigungskanonen, die handgroße Stahlflechettes verschossen, viele und schnell. Kinetische Energie wirkte auch auf Hondh-Schiffe, durchschlug Schutzschirme und richtete üblen Schaden an. Hier aber war der Munitionsvorrat das größte Problem. Die Flechettes waren leicht herzustellen, doch die Magazine fassten nur genug für ein Dauerfeuer von maximal zehn Minuten.

Thrax verschoss lieber Raketen. Es war verlässlicher, planbarer. Die Railguns blieben meistens stumm, sehr zum Verdruss von Lachweyler, der sich bei aller stoischer Geisteshaltung für einen tollen Schützen hielt – als ob die meiste

Arbeit nicht ohnehin von der KI erledigt wurde.

Thrax hatte das Gefühl, dass er diesmal Lachweyler seinen Willen lassen würde, ganz am Ende, wenn sie tatsächlich so lange durchgehalten hatten, dass es sich noch lohnte.

»Waffensysteme einsatzbereit«, meldete der junge Mann schließlich.

»Wir slaven uns an den Commodore. Kein eigenständiger Einsatz bis zum Befehl«, gab Thrax die Anordnung, die Lachweyler überhaupt nicht schätzte. War die Interceptor ein Sklave des Leitschiffes, wurden Waffen koordiniert von der KI des Commodores ausgelöst und Lachweyler war nur ein Zuschauer. Irgendwann im Verlauf eines Kampfes lösten sich auch rigide eingehaltene Formationen auf und dann durfte der Waffenoffizier zeigen, was er konnte. Oft genug aber verlief eine Schlacht so, dass er die ganze Zeit über untätig herumsaß und nur Meldungen fabrizieren durfte.

Erneut hatte Thrax die Ahnung, dass Lachweyler diesmal auf seine Kosten kommen würde, zumindest solange er zu diesem Genuss noch bewusst in der Lage war.

Ah, Zynismus.

Thrax lächelte.

Der treue Begleiter.

»Wir haben einen Vektor und Beschleunigungswerte!«, meldete Carlisle und unvermittelt wurde das Vibrieren der schlecht aufeinander abgestimmten Maschinen der Interceptor zu einem durchdringenden Zittern. Der Navigator musste nicht auf einen Startbefehl warten, denn sobald die Daten vom Leitschiff kamen, war Ausführung befohlen. Andere Kommandanten bestanden darauf, den Schein zu wahren, und hielten ihre Navigatoren an, erst dann aufs Gas zu drücken, wenn sie es auch sagten, doch Thrax war über dieses Stadium der Selbstdarstellung schon lange hinaus.

Er grunzte etwas, zupfte seine Gurte fest und starrte auf die beiden Monitore. War Lachweyler ein Passagier, so war Thrax jetzt auch nicht viel mehr, solange der Commodore sie an der Leine hatte. Immerhin, die siebzehn Punkte der Frachter blinkten in beruhigendem Grün, die ersten Schiffe mit einem ordentlichen Fluchtvektor und einem Beschleunigungswert, der zeigte, dass die Kommandanten der bauchigen Transporter ihre Maschinen keinesfalls schonten. Sie taten das ihre. Der Rest lag in den Händen von Thrax und seinen Mitstreitern.

Das Geschwader bewegte sich in sorgfältig aufeinander abgestimmter Präzision. Der ihnen am nächsten positionierte Kreuzer war ihr Schwesterschiff Prohibitor, eine exakte Kopie, fast genauso alt und heruntergekommen wie Thrax' Einheit. Der Kommandant aber war neu, frisch befördert, gut zehn Jahre jünger als der Chef der Interceptor, und dies war erst sein zweiter Kampfeinsatz an Bord seines Schiffes. Thrax versuchte manchmal, sich daran zu erinnern, wie er damals gewesen war, und kam zu dem Schluss, dass er zu jener Zeit Träume und Wünsche gehabt haben musste, die über ein Bad im Heilgel und ein sauberes Bettlaken hinausgingen.

Er konnte sich aber beim besten Willen nicht mehr daran erinnern, was das gewesen sein mochte.

»Wir haben Feindkontakt in Maximalreichweite in 16 Stunden«, sagte Carlisle. Thrax hörte Lachweyler stöhnen und lächelte schwach. In 16 Stunden war die äußerste Reichweite ihrer Raketen erreicht, aber sie würden sie dann noch nicht abfeuern, da den Projektilen dann kein Treibstoff mehr für Manöver blieb, sollte der Feind Haken schlagen – womit ganz sicher zu rechnen war. Niemand hatte die Hondh jemals erblickt, aber an ihrer taktischen Intelligenz sowie ihrer Fähigkeit, einen Raumkampf effektiv zu führen, würde niemals jemand zweifeln. Thrax schätzte, dass die erste Salve frühestens in 18 Stunden ausgelöst werden würde, und er entspannte sich etwas.

»Schalte den Alarm aus«, murmelte er Skepz zu und erhob sich von seinem Sessel. Dies war immer noch die Wache seiner Stellvertreterin. »Weck mich, wenn sich was tut, ansonsten lösen wir den Alarm in exakt 15 Stunden wieder aus. Bis dahin sollen alle rotieren und Schlaf bekommen oder etwas essen. Lachweyler, es nützt gar nichts, wenn du die Bildschirme anstierst. Dadurch sind wir auch nicht schneller unterwegs. Wenn du dich langweilst, dann marschiere in die Abwurfkammern und inspiziere deine Babys, dann tust du wenigstens etwas Sinnvolles.«

Ohne einen höheren Offizier an Bord herrschte auf der Interceptor ein legerer Umgangston. Die Mannschaft war in dieser Zusammensetzung seit fast acht Jahren zusammen, mit Lachweyler als dem letzten Neuzugang, nachdem seine Vorgängerin im Rahmen einer Messerstecherei ausgeweidet in irgendeiner Gosse gefunden worden war. Thrax fand, dass man die wenigen Landurlaube besser nutzen konnte, als auch noch dabei Streit zu suchen, aber er konnte sich nicht um alles kümmern.

»Ich geh wieder ins Bett«, sagte er dann nur noch und ließ seinen Worten Taten folgen. Zehn Minuten später lag er auf der knarzigen Liege, weitere zehn Minuten darauf war er eingeschlafen. An den bevorstehenden Kampf verschwendete er keinen Gedanken. Nervosität war ihm fremd. Es gab keinen fatalistischeren Kommandanten in der ganzen Flotte, hatte Skepz ihm einmal gesagt – als ob sie so viele kennengelernt hätte! – und Thrax hatte diese Aussage zur Kenntnis genommen. Solange es seine Funktionsfähigkeit nicht einschränkte, konnte er sein, was er wollte, und die Kombination aus Pflichtbewusstsein und Schicksalsergebenheit funktionierte eigentlich ganz gut.

Thrax schlief, bis ihn der Alarm erneut aus dem Schlaf riss.

Er wurde diesmal schneller wach, denn sein Unterbewusstsein hatte auf das Signal förmlich gewartet. Er blinzelte und griff mental nach dem NeuroLAN, das ihn sofort mit Datenströmen überschüttete. Es dauerte einen Augenblick, bis er diese sortiert und die Gesamtanalyse gefunden hatte.

Dann seufzte er resigniert.

Es war nichts Besonderes.

Nur eine zweite Hondh-Flotte.

Direkt aus der Richtung, in die die Frachter flogen.

Thrax betrachtete die Symbole auf dem Bildschirm, wie sie einfach ausgeknipst wurden. Es war immer das gleiche Spiel: da drüben starben Menschen in völlig hilflosen Raumschiffen, die um sie herum explodierten, verbrannten, sich in den Weltraum öffneten und zerbarsten, in denen sie hinausgeschleudert wurden, in Stücke gerissen, bei lebendigem Leibe gebraten, von Trümmern durchbohrt wurden oder erstickten. Es wurde geschrien und geweint, es wurde resigniert, manche würden sich selbst töten, schnell und schmerzlos, andere sich ans Leben klammern, als ob es noch etwas zu retten gäbe. Die Glücklichen – aber nein, das stimmte nicht – würden sich in Rettungskapseln retten, die berstenden Wracks verlassen, um dann von den Raketen der Hondh aus dem All gepickt zu werden. Die Hondh machten keine Gefangenen. Die Hondh hielten nicht viel davon, dass jemand einen ihrer Angriffe überlebte. Sie waren immer sehr gründlich.

Tragödien, viele Tragödien.

Auf dem Bildschirm der Interceptor gingen einfach nur Lichter aus.

Thrax überlegte sich, ob er sich jemals an das Gefühl von Hilflosigkeit gewöhnen würde. Hoffentlich nicht, dachte er.

Das Geschwader war zu weit entfernt, um irgendwas zu verhindern. Es waren nur wenige Hondh-Schiffe gewesen, die die Frachter angegriffen hatten, vielleicht ein Dutzend, die meisten davon offenbar Jäger-Spürer. Groß genug für wehrlose Frachter. Die Defensivwaffen der klobigen Raumfahrzeuge hatten den ersten Angriff abwehren können, aber die Hondh hatten Zeit. Ihr Sieg war unausweichlich gewesen.

Genauso unausweichlich wie die Niederlage seines Geschwaders, wie Thrax wusste. Und jetzt war diese auch noch unnütz. Diejenigen, die sie hatten beschützen, für die sie sich hatten opfern wollen, waren vor ihnen gestorben. Thrax wusste nicht, ob die Hondh viel Ahnung von psychologischer Kriegsführung hatten, aber wenn, dann war ihnen ein Meisterstück gelungen.

»Nachricht vom Commodore«, sagte Skepz in seine Gedanken hinein. »Freie Kurswahl. Freie Flucht.«

Natürlich, dachte Thrax. Vielleicht würde einer von ihnen durchkommen, wenn sie die Formation auflösten und in alle Richtungen davonstoben. Die Kreuzer beschleunigten schneller als die Frachter und ihre Zähne waren schärfer. Sie waren immer noch entsetzlich in der Unterzahl, aber vielleicht, vielleicht erreichte einer von ihnen die Fluchtgeschwindigkeit für den Eintritt in ein Wurmloch. Oder zwei.

Vielleicht sogar die Interceptor.

Kluger Commodore, dachte Thrax. So hat er seinen Leuten die Motivation zurückgegeben. Keine galante Geste des Widerstands gegen einen Feind, der das ohnehin nicht zu schätzen wusste, sondern für jeden die gleiche Chance, sein Heil in der Flucht zu suchen.

Thrax spürte, wie die Interceptor den Kurs wechselte. Er musste Carlisle nichts befehlen, der Navigator wusste, worum es ging. Der Kreuzer beschleunigte weiter, zog eine weite Schleife, hinein ins Nichts, in der vagen Hoffnung, dem suchenden, jagenden Feind entkommen zu können.

»Was haben wir also?«, murmelte Thrax, zog einen Monitor an sich heran, schaltete auf die Darstellung des Kurses, der Fernortung, der Beschleunigungswerte, runzelte die Stirn. Die Hondh reagierten auf die Scatter-Taktik der irdischen Raumfahrzeuge, indem sie sich ebenfalls aufteilten, und zwar drei Schiffe pro terranischer Einheit. In jedem Falle eine mehr als ausreichende Übermacht, um die Kreuzer der Menschen auch im Einzelkampf vernichten zu können, vor allem angesichts der den Hondh eigenen absoluten Rücksichtslosigkeit.

»Welches sind unsere drei?«, fragte Skepz, die das ebenfalls beobachtet hatte. Die KI beantwortete die Frage in Sekundenschnelle. Drei rot leuchtende Punkte wurden sichtbar.

»Nach den Daten der Fernortung ein Schlachtkreuzer sowie zwei Zerstörer«, sagte Thrax und wischte sich müde über das Gesicht. Der Schlachtkreuzer alleine würde mit der Interceptor kurzen Prozess machen. Es gab überhaupt keine Chance, in einem Kampf gegen die Verfolger bestehen zu wollen. Suchend fuhren seine Augen über die erweiterte Systemkarte.

»Wenn wir einen Fly-by an diesem Gasriesen machen, können wir Geschwindigkeit gewinnen«, meinte er dann und markierte den Himmelskörper, der sich in geeignetem Verhältnis zu ihrer eigenen Trajektorie befand. Carlisle grunzte, er verfolgte jedes Gespräch, das seine Arbeit betraf, mit akribischer Aufmerksamkeit.

»Wenn wir das schaffen, bleibt uns ein Vorsprung von 56 Minuten für den Wurmlocheintritt«, erwiderte Skepz, die die Berechnungen auf ihrem Terminal sofort wiederholt hatte. »56 Minuten, wenn alles absolut glattgeht. Dann erwischen sie uns auch nicht mit ihren Raketen.«

»Wenn alles glattgeht.«

»Sagte ich doch.«

Thrax schaltete einen seiner Monitore um. Dieser zeigte fast unvermittelt das müde Gesicht des Leitenden Ingenieurs aus dem kleinen Maschinenraum am anderen Ende der Interceptor. Commander Jack Spoon war ein schlechter Techniker und ein ziemlich miserabler Offizier, aber es fanden sich kaum noch Rekruten, die bereit waren, diese Laufbahn einzuschlagen. Niemand verstand mehr genau, wie die alten Raumfahrzeuge funktionierten, und die KIs reparierten das meiste selbst. Spoon hatte seine schlechte Ausbildung und grottige Motivation jedoch dadurch kompensieren können, dass er schlicht am Leben geblieben war und damit in all den Jahren genug Wissen aufgeschnappt hatte. Heute war er einer der dienstältesten Ingenieure der Flotte und wusste viel zu viel, als dass er unabsichtlich richtig Schaden hätte anrichten können.

»Jacko, mein Freund«, begrüßte Thrax ihn. Spoon fluchte und spuckte auf die Kamera, wie er es immer tat.

»Was willst du? Lass mich in Ruhe hier verrecken!«

»Noch nicht.«

»Leck mich!«

»Ernsthaft. Wir haben eine Chance.«

»Ich sagte: Leck mich!«

Thrax übermittelte die Kursberechnungen. Spoon warf einen Blick darauf, runzelte die Stirn, verzog das Gesicht – ein Gesicht, das ohnehin wie eine permanente, griesgrämige Grimasse aussah – und seufzte.

»Ach Scheiße! Ich wollte mich besaufen und sterben. Jetzt muss ich arbeiten.«

»Ich brauche hundertprozentigen Burn für zwanzig Stunden.«

»Du hast den Arsch offen, Captain.«

»Keine Aussetzer, keine Schwankungen, und volle Manövrierkraft für den Swing.«

»Sagte ich, dass du mich lecken kannst? Ich nehme es zurück. Bleib da oben und schieß dir eine Kugel in den Kopf.«

»Ich verlasse mich auf dich!«

Spoon sagte noch etwas Unflätiges, aber Thrax schaltete mitten im Wort ab.

Skepz grinste ihn an. »Das wird super. Spoon ist heute gut drauf.«

»Ein Lamm. Er muss ausgiebig gefrühstückt haben.«

Carlisle grunzte, als Thrax den Kurs und die Geschwindigkeitsdaten freigab. Die Korrekturen, die dafür notwendig waren, stellten sich als marginal heraus. Die Interceptor knallte weiter mit einer irrwitzigen Geschwindigkeit durch das System, direkt auf den Gasriesen zu, den sie in zwanzig Stunden erreichen würde, verfolgt von einer wütenden Meute, die schneller beschleunigte und absolut unbeirrbar war.

Nein, Moment, dachte Thrax. Von einer wütenden Meute konnte nicht die Rede sein. Dafür wusste man zu wenig über die Hondh. Aber unbeirrbar, das passte gut.

Thrax rieb sich die Augen. Bis zum Erreichen des Gasriesen gab es für ihn nichts mehr zu tun. Er wagte sich an den Gedanken, ein drittes Mal zu Bett zu gehen. Noch einmal überprüfte er die Flugmanöver der anderen terranischen Schiffe. Er schätzte lediglich, gab aber außer der Interceptor nur noch einem oder zwei weiteren eine Chance. Der Rest war jetzt bereits tot, und ja, sie alle wussten es auch, wussten es ganz genau.

»Carlisle, du hast das im Griff.«

»Ich sage Bescheid.«

Thrax nickte Skepz zu. »Wir sollten alle schlafen.«

Lachweyler murmelte etwas. Thrax schaute ihn ernsthaft an.

»Zum Ende hin kann es knapp werden. Du wirst uns die Angreifer vom Hals halten müssen.«

Das war nicht das, was der Waffenoffizier hören wollte, aber er nickte.

Gerade wollte Thrax sich erheben, als ihn eine Meldung Spoons aufhielt. Das Gesicht auf dem Bildschirm war nicht nur mürrisch, es war richtiggehend deprimierend, und Thrax spielte für einen Moment mit dem Gedanken, nur über die Audioverbindung mit dem Mann zu reden. Doch das hätte Spoon wahrscheinlich noch unausstehlicher gemacht, und Thrax hatte keine Lust, das Gespräch künstlich in die Länge zu ziehen.

»Chef!«

»Ich höre dich, Spoon.«

»Wir kriegen das hin. Ich habe einen kompletten Systemcheck gemacht. Die letzte Überholung hat das eine oder andere tatsächlich verbessert. Ich denke, dass ich dir volle Energie geben kann, und ich glaube sogar, dass mir nichts um die Ohren fliegt.«

Thrax hob die Augenbrauen. »Eine gute Nachricht, Spoon. Warum also so griesgrämig?«

»Ich werde nicht schlafen können. Einer muss hier ja die Arbeit machen.«

»Ich lasse dir Kaffee bringen. Thaddeusz übernimmt eine Schicht.«

»Ah, ein Mordanschlag. Perfide, aber zu erwarten.«

»Ich leg mich hin. Klär du das mit deinem Stellvertreter ab.«

Spoon schaltete kommentarlos ab. Thrax machte erneute Anstalten, seinen Worten Taten folgen zu lassen, als ihn Skepz aufhielt.

»Schau dir das mal an«, sagte sie konzentriert. Thrax seufzte, ließ sich wieder in das knarzende Polster fallen und zog einen der Monitore ins Sichtfeld. Er zeigte seine drei Verfolger, die stetig ihre Bahn zogen. Nichts Außergewöhnliches, wie er fand.

Dann stutzte er. Die am Rande des Monitors ablaufenden Datenkolonnen – Geschwindigkeits- und Abstandsmessungen, Projektionen bis zum Erreichen maximaler Waffenreichweite – stimmten nicht ganz mit dem überein, was er erwartet hätte.

»Du siehst es?«, fragte Skepz.

»Die sind schneller als erwartet.«

Es war nicht so, dass die Hondh permanent mit technischen Innovationen aufwarteten – dann hätten sie die kränkelnde Erde schon vor langer Zeit besiegt –, im Gegensatz zu den Menschen jedoch schienen die Aggressoren durchaus in der Lage zu sein, ihre Technik zu verbessern. Die Menschheit war mit einem technologischen Vorsprung in die Schlacht gegangen, hatte dann aber während des Krieges dermaßen gelitten, dass ihre Produktions- wie auch Innovationskraft permanent nachgelassen hatte. Die Hondh hingegen hatten stetig und unbeirrbar weitergemacht und so den Abstand langsam aufgeholt. Oft waren diese Verbesserungen geringfügiger Natur und die Beobachter des Militärgeheimdienstes kamen erst nach aufwendiger Analyse riesiger Datenberge darauf, dass dieses oder jenes Detail nun etwas besser funktionierte als vorher. Dies hier aber bedurfte keiner endlosen Analyse und auch keiner Datenberge: Die verfolgenden Hondh-Schiffe waren schneller als erwartet.

»Gib das an die Flotte durch«, murmelte Thrax und betrachtete die Projektionen. »Das wird knapp. Sie werden in Waffenreichweite sein, kurz bevor wir die notwendige Fluchtgeschwindigkeit erreicht haben.«

»So ist es.«

Thrax aktivierte die Verbindung zu Spoon, dessen Gesicht unvermittelt die bestürzenden Daten ersetzte.

»Was?«

»Wir müssen schneller machen.«

»WAS?«

Anstatt sich in Erklärungen zu verlieren, übermittelte Thrax ihm die Zahlen. Es sprach für Spoon, dass er sie mit einem Blick verstand. Es sprach gegen ihn, dass er Thrax doof angrinste und hysterisch zu kichern begann.

»Wir sind am Arsch!«, kommentierte der Ingenieur.

»Das würde ich gerne verhindern.«

»Richtig am Arsch.«

»Du musst mehr aus den Maschinen rausholen.«

»Vergiss es. Ja, ein kleiner Boost hier oder da zum Manövrieren, das ist drin. Aber eine permanente Überlastung, das klappt nicht.«

»Worin besteht das Risiko?«

»Vollidiot! Dass wir explodieren.«

»Worin besteht das Risiko, wenn uns die Hondh einholen?«

»Dass wir explodieren.«

»Welches Risiko ist größer?«

Spoon fluchte etwas und kappte die Verbindung.

Thrax wartete einige Minuten, dann sah er, wie die Beschleunigungswerte der Interceptor etwas nach oben kletterten. Er sah auch, dass es immer noch nicht reichen würde. Es blieb selbst bei einem perfekten Manöver ein Zeitfenster von gut zehn Minuten, innerhalb dessen sie für die Waffen ihrer Verfolger erreichbar sein würden.

Thrax seufzte und erhob sich. Er nickte Skepz zu.

»Ich gehe schlafen.«

»Ich auch.«

Es gab einfach nicht mehr zu sagen.

Der Gasriese war bereits optisch gut zu erkennen, also war es wirklich an der Zeit, sich Gedanken über das weitere Vorgehen zu machen.

Thrax kratzte sich am Kopf. Er hatte etwas geschlafen, etwas gegessen und dann eine Reihe von psychologischen Ersatzhandlungen durchgeführt. Zum Schluss hatte er sogar begonnen, sein Bett zu machen. Spätestens zu diesem Zeitpunkt war ihm klar geworden, dass er das Unvermeidliche nur hinauszuzögern trachtete, und war auf die Brücke zurückgekehrt.

Das Unvermeidliche war, dass der Interceptor das gleiche Schicksal drohte wie den meisten der anderen Schiffe des Geschwaders. Zwei Dinge hatten sich in der Zwischenzeit ereignet. Zum einen waren sieben Schwesterschiffe der Interceptor vernichtet worden, darunter das Schiff des Commodores. Zum anderen hatten die Hondh noch schneller aufgeholt als erwartet. Skepz war der Ansicht, dass auch die Aliens fluchende Ingenieure an Bord hatten, die die Maschinen mehr belasteten, als gut für sie war.

Thrax hätte einiges dafür gegeben, um einmal einem fluchenden Hondh zu begegnen. Er war der Ansicht, dass man aus der Wahl der Schimpfworte gute Rückschlüsse auf Charakter und Natur eines Lebewesens ziehen konnte.

Es hätte schon gereicht, überhaupt einmal einen zu erblicken. Er musste nicht einmal etwas sagen.

»Spoon hat sich die Daten angeschaut«, sagte Skepz. »Er ist sich sicher, dass die Hondh rot laufen, und das noch viel mehr als wir.«

Thrax nickte. »Seine Prognose?«

»Frag ihn doch selbst.«

»Was hat er dir erzählt?«

»Er sagte, dass es ältere Modelle sind, keine Neubauten. Er meint, dass die Hondh ein sehr großes Risiko eingehen.«

Thrax runzelte die Stirn. »Aber warum?«

»Es passt zu den Ortungsdaten und den Meldungen der anderen Schiffe«, ergänzte Skepz. »Die Hondh sind sehr daran interessiert, dass keiner von uns entkommt.«

»Ja – aber warum?«, insistierte Thrax.

»Psychologie? Frachter und Eskorte verschwinden einfach, die Exonium-Erträge sind uns aus der Hand geschlagen worden und über allem liegt eine große Stille.«

Die Hondh verstanden menschliche Psychologie, das war bekannt. Sie wussten diese auch zu manipulieren, soweit das ohne direkte Kommunikation möglich war. Das konnte man umgekehrt nicht behaupten. Die Xenopsychologen der Flotte waren bedauernswerte Gestalten. Niemand nahm ihre Briefings ernst und sie konnten nicht einmal erbost deswegen sein. Der beste Experte für die Hondh hatte nur wenig mehr Ahnung als Thrax mit all seiner militärischen Erfahrung aus seiner Karriere.

Skepz' Theorie war so gut wie jede andere.

»Also – holen sie uns ein?«

»Ja. Noch vor dem Swing-by. Außer, denen explodieren vorher die Maschinen.«

»Unsere Optionen?«

»Wir können nicht schneller.«

Thrax sah Lachweyler an. Der grinste.

»Ich halte sie uns vom Leib, aber es wird eng. Es sind zu viele auf einmal. Es hängt sehr davon ab, was die Hondh an Bord haben. Mark VI? Die haben wir im Griff, so einigermaßen. Mark VII? Die bringen uns ernsthafte Probleme. Großer Sprengradius. Die brauchen nicht einmal direkte Treffer. Das merke ich aber erst, wenn sie die Rohre aufmachen.« Lachweyler zuckte mit den Achseln. »Ich sag dann Bescheid.«

Thrax schüttelte den Kopf. Ihre Chancen standen schlecht. Aber das war kein Grund, gleich aufzugeben. Das hatte er in den letzten Jahren auch nicht getan. Doch richtig große Zuversicht erfüllte ihn nicht. Es schien, als neige sich ihrer aller Karriere dem Ende entgegen.

Thrax starrte wieder auf die Symbole auf dem Bildschirm, sah die Zahlenkolonnen, fühlte sich hilflos, und das nicht zum ersten Mal. Diesmal aber war der Fatalismus besonders stark. Ein Vorbild sollte er sein, ein Fels in der Brandung, Hoffnung und Zuversicht verbreiten. Er fühlte sich nicht vorbildlich, spürte, wie die Brandung ihn fortriss. Daher blieb ihm bloß der Rückgriff auf seine schauspielerischen Fähigkeiten. Seine Mannschaft kannte diese jedoch zur Genüge und würde ihn sofort durchschauen.

Welch eine Scharade.

Und so warteten sie.

Wie immer, wenn man sich amüsierte, verging die Zeit wie im Fluge.

Dass der Zeitpunkt der Entscheidung langsam näher rückte, zeigte sich vor allem daran, dass Lachweyler nicht mehr lässig in seinem Sessel hing, sondern konzentriert seine Kontrollen beobachtete. Er hatte verschiedene Abwurffächer von Gegenmaßnahmen und Anti-Raketen programmiert, basierend auf den möglichen Szenarien eines Angriffes. Die Variationen waren begrenzt, vielleicht mit der Ausnahme, dass er auch alle Offensivwaffen nur zur Verteidigung nutzen wollte. Die einzige echte Variable, die für eine Überraschung sorgen konnte, war eine völlig neue Waffe aufseiten der Gegner, vor allem eine unvorhergesehen bessere Raketentechnologie. Damit rechnete niemand. Die Hondh hatten relativ lange Innovationszyklen, mit denen sie den technischen Vorsprung der Menschheit einholten, und erneuerten ihr Arsenal in berechenbaren Intervallen. Die Experten erwarteten die Mark-VIII-Rakete irgendwann in vier bis sechs Jahren, aber noch nicht jetzt. Es gab daher eine gute Chance, dass die Hondh die Interceptor auf sehr vorhersehbare Weise angreifen würden.

Was auch völlig ausreichen würde, um die Vernichtung des terranischen Schiffes zu gewährleisten.

»Hondh in Raketenreichweite in zehn Minuten«, meldete Lachweyler, sah auf und suchte den Blick des Kommandanten. »Wenn sie Mark VII haben. Bei VI sind es noch rund fünfzehn.«

»Wenn sie sofort feuern.«

»Das tun sie. Wir lesen Unregelmäßigkeiten im Antrieb des Schlachtkreuzers. Sie müssen jetzt loslegen, sonst laufen wir ihnen davon oder sie explodieren von selbst.«

Thrax nickte. Die Hondh waren wirklich daran interessiert, sie abzufangen. Was trieb sie zu solch einem Risiko? Es war zwar nicht unüblich für ihre immer sehr entschieden vorgehenden Feinde, dennoch: Hondh neigten gemeinhin nicht zu suizidalem Verhalten. Warum alles auf eine Karte setzen?

Leider würden sie das niemals erfahren.

Thrax schob den Gedanken beiseite.

Er konzentrierte sich darauf, nichts zu tun. Er hasste diese Phase eines Raumkampfes. Er war Statist. Entscheidungen waren bereits gefallen, auf beiden Seiten. Die Computer exekutierten. Es war vorhersehbar, mit geringen Toleranzen, und er durfte zusehen, wie er starb oder lebte.

»Abgefeuert. Abgefeuert. Gegner hat erste Salve abgefeuert. Mark VI.«

Lachweylers Stimme klang monoton, doch eine gewisse Freude war ihr zu entnehmen. Sie hatten eine Chance. Die beste, die sie unter diesen Bedingungen haben konnten.

»Leite Swing-by ein«, murmelte Carlisle fast unhörbar. »Wird ruckeln. Dämpfer auf Maximum. Alle mal festhalten.«

Die Interceptor beschleunigte, als sie um den Gasriesen zu schwingen begann.

»Abgefeuert. Abgefeuert. Zweite Salve. Mark VI.«

Das alte Schiff erzitterte, als Carlisle es mit einer stetig steigenden Geschwindigkeit um den Gasriesen zwang. Die Schwerkraft der Welt wirkte wie ein Katapult. Die Hülle ächzte vernehmlich. Aus den Augenwinkeln las Thrax die Warnleuchten der Dämpfer ab. Er hoffte, dass sie durchhalten würden, wie so oft zuvor. Wenn nicht, würden ihre Körper von den Haltegurten durchschnitten werden und sie alle als blutiger Matsch an der Wand enden.

Etwas rüttelte.

»Gegenmaßnahmen«, kommentierte Lachweyler. »Festhalten ist eine gute Idee.«

Die Ortungsanzeige war in eine verwirrende Vielfalt an Symbolen getaucht, gegnerische Raketen, eigene Abfangraketen, Gegenmaßnahmen, Kursvektoren, Beschleunigungswerte.

»Abgefeuert. Abgefeuert. Dritte Salve. Mark VI.«

Die Hondh schickten ihnen, was sie hatten, doch diese dritte Salve war schon aus Verzweiflung geboren. Wenn die Interceptor die beiden ersten überlebte, würde sie der dritten einfach davonrennen.

»Erste Salve: Status grün.«

Thrax stieß Luft aus, fühlte erst jetzt, wie angespannt er gewesen war. Veteran oder nicht, der Selbsterhaltungstrieb sorgte dafür, dass er mitfieberte. Die erste Salve war weitgehend neutralisiert worden. Eine einzelne Rakete war durchgekommen und wurde nun in unmittelbarer Nähe der Schiffshülle von den automatisch anspringenden Laserclustern aufgefressen.

»Swing-by abgeschlossen. Dämpfer im grünen Bereich«, sagte Carlisle. Der massive Körper entspannte sich. Seine Arbeit war getan. Die Interceptor wurde auf dem idealen Fluchtkurs aus dem System geworfen, und nur die zweite Salve der Hondh-Raketen hatte noch eine Chance, sie einzuholen.

Dementsprechend konzentrierte sich ihrer aller Aufmerksamkeit auf exakt diese.

»Löse Gegenmaßnahmen aus«, meldete Lachweyler, obgleich das gar nicht der Wahrheit entsprach. Der Kampfcomputer aktivierte die Störobjekte im exakt richtigen Zeitpunkt und schleuderte sie in einer glitzernden Wolke den heraneilenden Raketen entgegen. Augenblicke später zitterten eine Reihe der Blips auf Thrax' Monitor und erloschen.

»Drei sind durchgekommen«, meldete Lachweyler. »Lasercluster auf Suchmodus.«

Es vergingen einige weitere Minuten, in denen die Raketen mit einem letzten heftigen Burn ihrer Antriebe die Distanz zur Interceptor zurücklegten und in die Reichweite der Laser gelangten. Das für das bloße Auge unsichtbare Gewitter der Abwehrbatterien begann, die Raketen in den Fokus zu nehmen. Erneut war Lachweyler nur Kommentator der Geschehnisse. Der Kampfcomputer erledigte die Arbeit der Zielführung.

»Eine erwischt.«

Ein Blip verschwand mit einem zufriedenstellenden Zittern von Thrax' Monitor.

»Eine getroffen und verlässt Kurs.«

Auch diese Aussage wurde durch die Ortungsanzeige bestätigt. Die Rakete torkelte fort und war keine Gefahr mehr.

»Hm.«

Lachweyler beugte sich nach vorne.

»Ich muss meine Analyse von vorhin korrigieren, Captain.«

»Wo liegt das Problem?«

»Das dort ist eine Mark VII. Ablativer Schutz gegen Laser. Wir haben nicht genug, um uns durchzufressen.«

Thrax starrte auf den Monitor, und die Gelassenheit drohte ihn zu verlassen. Perfide, diese Hondh. Versteckten einen Einäugigen unter den Blinden.

»Carlisle?«

»Ich kann nichts tun. Nicht mal mit dem Hintern wackeln.«

»Treffer in zweiunddreißig Sekunden«, meldete Lachweyler unnötigerweise. Sie alle hatten die roten Zahlen des Kampfcomputers auf ihren Displays, überall, im ganzen Schiff.

»Bereit für Treffer in zwanzig!«, begann Lachweyler die Todesroutine. Seine Stimme zitterte kaum merklich. Thrax' Blick konnte sich nicht vom Blip lösen, der an das blaue Kreuz der Interceptor herankroch.

»Bereit für Treffer in zehn!«, erklärte Lachweyler. Die Fäuste des Waffenoffiziers krallten sich um die Armlehnen. Die Helme ihrer Druckanzüge schlossen sich. Dann zischten die Düsen los und begannen, alle mit Besatzungsmitgliedern besetzten Räume mit Druckschaum zu füllen. Dieser würde nicht nur ausbrechende Feuer sofort unterdrücken, sondern auch Erschütterungen auffangen, wenn die Dämpfer ausfallen sollten. Es dauerte nur wenige Sekunden, dann saßen sie alle bis zum Hals in Schaum, der stetig weiter anstieg. Thrax schaltete die wichtigsten Anzeigen in das HUD seines Anzughelms. Mehr als zuschauen konnte er ohnehin nicht mehr.

Zwei Dinge geschahen mehr oder weniger gleichzeitig.

Der taktische Computer meldete, dass auch das letzte Schiff von Thrax' Geschwader zerstört worden war. Die Interceptor war die einzige verbleibende Einheit, zumindest für die kommenden Augenblicke.

Dann schlug die Rakete ein.

Thrax wurde für einen Moment besinnungslos, als die Explosion die Interceptor durchrüttelte. Die Medsuite zischte und etwas in seinem Blut riss ihn aus der Schwärze zurück ins Bewusstsein. Die Schutzfelder im heckwärtigen Bereich waren bis zum Durchbrennen der Emitter verstärkt worden, und daher detonierte der Hondh-Sprengkopf auch nicht direkt an der Hülle, sondern am verstärkten Schutzfeld, das sich unmittelbar aufblähte, um dann sofort in sich zusammenzufallen. Die Explosionswelle traf auf die Schiffshülle und trieb die Interceptor aus ihrem Kurs. Mit großer Wucht.

Als Thrax wieder klar sehen konnte, stellte er als Erstes fest, dass er noch lebte.

Schadensmeldungen flackerten über das HUD. Der Kommandant erfasste die Situation innerhalb weniger Augenblicke. Erleichterung machte sich in ihm breit. Die Lebenszeichen bewiesen, dass die Herzen all seiner Besatzungsmitglieder noch schlugen. Auch der mehrfach abgeschirmte Maschinenraum war weitgehend unversehrt. Es gab zwei Hüllenbrüche und die Haupttriebwerke waren von der Automatik notabgeschaltet worden.

Eine große, rote Anzeige erhaschte seine Aufmerksamkeit.

Er hob eine Hand, schwerfällig geworden durch den Absorberschaum, und aktivierte die Verbindung zu Spoon. Dessen behelmtes Gesicht erschien direkt vor Thrax' Augen.

»Was?«

»Ich habe eine Schadensmeldung, wonach –«

»Und ich hole mir hier einen runter, oder was!«

Thrax verkniff sich eine böse Bemerkung, sondern beschied sich mit: »Ich will eine ordentliche Meldung, sobald du kannst.«

»Ich sag dir gleich, was du mich mal kannst!«

Thrax schaltete ab.

»Carlisle?«

»Wir trudeln etwas, aber wir sind schneller als die Hondh und außerhalb deren Reichweite. Da kommt nix mehr, denke ich.«

»Lachweyler?«

»Keine neuen Abschüsse. Entfernung vergrößert sich. In ein paar Momenten … ach, sag ich doch. Die Hondh drehen ab. Denen fliegen bestimmt schon länger die Absicherungen um die Ohren.«

Thrax drückte einen Knopf. Die Sprühdüsen zischten erneut, diesmal senkte sich der feine Schleier eines Lösungsmittels auf sie alle nieder. Dieses begann sofort, den Schaum aufzufressen. In wenigen Minuten würde nichts weiter als einige Flüssigkeitslachen übrig bleiben, eine Aufgabe für die Reinigungsroboter.

Thrax behielt den Helm geschlossen. Es empfahl sich nicht, das Lösungsmittel einzuatmen.

Spoon meldete sich wieder, schneller als erwartet.

»Sieht ganz übel aus, Captain.«

»Wie übel?«

»Sagte ich es nicht gerade? Ganz. Aus. Vorbei. Ist durch. Ich kann nichts machen. Denk dir was aus.«

Thrax starrte auf Spoon, dem kein passendes Schimpfwort mehr einzufallen schien, und schaltete ab.

Skepz sah ihn forschend an. »Schlimm?«

Thrax seufzte und öffnete seinen Helm. Auf der Brücke roch es unangenehm.

»Wir haben den FTL-Antrieb verloren. Die Abschirmungen haben nicht gehalten, der Energiekern wurde beschädigt. Spoon sagt, da geht nichts mehr.«

Thrax kratzte sich am Kopf. »Wir haben überlebt, aber aus der sofortigen Heimreise wird erst einmal nichts. Kein Überlicht. Wir müssen uns etwas anderes ausdenken.«

Er warf Skepz einen auffordernden Blick zu. »Vorschläge?«

Sie erwiderte nichts.

»Das ist die Situation«, sagte Spoon und schaute in seine leere Kaffeetasse, ehe er ein bemerkenswert aggressionsloses Seufzen ausstieß. »Es sieht beschissen aus, aber das ist ja nichts Neues.«

Alle saßen sie in der Schiffsmesse, bis auf Carlisle, der seinen Sessel ohnehin nicht mehr verlassen konnte und daher die Schiffswache übernommen hatte. Er hörte über das Interkom mit.

Thrax sagte nichts, behielt die Augen geschlossen und gab sich den Anschein, als denke er über das Gesagte nach. Stattdessen versuchte er, das Gefühl tiefer Enttäuschung zu verarbeiten, das ihn nach Spoons Bericht erfasst hatte, und dafür benötigte er einige Momente. Zum Glück gab es Lachweyler, der nichts glaubte, an allem zweifelte und der das Gespräch zur Überbrückung fortsetzte.

»Es ist also alles in Ordnung – Waffensysteme, Energieerzeugung, Lebenserhaltung, der ganze Krempel –, nur der Überlichtantrieb nicht?«

Spoon sah Lachweyler an, als ob er diesen für einen Idioten halte. Bei rechtem Licht betrachtet entsprach dies durchaus den Tatsachen. Der Chefingenieur fletschte die Zähne und bereitete sich auf eine wohlgesetzte Beleidigung vor, da öffnete Thrax die Augen und hob eine Hand.

»Der Bericht Spoons war vollständig«, sagte er leise. Spoon war ein unerträgliches Arschloch, aber er war mittlerweile ganz ordentlich bei seiner Arbeit. Lachweylers Nachfrage war überflüssig gewesen. Thrax sah Shirwa Lumb an, die Bordärztin, die nebenher auch als Versorgungsoffizierin fungierte.

»Ich hätte gerne den Status unserer lebenswichtigen Vorräte«, sagte er sanft.

Shirwa, eine drahtige, ältere Frau mit grauweißen, streng zurückgekämmten Haaren, nickte und warf einen Blick auf das elektronische Pad vor ihr. Sie hatte die Frage selbstverständlich erwartet.

»Wir haben Nahrungsingredienzen für 250 Tage, wenn wir die Recycler auf das Niveau von Konzentratriegeln und Wasser herunterregeln. Flüssigkeit sieht gut aus, da rechne ich mit 300 Tagen. Wir haben keine Verletzten, unsere medizinischen Vorräte sind daher nicht angerührt. Atemluftrecycling ist konstant für drei bis vier Jahre, wenn wir keine großen Aktionen veranstalten. Aber das ist egal, denn wir werden vorher verhungert oder verdurstet sein. Ich tippe ja eher darauf, dass wir die Luftschleusen öffnen, aber das ist nur meine persönliche Ansicht.«

»Spoon, wir können keine Reparatur durchführen?«, wollte Lachweyler noch einmal wissen. Der Chefingenieur presste die Kiefer aufeinander und warf dem Waffenoffizier einen bösen Blick zu, der die Frage in etwa beantwortete.

»Optionen?«, fragte Thrax.

Skepz räusperte sich. »Wir können um Hilfe rufen, aber da die Hondh offensichtlich dabei sind, hier eine Bergbaustation zu errichten, müssen wir davon ausgehen, dass sie uns abhören und sofort orten werden. Ich denke, dass es ein Kundschafterschiff hierher geben wird, wenn wir uns nicht zurückmelden. Es wird sehen, was wir jetzt auch erkennen können: ein oder zwei Hondh-Geschwader sowie eine Bergbaustation. Das wird man dem Oberkommando melden und vielleicht, vielleicht, in einem Jahr oder so, wird man angreifen.«

»Eher nicht«, murmelte Lachweyler. »Die Ecke ist schwer zu verteidigen und weitab vom Schuss. Sie wurde nur ausgebeutet, weil wir dachten, die Hondh hätten es nicht gemerkt. Hierher wird keine Flotte entsandt.«

Thrax nickte. Lachweyler war so gut über die strategischen Briefings informiert wie alle anderen und hatte eine realistische Einschätzung abgegeben. Selbst Spoon konnte dem nichts entgegensetzen. Er grunzte etwas und starrte wieder in den Kaffee. Wasser und Riegel waren nichts, was den massiv Koffeinabhängigen in Freude versetzte.

»Warten können wir, aber es nützt nicht viel«, fasste Skepz zusammen. »Um Hilfe zu rufen, ist Selbstmord.«

»Weitere Optionen?«, fragte Thrax.

»Wir können versuchen, die Bergbaustation anzugreifen, wenn sich eine gute Gelegenheit ergibt«, sagte Lachweyler. Seiner Stimme war anzuhören, dass er von seiner eigenen Idee nicht sonderlich begeistert war, da sie gleichfalls auf einen Selbstmord hinauslief. Aber es war eine Option, also nickte Thrax ihm zu.

»Weitere Ideen?«

Shirwa seufzte. »Können wir diese Scheißdiskussion jetzt nicht beenden? Wir sind alle nicht suizidal eingestellt und wir alle wissen, dass es nur eine Option gibt, unser Überleben zu sichern. Wir programmieren den Bordcomputer für einen kontinuierlichen Unterlichtflug zur Erde, schlüpfen in die Stasiskammern und hoffen auf das Beste.«

Thrax hob den Kopf.

»Carlisle, wie lange benötigen wir bei normaler Unterlichtbeschleunigung bis zur Erde – wenn wir die Maschinen möglichst schonen wollen und die Lebenserhaltung nachher noch funktioniert?«

»Für Letzteres kann ich keine Garantie abgeben«, erklang die Stimme des Navigators aus dem Lautsprecher. Spoon schnaubte, sagte aber nichts.

»Wie lange?«

»Subjektiv: 184 Standardjahre.«

»Kein Problem für die Stasiskammern«, warf Shirwa ein.

»Und auf der Erde? Wie viele Jahre werden dort vergangen sein, wenn wir eintreffen?«

»Etwa fünfhundert.«

Für einen Moment waren alle still.

»Bis dahin haben uns die Hondh doch besiegt«, murmelte Skepz.

»Oder auch nicht. Die Erde wird man bis zuletzt verteidigen, daher ist das irdische System auch unser logisches Ziel.

Die Kolonien werden als Erste fallen. Wir haben nur die eine Chance«, wandte Shirwa ein.

Thrax nickte. »Sie hat recht.«

Spoon räusperte sich, bewegte seinen Kopf nickend in Richtung des Lautsprechers.

»Was wird mit Carlisle?«

Thrax sah Shirwa auffordernd an.

Die Bordärztin zögerte unmerklich, holte Luft und sagte dann: »Das hängt von ihm mehr ab als von mir. Es ist so: Carlisle hat einen Körpermasseindex, der noch innerhalb der Parameter der Stasiskammern liegt. Er passt also hinein und wird hibernieren genauso wie wir. Das größte Problem ist, ihn von seinem Sitz zu lösen und zur Kammersektion zu bewegen. Er kann sich seit einiger Zeit nicht mehr selbständig bewegen, und er ist verdammt schwer und groß.«

»Fett«, erklärte Carlisle mit fast fröhlicher Stimme. »Ich bin ein aufgedunsener Klops. Und ich kann gerade noch die Arme und meinen Kopf einigermaßen bewegen.«

»Carlisle …«

»Ich weiß, wer oder was ich bin. Shirwa, wenn du sehen und hören und fühlen könntest, was ich hier erlebe, würdest du diesen Preis jederzeit mit Freuden zahlen. Und da ist das noch viel größere Problem: Ich weiß nicht, wie lange ich mental gesund bleiben werde, wenn ihr mich vom Navigationssensorium abgekoppelt habt.«

»Wir können eine Minimalverbindung bis zur Aktivierung der Stasis beibehalten«, erklärte Shirwa. »Nicht die komplette Suite, aber leichte Konnektivität über die Implantate. Wenn die Kammer läuft, ist es eh egal. Für dich eine Sekunde oder der Tod, aber sonst …«

»Und wenn ich erwache?«

Shirwa nickte. »Da kommen wir zum Kern der Sache. In welchem Zustand wird die Interceptor sein, wenn wir wieder aufwachen? Wird das Sensorium überhaupt reaktiviert werden können? Spoon?«

Der Chefingenieur wirkte ernst. Thrax war klar, dass der Mann spürte, dass er an seine Grenzen geführt wurde und plötzlich eine ungeahnte Verantwortung zu tragen hatte.

»Ich kann es nicht genau sagen. Aber bei geringster Beanspruchung ist die Reparaturautomatik recht zuverlässig. Ich kann dem Computer eine Hürde einprogrammieren, ab der er mich weckt, sodass ich selbst kurzzeitig was basteln kann und einen Blick auf die Dinge habe. Ich würde sowieso schauen, dass ich in jedem Falle zu jedem Reiseviertel geweckt werde, um die Runde zu machen.«

Er nickte Ladislaw Thaddeusz zu, seinem Stellvertreter, der mit ihm zusammen für die Wartung des Schiffes verantwortlich war. »Er kann das auch. Er ist nicht schlechter als ich.«

Thaddeusz, ein junger Mann mit einer ewigen Akne, war seit drei Jahren an Bord und starrte Spoon mit einem derart ungläubigen Blick an, dass man annehmen musste, dass er niemals ein lobendes Wort aus dem Munde seines Vorgesetzten gehört hatte. Was wahrscheinlich der Wahrheit entsprach.

»Es sollte also funktionieren?«, fragte Carlisle mit ein wenig Hoffnung in der Stimme.

»Wir wecken dich als Letzten, sodass wir vorher genug Gelegenheit haben, die Anlage zu warten«, schlug Spoon vor. »Und wenn wider Erwarten alles im Eimer ist, lassen wir dich in der Stasis, bis wir eine passende Lösung gefunden haben.«

Carlisle sagte nichts. Er wusste auch, dass dies wahrscheinlich die beste Lösung war.

»Das heißt, wir müssen unseren Navigator irgendwie in die Kammer schaffen und dann … dann schalten wir alles auf Minimum, setzen den Kurs und hoffen auf das Beste«, fasste Thrax zusammen. »Ist jemand dagegen? Ist uns etwas entgangen?«

Niemand regte sich.

»Dann ist es so beschlossen. An die Arbeit.«

Carlisle stieß einen etwas kläglichen Laut aus.

Das würde ihm keine Freude bereiten.

Es bereitete ihm keine Freude.

Der ekligste Akt war, Carlisle von seinem Sessel zu lösen. Hautfetzen blieben kleben, als die vier stärksten Besatzungsmitglieder der Interceptor sich um den hydraulisch zurückgefahrenen Sessel positionierten. Shirwa hatte sich direkt dahinter mit einer Schwebetrage platziert, auf der Carlisle in die Kammer transportiert werden sollte. Eine seiner letzten Taten war es gewesen, den Kurs des Schiffes auf die Erde zu programmieren und die Beschleunigung zu kalkulieren.

Thrax war einer der vier stärksten an Bord, und er versuchte, den süßlichen Geruch der nässenden und eiternden Wunden zu verdrängen, der an seine Nase drang, als er mithalf, den Navigator zu bewegen. Shirwa hatte Carlisle Schmerzmittel verabreicht, aber trotzdem wimmerte der massive Mann hin und wieder. Er wog sicher reichlich 200 Kilogramm. Der Navigator half, wo er konnte, doch im Verlauf der Jahre hatte sich seine Muskelmasse durch Unbeweglichkeit weitgehend abgebaut, und er war mit seinen Bewegungen eher hinderlich als hilfreich. Schließlich wurde er ermahnt, schlicht ruhig zu bleiben und alles seinen Kameraden zu überlassen, was er dann auch mit einem gleichermaßen resignierten wie auch peinlich berührten Gesichtsausdruck befolgte. Thrax wusste nicht, was dem Mann unangenehmer war – dass er von seinem Stammplatz fortbewegt werden musste oder dass er sich in so großer Hilflosigkeit in die Hände seiner Kameraden zu begeben hatte. Wahrscheinlich war es beides gleichermaßen.

Es dauerte fast fünf Minuten, bis sie ihn schließlich auf die Schwebetrage gewuchtet hatten. Carlisle war so breit, dass ein Gutteil seiner Masse seitlich über den Rand hinausragte.

Shirwa warf einen prüfenden Blick auf das Schott. »Wir werden etwas quetschen müssen, mein Freund.«

Carlisle sagte nichts, schaute nur drein wie ein leidendes Tier.

Es dauerte etwa eine halbe Stunde, bis sie ihn in die Krankenstation bugsiert hatten, in der sich auch die Stasiskammern befanden. Shirwa bestand darauf, die Gelegenheit zu nutzen, um Carlisles Wunden einmal richtig zu behandeln, also mussten ihre Helfer dableiben, um den Körper zu bewegen. Alle bemühten sich um Fassung. Die Ärztin ging methodisch vor, examinierte, säuberte, besprühte, verband. Als sie zufrieden war, waren fast zwei weitere Stunden vergangen.

»Erlöst mich«, murmelte Carlisle. Thrax nickte ihm zu. »Du kommst sofort in die Stasis. Wenn du wieder aufwachst, sind wir zu Hause.«

»Ah«, machte der Navigator schwach.

Sie hielten ihr Versprechen. Carlisle passte gerade mal so in die Kammer, aber die Kontrollen zeigten Grün. Als das Stasisfeld sich um den massiven Körper gelegt hatte, war das Leid des Navigators vorläufig … suspendiert. Er würde nicht mehr als einen winzigen Augenblick des Schwindels empfinden, ehe er in der Zukunft wieder erwachte – oder gar nicht mehr aufstehen, wenn die Systeme der alten Lady doch unvorhergesehen ihren Geist aufgaben. Thrax warf einen prüfenden Blick auf die regungslose Gestalt. Bald würde er genauso daliegen. Shirwa war die Letzte, die eine Stasiskammer betreten würde, so verlangte es das Protokoll. Sie war die Expertin für diese Technologie, soweit es für terranische Technik überhaupt noch Experten gab – ein Problem, das sie mit Spoon teilte.

»Wann geht der Rest in Stasis?«, fragte sie.

»Sofort. Nur Lachweyler und ich bleiben noch eine Woche auf den Beinen. Wir wollen sicher sein, dass uns keine Hondh folgen. Ich möchte keine bösen Überraschungen erleben. Wir verlassen das System in einem recht steilen Winkel zur Ekliptik und nach menschlichem Ermessen kann uns keiner mehr einholen. Wir sind weit von den idealen Sprungpunkten entfernt und die Wahrscheinlichkeit, dass wir noch einem Hondh in die Arme laufen, ist extrem gering. Aber ich will wachsam sein.«

Shirwa nickte.

»Spoon hat seine Reparaturen so weit abgeschlossen. Ich rufe ihn.«

Thrax überließ diesen Prozess der Ärztin und kehrte auf die Brücke zurück. Zwei Stunden später gab es nur noch drei bewusst denkende Personen an Bord der Interceptor. Shirwa, die in der Krankenstation saß und nur meldete, dass die Stasiskammern einwandfrei arbeiteten, sowie Thrax und Lachweyler, die vor den Kontrollen hockten und die passiven Ortungssysteme mit Argusaugen betrachteten.

Nichts.

Niemand.

Die Interceptor zog ihre Bahn aus dem Sonnensystem heraus. Sie würde eine Maximalgeschwindigkeit von 12 Prozent der Lichtgeschwindigkeit erreichen und dann die Maschinen abschalten. Die Steuerautomatik hatte die Aufgabe, Hindernissen auszuweichen, wo nötig Kurskorrekturen vorzunehmen und ansonsten dafür zu sorgen, dass der Kreuzer die Geschwindigkeit hielt. Nach den ersten 20 Jahren würde Spoon erwachen und nach dem Rechten sehen, nach den zweiten 20 Jahren Thaddeusz. So würde es weitergehen. Thrax selbst hatte programmiert, einige Jahre nach Thaddeusz' erster Schicht zu erwachen, und nicht länger als für wenige Stunden. Zum Ende der Reise würden Spoon und er zwei Monate vor dem Erreichen der bekannten Reichweitengrenze der irdischen Ortungsanlagen aufwachen und ihre Ankunft vorbereiten. Die anderen Besatzungsmitglieder würden kurz darauf folgen, mit Carlisle als Letztem, wie versprochen.

Es war alles vorbereitet. Es gab nichts mehr zu tun.

Er grübelte eine Woche lang über das nach, was sie erwarten würde, wenn die Reise gelang.

Es passierte nichts weiter. Schließlich überwanden sich Thrax und Lachweyler auch und betraten die Kammern. Es war keine Erleichterung und auch keine Hoffnung damit verbunden. Die Idee, das Schiff ganz sich selbst zu überlassen, war beunruhigend. Aber es gab keine Alternative.

Als Shirwa die Stasiskammer aktivierte, bemerkte Thrax davon nicht mehr als einen kurzen Schwindel. Dann blinzelte er mit den Augen.

Er blinzelte. Also war die Stasis beendet worden.

Thrax holte tief Luft. Das größte Problem war die psychologische Wirkung. Wenn alles geklappt hatte, waren etwa 45 Jahre vergangen, außer die Automatik hatte eine Notabschaltung verursacht.

Er trat nach vorne. Die Luft roch etwas abgestanden, da während der Stasis die Umwälzungsanlage auf ein Minimum heruntergefahren worden war. Doch er konnte atmen. Alles ganz unproblematisch.

Er sah sich um. Der Raum mit den Kammern war recht dunkel, doch an allen Einheiten schimmerten die Grünanzeigen. Trotzdem wirkte es wie in einer Grabkammer, und es war, als würde die Last der Jahre sichtbar auf den Pulten und Anzeigen liegen, obgleich dies natürlich eine reine Illusion war.

Thrax sah genau hin. Durch das dämmrige Licht erblickte er die Kammer von Thaddeusz, der zuletzt vor ihm aus der Stasis erweckt worden war. Sie war tot. Er machte einige Schritte auf die Kammer zu und schaute hinein.

Sie war leer.

Ein ungutes Gefühl beschlich Thrax.

Er marschierte zu einem Kontrollpult und gab seinen Code ein. Das Pult erwachte pflichtschuldig zum Leben und präsentierte ihm Basisdaten des Schiffes. Strukturelle Integrität in Ordnung. Energieversorgung im grünen Bereich. Ein Logeintrag von Spoon, ein weiterer von Thaddeusz. Spoon meldete kleinere Reparaturen, ebenso wie sein Stellvertreter. Und dann der Hinweis »Stasiskammer defekt« von Thaddeusz. Mehr nicht.

Thrax fuhr sich über sein Haar.

Er tippte einen weiteren Befehl, spürte, wie etwas in seinem Kopf kitzelte. Das Licht ging an. Die KI meldete sich in seinem Schädel mit einer Bereitschaftsmeldung.

Thrax verließ die Kammersektion, spazierte durch die Gänge des Schiffes. Kam es ihm nur so vor, oder sah die Interceptor ein klein wenig heruntergekommener aus als sonst? Es lag vielleicht daran, dass sein Unterbewusstsein einen solchen Eindruck nach so langer Zeit erwartete, obgleich es dafür überhaupt keinen Anlass gab. Die automatischen Reinigungssysteme, die Reparaturroutinen der KI und der weitgehend fehlende Stress irgendeiner signifikanten Beanspruchung sollte den Kreuzer in einem guten oder zumindest funktionsfähigen Zustand gehalten haben.

Bis auf …

Thrax erreichte die Brücke.

Niemand.

Er drehte sich auf dem Absatz um, durchmaß erneut das Schiff, diesmal mit unwillkürlich etwas schnelleren Schritten.

Es dauerte nur wenige Minuten, dann hatte Thrax den Maschinenraum betreten. Er musste sich nicht lange umsehen. Thaddeusz – oder das, was nach all den Jahren von ihm übrig geblieben war – saß im Sessel des Chefingenieurs. Er sah so aus, wie Thrax es erwartet hatte: weitgehend verwest, nur noch Knochen und der extrem haltbare Kunstfaserstoff der Uniform. Auf dem Kontrollpult lagen zwei Gegenstände, sofort sichtbar. Das eine war ein Injektor, den sich der Techniker aus Shirwas Vorrat geholt hatte. Thrax musste gar nicht lange überlegen, worum es sich dabei handelte. Offenbar mit der Aussicht konfrontiert, sein Leben allein in der Interceptor beschließen zu müssen, hatte Thaddeusz letztlich den Freitod gewählt. Der andere Gegenstand war ein persönliches Aufzeichnungsgerät. Thrax nahm es in die Hand, betrachtete das entspannt dasitzende Skelett und drückte den Wiedergabeknopf. Für rund fünf Minuten lauschte er den knappen, sachlichen Worten des Toten. Da war kein Zittern in der Stimme. Thrax hatte nichts anderes erwartet. Es war auch genauso abgelaufen, wie er es sich vorgestellt hatte. Als für Thaddeusz klar geworden war, dass seine Stasiskammer irreparabel funktionsuntüchtig war, hatte er noch ein Jahr ausgeharrt, Wartungsarbeiten durchgeführt und sich mit sich selbst beschäftigt. Er hatte darauf verzichtet, jemanden zu wecken, aus Angst, dass eine weitere Kammer ausfallen würde, vor allem, da es ihm nicht gelungen war, die Ursache für die Störung zu finden. Thrax war sich nicht sicher, ob er genauso konsequent gehandelt hätte. Er konnte sich gut vorstellen, zumindest mit dem Gedanken gespielt zu haben, sich mit jemandem in der Nutzung einer Kammer abzuwechseln. Aber beide wären dann bei der Ankunft sehr alt oder doch tot gewesen, und dies nach einem extrem monotonen und nervtötenden Leben – oder vielmehr einem Dahinvegetieren, denn viel mehr würde es nicht gewesen sein. Möglicherweise hatte Thaddeusz diese Entscheidung niemandem zumuten wollen. Thrax konnte all dies letztlich nur vermuten. Die kurze Aufzeichnung gab keinen Aufschluss über das Innenleben des Mannes und die Gedanken, die zu seiner Entscheidung geführt hatten. Keine persönlichen Worte waren über seine Lippen gekommen. Er hatte einfach den Entschluss gefasst, sich zu töten. Hier war er ebenso methodisch vorgegangen wie bei seinen Reparaturen. Er war wahrscheinlich friedlich eingeschlafen und dann nie mehr aufgewacht. Er hatte keine Nachricht an jemanden hinterlassen. An wen auch? Seine Freunde und Verwandten würden lange tot sein, wenn sie ihr Ziel erreichten. Und mit seinen Schiffskameraden hatte er über all die Jahre seiner Dienstzeit alles besprochen, was es zu besprechen gab.

Dem war dann einfach nichts mehr hinzuzufügen.

Und so war er gestorben. Klaglos, leise. Friedlich, wollte Thrax annehmen. Er seufzte. Was würde er wohl tun, sollte er in ein paar Stunden herausfinden, dass auch seine Kammer nicht mehr anspringen wollte? Als Kommandant durfte er die eines anderen Besatzungsmitgliedes in Anspruch nehmen. Doch er glaubte nicht, dass er dies tun würde. Er würde enden wie dieser Mann, vielleicht nach ein paar Jahren mehr Einsamkeit. Thrax hatte kein Problem mit dem Alleinsein. Eine Weile würde er das sicher aushalten.

Thrax räumte also auf. Er bestattete den Körper des Toten und hielt vor dem Nichts eine bedeutungslose Andacht, einfach, weil man das in dieser Situation so tat. Dann überantwortete er die sterblichen Überreste des Toten den Sternen. Dieser Pflicht entledigt, wanderte er durch das Schiff, um nach dem Rechten zu sehen. Er fand nichts, was seiner besonderen Aufmerksamkeit bedurfte. Das Schiff war in Ordnung, soweit er feststellen konnte. Die Ortungslogs gaben nichts her. Dann ging er zurück zu seiner Kammer und führte den Selbsttest durch. Alles grün, wie er zu seiner Erleichterung – die größer war, als er sich zugestehen wollte – feststellte. Er trat ein und die Automatik aktivierte die Stasis, ehe er blinzeln konnte.

Beim nächsten Mal, wenige Monate vor ihrer Ankunft, erwachte er zusammen mit Spoon. Der Ingenieur zeigte sich ungewöhnlich kleinlaut, als sie sich begrüßten. Er hatte bei seinem letzten Erwachen die Meldung vom Tode seines Kollegen bekommen, und obgleich er es nicht offen zugeben wollte, hatte ihn das höchst unrühmliche Ende des Mannes tief getroffen.

Thaddeusz schien allerdings das einzige Opfer ihrer langen Reise zu bleiben. Spoon untersuchte die noch aktiven

Stasiskammern der anderen Besatzungsmitglieder und fand keine Probleme vor. Anschließend machte er sich an einen allgemeinen Check der gesamten Schiffssysteme. Die bisher auf Minimum arbeitenden Anlagen wurden hochgefahren, bis das gesamte Schiff im vertrauten Ton knisterte und summte. Nach zwei Tagen intensiver Arbeit trafen sich die beiden Erwachten in der Messe. Die konservierten Nahrungsmittel schmeckten noch genauso wie vor 500 Jahren, was immerhin ein Hinweis darauf war, dass man sie noch zu sich nehmen konnte.

»Es sieht gut aus«, sagte Spoon, als er den Behälter mit dem Essen aufriss und misstrauisch auf die dampfende Nudelspeise starrte. »Ich habe einige kleinere Probleme entdeckt, vor allem, als wir alles hochgefahren haben – ein paar spröde Rohrleitungen, ein lecker Tank, ein wenig Spannungsabfall hier und da, aber nichts, was sich nicht reparieren ließe. Wichtig: Das Navigationssensorium ist einsatzbereit. Wir werden keinen Carlisle auf Turkey erleben müssen.«

Thrax öffnete seine erhitzte Box und blickte mit einer Mischung aus Hunger und Abscheu auf den Gulasch, der in etwa den gleichen vertrauenerweckenden Eindruck machte wie auch vor 500 Jahren. Trotzdem war es von allen Fertiggerichten dasjenige, das er am ehesten zu ertragen bereit war – ein Grund mehr, es so selten wie möglich zu essen, um sich das bisschen Freude nicht auch noch zu vermiesen.

»Die Brücke läuft rund«, berichtete er dann, während Spoon sich eine Gabel mit Nudeln in den Mund schaufelte. »Die Logs melden nichts Außergewöhnliches. Ich habe die Fernscanner noch nicht eingeschaltet, ich will lieber vorsichtig sein. Aber ansonsten – niemand hat nach uns gerufen, niemand hat uns besucht und die Interceptor ist niemandem begegnet. Ich lasse ab morgen langsam abbremsen. Geht das in Ordnung?«

»Absolut. Triebwerke sind alle im grünen Bereich. Sei sanft.«

»Das bin ich doch immer.«

Spoon grunzte etwas.

»Dann wecken wir den Rest der Mannschaft, bis auf Carlisle. Bei ihm müssen wir Vorbereitungen treffen. Ich werde seinen Sessel gründlich desinfizieren, die Zuleitungen ersetzen und die Polster erneuern. Dazu kommt man im Leben eines Navigators nicht oft.«

Spoon nickte. »Gut. Shirwa hilft dir. Wir wecken sie als Erstes.« Er hielt einen Moment inne. »Nichts von der Erde? Wir sind doch in Reichweite der stationären Kom-Netze. Wir sollten was auffangen, selbst, wenn es nicht direkt an uns gerichtet ist.«

Thrax senkte den Kopf. »Nichts. Jedenfalls nichts im überlichtschnellen Bereich. Ich bekomme Fetzen aus dem Normalfunk, also vermute ich mal, dass da noch irgendwas und irgendwer aktiv ist.« Er stocherte etwas in seinem Essen herum. »500 Jahre sind verdammt lange, Spoon.«

»Ob die Hondh die Erde erobert haben?«

Thrax zuckte mit den Schultern. Es war eine gute, möglicherweise sogar die wahrscheinlichste Erklärung. Niemand wusste genau, was mit einer Welt geschah, die in die Hände der Hondh fiel. Sie hatten zu ihrer Zeit niemals eine zurückerobert oder sich einer auch nur nähern können. Die Hondh bewachten ihren Besitz außerordentlich eifersüchtig. Von dort entfloh auch niemals jemand.

Ob das 500 Jahre später noch eine Rolle spielte?

Sie machten sich an die Arbeit. Als Erstes wurde Shirwa geweckt, die sofort die Aufgabe übernahm, alle anderen Besatzungsmitglieder aus der Stasis zu erlösen. Niemand wirkte desorientiert, als er aus der Kammer trat, doch alle waren traurig, als sie vom einsamen Tod ihres Kameraden hörten.

Die Interceptor erwachte weiter zum Leben. Alle restlichen Systemtests verliefen einwandfrei. Spoon schlenderte in alle Stationen, um kleinere Reparaturen durchzuführen, und hin und wieder versagte ein frisch hochgefahrenes Gerät nach so vielen Ruhejahren den Dienst. Die Manufaktoren der Interceptor begannen, kleinere Ersatzteile herzustellen, basierend auf alten Matrizen, die schon zu Zeiten des Krieges niemand mehr herzustellen gewusst hatte. Spoon hütete sie wie die Schätze, die sie auch waren.

Als sich Thrax nach einigen Tagen sicher war, dass die Interceptor so einsatzbereit war, wie man es unter diesen Umständen erwarten konnte, befahl er, die Fernscanner zu aktivieren. Gebannt hockten er, Skepz und Lachweyler vor den Schirmen, als die Ergebnisse eintrafen. Die positive Nachricht: Das irdische Sonnensystem existierte und war vollständig. Es war belebt, denn es gab Energiewerte von der Erde, dem Mars, aus dem Asteroidengürtel sowie von einigen Monden von Jupiter und Saturn. Weniger als damals, vor 500 Jahren, aber nicht so wenig, dass man mit dem Schlimmsten rechnen konnte.

»Ich kalkuliere etwa 80 Raumschiffsbewegungen innerhalb des Sonnensystems«, meldete Skepz, als sie die Scanner eine Stunde lang hatten operieren lassen. Thrax hatte daraufhin befohlen, wieder alles abzuschalten. Sie hatten reichlich Ortungsdaten gesammelt und es war nicht notwendig, dass die Interceptor länger als nötig wie ein Weihnachtsbaum vor sich hin leuchtete.

»Das ist nicht viel«, murmelte Lachweyler, der durch einige Datenkolonnen scrollte. »Zu unserer Zeit lag das Verkehrsaufkommen bei durchschnittlich 800 bis 900 Einheiten im inneren Sonnensystem sowie 300 bis 400 Einheiten jenseits des Asteroidengürtels, militärische und zivile Raumfahrt zusammengezählt. Davon rund 80 Prozent Systemschiffe. Wir kommen hier nicht einmal auf 10 Prozent, und es sieht so aus, als wären darunter nicht mehr als ein Dutzend interstellarer Einheiten. Das ist das Verkehrsniveau einer zurückgebliebenen Randwelt!«

Der letzte Satz war etwas lauter gesprochen worden als gewollt und Lachweyler presste die Lippen aufeinander, um seinen Emotionen nicht durch weitere unbedachte Worte Ausdruck zu geben. Er wollte nicht hysterisch wirken. Thrax wusste, wie er sich fühlte. Lachweylers Analyse war absolut zutreffend. Das war ganz sicher nicht das irdische Sonnensystem, wie sie es gekannt hatten.

Das war aber auch kaum zu erwarten gewesen.

»Wir gehen weiter vorsichtig vor«, entschied Thrax. »Es liegt noch einiges an Flugzeit vor uns, und wir werden ganz langsam abbremsen, um keine allzu auffällige Energiesignatur abzustrahlen. Es wird alles aufgezeichnet, was wir bekommen können: Verkehrsdaten, Computernetzwerke, überall, wo wir passiv reinkommen. Lass die KI alles durchforsten und katalogisieren und erste Schlüsse ziehen. Ich will eine erste Zusammenfassung in sechs Bordtagen; da wir in den Empfangsbereich aktueller Transmissionen kommen und diese immer weniger gestreut und immer vollständiger werden, müsste die Datenmenge dann ausreichend groß sein. Lasst die Finger von verschlüsseltem Material, ich will mir nichts einfangen. Wir sind ganz brav und machen ansonsten keinen Mucks. So weit klar?«

»Keinen Mucks«, bestätigte Skepz. »Wann wecken wir Carlisle?«

Thrax zögerte. Eigentlich hatten sie damit nur warten wollen, bis klar war, dass das Sensorium wieder gut genug funktionierte, um die geistige Gesundheit ihres Navigators zu erhalten. Diese Voraussetzung war bereits gegeben. Andererseits benötigten sie Carlisles Fähigkeiten zurzeit nicht und eine lange passive Wartezeit war nichts, was den Mann sonderlich erfreute. Er würde zumindest das Sensorium einsetzen wollen, um sich in den kontemplativen Anblick der Wurmlochgeometrie zu versenken, und das erzeugte Energiesignaturen, auf die Thrax derzeit lieber verzichten wollte.

»Wir warten noch ein wenig«, beantwortete er ihre Frage. »Lassen wir ihn noch ein wenig ruhen.«

Skepz nickte. Sie hatte diese Antwort wohl erwartet.

»Was machen wir, wenn die Hondh den Krieg gewonnen haben?«

Lachweyler sah forschend in die Runde. Es war durchaus typisch für ihn, jene Fragen zu stellen, die andere nur verdrängten. Thrax war versucht, ihm dafür dankbar zu sein; die Tatsache aber, dass nunmehr von ihm eine Antwort erwartet wurde, minderte diese Versuchung erheblich.

»Wir rennen weg«, sagte er dann. »Wir rennen so weit, wie wir können.«

»Vielleicht ist es nicht so schlimm unter den Hondh«, äußerte Skepz eine Vermutung, die in den letzten Jahren – den letzten Jahren vor ihrem Dilatationsflug – relativ populär in der kriegsmüden Bevölkerung geworden war.

»Wir werden versuchen, es herauszufinden«, erwiderte Thrax. »Wenn sich herausstellt, dass die Hondh liebevolle und großzügige Herren sind und wir nichts weiter aufgeben müssen als unseren freien Willen, dann kann sich jeder entscheiden, die Pensionsansprüche abzurufen. Falls die Hondh bereit sind, uns diese auszuzahlen.«

»Dürfte ihren Haushalt in Schieflage bringen«, meinte Spoon grinsend.

»Ich glaube nicht, dass Jahre im Dilatationsflug als Arbeitszeit angerechnet werden, speziell wenn man sie in Stasiskammern zugebracht hat«, meinte Skepz und seufzte. »Wenn wir fliehen, dann haben wir immer noch keinen Überlichtantrieb. Ich bin mir nicht sicher, ob ich diese Form des Vagabundierens gut finde.«

»Dazu habe ich eine Information«, erklärte Spoon und durfte sich über ungeteilte Aufmerksamkeit erfreuen. »Ich habe das problematische Bauteil eindeutig identifiziert. Wir haben dafür keine Manufakturmatrix an Bord, es ist sehr komplex. Wenn es uns gelingen sollte, entweder ein solches Bauteil zu organisieren oder die dazugehörige Matrix, sollten wir dieses Problem lösen können.«

Thrax nickte. »Das behalten wir im Hinterkopf. Wenn

sich die Möglichkeit ergibt, wollen wir sie auch nutzen.« Er blickte in die Runde. »Sonst noch etwas, das wir hier und jetzt besprechen müssen?«

Er erntete allgemeines Kopfschütteln.

Es waren zwei weitere Wochen vergangen, und es waren deprimierende Wochen gewesen. Das hing vor allem damit zusammen, dass sich eindeutig herausgestellt hatte, wer auf der Erde regierte.

Es waren Menschen.

Es gab einen Regierungschef – er trug den unprätentiösen Titel eines Direktors – und ein Parlament. Alles Menschen. Die Interceptor empfing Nachrichten in guter Qualität, und obgleich sich die Sprache im Verlaufe der Jahrhunderte verändert hatte, konnte die KI ihnen dabei helfen, alles richtig zu verstehen. Es hatte sich nicht viel getan, was die Qualität dieser Sendungen anging. Thrax fand es verwunderlich, dass es sie überhaupt gab. Die meisten Menschen zu seiner Zeit riefen sich benötigte Informationen über einfache Implantate direkt ab.

Doch dann begannen die Dinge, Sinn zu ergeben.

Die KI war zu einigen beunruhigenden Schlussfolgerungen gekommen, und diese waren es, die für eine eher bedrückte Stimmungslage sorgten.

Erstens: Die technologische Entwicklung der Menschheit war stagnierend. Es gab keinerlei Hinweise darauf, dass sich in den letzten 500 Jahren irgendwas deutlich verbessert hatte – eher im Gegenteil. Rückschritte waren erkennbar, kleine nur, aber deutliche Hinweise darauf, dass die Menschen ihre bereits während des Krieges zusammengebrochene Innovationsdynamik wohl endgültig verloren hatten. Vielleicht war der Krieg daran schuld.

Wahrscheinlicher aber war zweitens: Die Hondh hatten gewonnen, schon wenige Jahre nach dem Abflug der Interceptor.

Alle irdischen Kolonialwelten wie auch ihr Muttersystem waren Teil des Hondh-Imperiums geworden. Es hatte seitdem offensichtlich auch nie einen Versuch gegeben, dieses Joch abzuschütteln. Die Menschen hatten sich arrangiert.

Dazu passte drittens gar nicht: Auch in dieser Zeit, 500 Jahre nach der Eroberung durch die alten Feinde, hatte noch nie jemand einen Hondh persönlich erblickt. Sie unterhielten keine Statthalter. Sie regierten nicht direkt, sondern überließen den untergeordneten Völkerschaften alles in innerer Autonomie. Es galten nur wenige Gesetze, soweit die KI das hatte herausfinden können. Eines hieß: Ihr dürft keine Waffen haben.

Es gab kein Militär mehr im Weltall. Nicht ein einziges Kriegsschiff. Die Interceptor war damit die gesamte terranische Kriegsmarine und ihre bloße Existenz konnte für die Hondh eine Provokation sein. Über die Konsequenzen galt es nachzudenken.

Es dauerte nicht allzu lange, da hatte Lachweyler eine Lösung gefunden.

»Kommandant, ich denke, wir sollten einen Zwischenstopp einlegen«, erklärte er nach sorgfältigem Studium der Ortungsdaten.

»Wo und warum?«

»Hier …« Er wies auf eine markierte Stelle auf dem Ortungsschirm. »Um unsere Waffensysteme abzumontieren und zu bunkern. Die Informationen besagen, dass die Hondh im Sonnensystem Überwachungsstationen installiert haben, die auf die Existenz von Waffentechnologie ausgesprochen allergisch reagieren. Die Stationen selbst scheinen nur dazu bestimmt zu sein, die Erde militärisch zu bedrohen, aber ich denke mal, sie können fix Hondh-Einheiten alarmieren – von denen sich normalerweise aber nie welche im Sonnensystem befinden.«

»Wir könnten sie schlicht alle abschalten, von der Energieversorgung lösen. Sie wären tot.«

Lachweyler schüttelte den Kopf. »Die Sprengköpfe der Raketen emittieren immer eine schwache Reststrahlung. Und die Aufbauten der Nahkampfwaffen sind bezüglich ihres Zwecks kaum misszuverstehen. Ich weiß nicht, was die Hondh für Beobachtungsmöglichkeiten haben. Aber wenn sie so sorgfältig in ihrer Überwachung sind wie damals darin, uns die Scheiße aus dem Leib zu prügeln, halte ich das Risiko einer solchen Vorgehensweise für unkalkulierbar.«

Thrax nickte. »Das sehe ich ein. Der Vorschlag?«

»Wir haben hier in der Oort'schen Wolke einige Raumschiffsfriedhöfe. Es sieht für mich danach aus, als wäre die terranische Marine dort demilitarisiert worden. Wir haben nur relativ ungenaue Daten, aber ich schließe daraus, dass einige Geschwader von Kampfschiffen da durchs All treiben, nichts anderes als Wracks, ganz sicher ausgeschlachtet und nicht mehr als Weltraummüll. Es gibt in der Nähe keine Beobachtungsstation und darüber hinaus auch keinerlei Schiffsverkehr. Es ist einfach nur eine Grabstätte für die alte Flotte. Wir machen einen kleinen Abstecher dorthin, bauen unsere Waffensysteme aus, lagern sie in einem der Schiffswracks ein, irgendwo tief in der Hülle, und fliegen erst dann ins System ein. Ich habe mir die Schiffsbewegungen genauer angeschaut. Viele der interstellaren Besucher kommen ganz offensichtlich von anderen irdischen Welten innerhalb des Hondh-Bereiches. Sehr viele der Schiffe sind uralte Überbleibsel aus glorreichen Zeiten, die so einigermaßen instand gehalten werden, darunter auch konvertierte Militäreinheiten. Wir fallen demnach gar nicht so auf mit der alten Interceptor – mit dem Unterschied, dass wir vielleicht ein wenig klein sind für einen Frachter.«

Thrax besah sich die Ortungsergebnisse und fand an Lachweylers Vorschlag keinen Makel.

»Die Frage ist natürlich, wie die Hondh auf ein zurückkehrendes Kriegsschiff aus der Zeit vor 500 Jahren reagieren werden«, murmelte Lachweyler.

»Ich glaube, gar nicht. Nach allem, was wir bisher in Erfahrung gebracht haben, regieren die Hondh nicht … nicht im engeren Sinne. Wenn wir uns ruhig verhalten, ohne Waffen einreisen und auch sonst keine Wellen schlagen, wird man uns aller Wahrscheinlichkeit nach schlicht ignorieren.«

»Dann machen wir es so, wie ich es vorgeschlagen habe?«

»Ja. Aber dafür will ich Carlisle wecken. Er ist der weitaus bessere Pilot.«

»Es ist ohnehin bald an der Zeit. Ich sage Shirwa Bescheid.«

»Ja, tu das. Sie soll aber warten, bis ich zugegen bin. Und auch du und Spoon. Wir werden ihn tragen müssen, wie damals.«

Ein »damals«, das für Carlisle nicht mehr als einen Wimpernschlag her war. Er hatte demnach keine Gelegenheit gehabt, besonders viel abzunehmen.

Lachweyler bestätigte und verließ die Brücke. Thrax schaute noch einmal auf die Markierung. Es war ein ganz seltsames Gefühl, freiwillig auf den besten Schutz verzichten zu müssen, der ihnen geblieben war. Aber möglicherweise war dieses Gefühl der Sicherheit, das die Waffen vermittelten, auch nur trügerisch. Die Interceptor alleine gegen die Hondh? Was für ein alberner Gedanke.

Thrax hatte das Gefühl, das ganz unabhängig von den Herausforderungen, die vor ihnen lagen, der Einsatz von Waffengewalt wahrscheinlich die schlechteste Methode sein würde, diesen zu begegnen.

Es war ein glücklicher – weil vollständig mit dem Sensorium verbundener – Carlisle, der die Interceptor in das Feld aus Wrackteilen und Schiffshüllen steuerte. Thrax saß vor der Ortungssuite und war deprimiert. Was sich da vor seinen Augen abspielte, zeigte die erschütternd umfassende Niederlage der Menschen so eindrucksvoll, dass es keinen Zweifel mehr daran geben konnte. Thrax konnte fast alle Schiffstypen, deren Reste da im All schwebten, genau aufsagen, und selbst die nur in Teilen vorhandenen Hüllen und Druckkörper waren noch so vollständig, dass sie sich identifizieren ließen.

Er beugte sich nach vorne.

»Verdammt!«, murmelte er kaum hörbar. »Ist das nicht …?«

Skepz atmete direkt an seiner Seite laut ein und wieder aus. Sie merkte vielleicht gar nicht, dass sie eine Hand auf Thrax' Schulter gelegt hatte, und er hielt es nicht für so wichtig, sie darauf hinzuweisen. Außerdem wurde ihrer beider Aufmerksamkeit durch den Anblick gefesselt, der sich ihnen darbot. Ein besonders großes Wrack, zerteilt in Einzelsegmente, die jedoch sehr eng nebeneinanderschwebten, erfüllte sie mit Unglauben und einem gewissen Entsetzen.

»Kommandant, das ist die Hideki Tanaka!«, hörten sie die Stimme Spoons, der im Maschinenraum das gleiche Bild betrachtete.

Die Tanaka.

Der Stolz der Kriegsmarine, schon vor ihrer Abreise seit fast einhundert Jahren das Flaggschiff, das Rückgrat zahlreicher Angriffs- und Verteidigungsaktionen, ein ruhender Pol, der immer da gewesen war und auf den sich alle immer und immer wieder verlassen hatten.

Carlisle ließ die Interceptor besonders langsam um die Reste der Tanaka herumschweben, sodass sie alle einen intensiven Blick darauf werfen konnten.

»Verdammt, sie ist nicht einmal im Kampf zusammengeschossen worden!«, kam Lachweyler zu dem gleichen Schluss wie sie alle. Seine Stimme klang etwas zittrig, als er das sagte, und niemand machte ihm deswegen Vorwürfe.

»Fein säuberlich in Stücke geschnitten, ohne jede Gegenwehr. Abgewrackt. Sorgfältig und gründlich abgewrackt«, murmelte Skepz und schüttelte den Kopf. Thrax sagte nichts und starrte nur. Im aktiven Dienst war die Tanaka ein Riese von fast achthundert Metern Länge gewesen, eine große

Walze, die genug Waffen bei sich trug, um Welten einzuäschern. Ihre Reste dermaßen … ergeben im Weltall treiben zu sehen, war mehr als nur beklemmend oder deprimierend. Es war erschreckend.

Es zeigte die Macht der Hondh, sicher. Es war aber vor allem ein Beweis für die Ohnmacht der Menschheit.

»Die alte Dame kann uns noch nützlich sein«, hörten sie die Stimme Carlisles. »Schaut mal, dieser Teil der Mittelsektion. Darin waren die Lagerräume. Das sieht alles einigermaßen komplett aus.«

Der Navigator hatte recht. Dieser Teil der Tanaka war zwar ebenfalls sorgfältig ausgeschnitten worden, war aber fast so groß wie die Interceptor und sollte daher ausreichend Platz bieten, das kleine Geschenk aufzunehmen, das sie hier zu deponieren beabsichtigten.

»Skepz, geh mit Spoon rüber und schau dir das an«, befahl Thrax nach längerem Schweigen. »Finde einen geeigneten Ort für die Waffensysteme, der leicht zugänglich ist, damit wir im Notfall alles schnell wieder einräumen können. Die Verladeroboter können dann sofort mit der Arbeit beginnen. Ich will mich hier nicht länger als nötig aufhalten. Dieser Ort deprimiert mich.«

»Wir machen uns sofort auf den Weg.«

Skepz erhob sich und verschwand. Nur wenige Minuten später steckten sie und Spoon in den Einsatzanzügen und verließen die Interceptor, die durch Carlisle sehr nahe an das dahintreibende Segment gesteuert worden war. Derweil bauten die Automaten die Waffensysteme aus. Alles an Bord der Interceptor war modularisiert. Der Ausbau eines jeden Systems war so möglich, dass es vollständig und in kürzester Zeit ersetzt werden konnte. Diese Tatsache kam ihren Plänen nun entgegen.

Es verging eine gute Stunde, in der sich außer den automatischen Peilmeldungen der Einsatzanzüge keine weitere Kommunikation ergab.

»Kommandant!« Es war die Stimme von Skepz, und etwas an ihrem Unterton ließ Thrax aufhorchen.

»Was gibt es?«

»Es ist vielleicht nicht schlecht, wenn du mal rüberkommst. Das solltest du dir ansehen.«

»Ist das …?«

»Komm einfach.«

Thrax diskutierte nicht länger. Er marschierte zur Mannschleuse, kleidete sich in seinen Einsatzanzug, der älter war als er selbst und den er anzog wie ein altes, sehr lieb gewonnenes und deswegen oftmals geflicktes Paar Schuhe. Augenblicke später schwebte er auf das Segment der Tanaka zu und fragte sich, was so wichtig war, dass er es sich selbst ansehen musste.

Er hatte ein ungutes Gefühl, als seine Füße auf die Außenhülle des Segments trafen und er in die geöffnete Mannschleuse trat, die auch Skepz und Spoon zum Betreten des Schiffes genutzt hatten.

Skepz und Spoon hatten kleine Klebelampen an den Wänden verteilt, die die Gänge in ein fahles Licht tauchten. So aber konnte sich Thrax ohne die Scheinwerfer des Anzugs orientieren. Der Marsch durch das Segment auf den Standort seiner Kameraden zu hatte etwas Bedrückendes. Er hatte dieses Schiff im Verlauf seiner Karriere sicher ein Dutzend Mal betreten, meist zu Stabsbesprechungen und Planungskonferenzen. Es war immer voller Aktivität gewesen, hatte eine Besatzung von fast 600 Frauen und Männern beherbergt, eine im Weltall schwebende Siedlung, die trotz ihres Alters nichts an Dynamik und Kraft eingebüßt hatte. Die Tanaka war der Stolz der Flotte gewesen, der Gipfel der technischen Entwicklung, ehe der allgemeine Zusammenbruch irdischer Zivilisation selbst Ingenieure nur noch zu Kopisten degradiert hatte.

Und jetzt war hier nichts mehr. Nicht einmal Luft zum Atmen.

»Wir sind in der Kabine«, hörte er die Stimme von Skepz im Helm, dann sah er bereits die geöffnete Tür. Er trat ein, schaute auf das, was sich seinen Augen darbot, schwieg einen Moment, einen weiteren. Ein Räuspern folgte, und dann, ehe er selbst etwas sagen konnte, sprach Skepz.

»Die Tür war weit offen und die Notbeleuchtung war an – jemand hat eine kleine Atomzerfallsbatterie an die Lampe geklemmt. Die leuchtet noch weitere 500 Jahre, mindestens.«

Thrax' Blick fiel auf das rötlich schimmernde Licht, nun in seiner Strahlkraft überdeckt durch die Orientierungslampen, die die Besucher angebracht hatten.

»Jemand wollte, dass Besucher dies finden«, sagte Spoon.

»Nicht jemand. Er«, erklärte Thrax. Vor ihm, völlig mumifiziert, saß ein toter Mann in Uniform in einem Sessel. Die Rangabzeichen wiesen ihn als Captain aus, und Thrax wusste, um wen es sich handelte. Es war Carl Levante, der Kommandant der Tanaka, ein Veteran wie Thrax selbst, beide Absolventen der gleichen Akademie, Levante nur zwei Jahrgänge vor ihm. So, wie er dasaß, machte er einen fast gelassenen Eindruck. Alles hier war arrangiert worden, und alles sah nach einem Suizid aus.

Der zweite, mit dem er binnen kurzer Zeit konfrontiert wurde, dachte Thrax.

Er hoffte, dass dies jetzt nicht zur Gewohnheit wurde.

»Er ist weit und breit die einzige Leiche«, informierte ihn Spoon. Auch er hatte Levante zweifelsohne erkannt. »Er muss freiwillig zurückgeblieben sein, als die Tanaka abgewrackt wurde. Vielleicht hat er sich versteckt, bis die Demontage vorbei war, und hat sich dann hierher hingesetzt. Ich weiß nicht ganz, was er damit bezweckt hat. Er konnte nicht damit rechnen, dass hier jemals wieder jemand hinkommt. Ich würde mich nicht wundern, wenn wir seit der Zerlegung des Schiffes die allerersten Besucher sind. Würde jedenfalls ins Bild passen.«

»Oder er ist hierher zurückgekehrt, weil ihm der Frieden, den er erlebt hat, nicht sonderlich gefiel«, murmelte Thrax und machte einen Schritt auf den Toten zu. Levante war bei aller Besonnenheit ein fanatischer Soldat gewesen, der die Hondh mit jeder Faser seines Selbst zu hassen gelernt hatte, weitaus intensiver und brennender, als Thrax dies selbst in jungen Jahren empfunden hatte. Für Levante waren die Hondh kein abstrakter, unnahbarer Feind gewesen, sondern etwas Persönliches. Thrax hatte nie ganz verstanden, warum das so war. Es musste etwas mit dem Lebensweg des Mannes zu tun gehabt haben.

»Wollte er in seinem Schiff sterben – so auf die romantisch-altmodische Art und Weise?«, fragte Spoon.

»Das ist zwar nicht unmöglich, hört sich aber nicht nach ihm an«, erwiderte Thrax. »Levante war ein effizient denkender Mensch. Er tat nichts ohne Grund, und dieser Grund diente immer dem Krieg, niemals sich selbst. Levante war der Krieg. Er dachte an nichts anderes, sein Handeln war davon erfüllt. Außerhalb des Krieges existierte dieser Mann gar nicht.«

»Was dann?«

Thrax beugte sich vor.

»Das da stimmt nicht«, sagte er leise. Er streckte eine Hand aus, ergriff die verschrumpelten Finger der linken Hand des Toten, fast zärtlich, sicher unendlich vorsichtig.

»Ein Ring«, kommentierte Skepz. »Akademiering. Du trägst den gleichen.«

Thrax sah auf und schaute Skepz mit einem Lächeln an.

»Wo trage ich ihn?«

Skepz runzelte die Stirn, betrachtete die Hände beider Männer, dann hob sie ihre eigenen, die Finger gespreizt. »Rechts. Den Akademiering trägt man immer rechts, das tu ich auch … oh!«

Thrax zog den Ring von Levantes linkem Ringfinger. Er glitt nahezu mühelos in seine Handfläche.

»Carl war ein extrem sorgfältiger Mann. Ich glaube nicht, dass er den Ring aus Achtlosigkeit an der linken Hand getragen hat.«

Skepz schaute auf das Schmuckstück und nickte. »Eine Nachricht?«

»Wir nehmen ihn mit und untersuchen ihn auf der Interceptor«, erklärte Thrax.

Er sah auf die Leiche hinab. Aus irgendeinem Grunde empfand er Dankbarkeit – und das Gefühl von Kameradschaft, über die Kluft von Jahrhunderten hinweg. Er wusste zwar immer noch nicht, warum der Kapitän der Tanaka sich dazu entschlossen hatte, hier in den Resten seines Schiffes den Tod zu suchen, aber er ahnte, dass es sich dabei um mehr handelte als eine romantische oder gar trotzige Geste eines abgehalfterten Soldaten.

Seine Hand schloss sich um den Ring und er wandte sich ab.

Drei Stunden später glitt eine nackte Interceptor, sorgfältig gesteuert von Carlisle, aus dem Trümmerfeld in den offenen Raum, soweit die Oort'sche Wolke als »offen« bezeichnet werden konnte. Stattdessen war hier eine recht hohe Konzentration an Himmelskörpern von sehr klein bis Planetoidengröße zu finden, was dazu führte, dass Carlisle tatsächlich große Vorsicht walten lassen musste. Außerdem wollten sie nicht mit zu hoher Geschwindigkeit ins Sonnensystem hereinplatzen, daher würde ihre Reise noch einige Wochen dauern. Irgendwann »demnächst« – wann genau, war kaum zu erahnen – würden die Ortungseinrichtungen des Sonnensystems von der Gegenwart des Schiffes Notiz nehmen, genauso wie die Überwachungsstationen der Hondh. Von Letzteren hatten sie, wenn alles klappte, jetzt nichts mehr zu befürchten. Alle Waffensysteme waren fein säuberlich versiegelt in einem Lagerraum des Segments verstaut, leicht und schnell zugänglich, wenn man wusste, wo sie sich befanden. Spoon meinte, im Notfall könne man die Systeme binnen einer Stunde wieder an Bord schaffen und anschließend installieren, wenn sich die Interceptor wieder auf dem Weg befand.

Doch warum sollte das geschehen – und wohin sollte das Schiff dann unterwegs sein?

Thrax wollte sich mit dieser Aussicht nicht befassen. Er hoffte vielmehr, dass die Zustände auf Terra nicht so schlimm sein würden, wie sich manche das insgeheim ausmalten – es gab keine Hinweise auf große Not oder brutale Unterdrückung, die Menschen schienen ein recht friedliches und normales Leben zu führen. Das würde bedeuten, dass man die Interceptor außer Dienst stellen würde, was nur für Carlisle ein Problem darstellte. Andererseits gab es weiterhin überlichtschnelle Raumfahrt, also bestand möglicherweise noch Bedarf für einen Navigator. Vielleicht, so träumte Thrax, überließ man ihnen die Interceptor und sie durften private Flüge unternehmen. Sich selbständig machen. Geld verdienen, ganz auf eigene Faust. Keine so entsetzliche Vorstellung, wenn man es recht betrachtete.

Tatsächlich hatten sie beschlossen, die Interceptor nicht einfach so zu übergeben. Das Schiff würde bei einer Landung oder in einem Orbit durchgängig besetzt bleiben – Carlisle ging sowieso nirgendwo hin – und ordentlich versiegelt. Nur mit großer Waffengewalt würde man sich Zutritt verschaffen können. Dem würde Carlisle jederzeit durch einen Notstart zuvorkommen –, und da es keinerlei Raumwaffen gab, würde niemand die Interceptor aufhalten können, außer die Hondh mischten sich ein. Doch dafür gab es keinerlei Hinweis: Solange die wenigen, klaren Gesetze der fremden Herrscher befolgt wurden, mischten sich die Okkupatoren in nichts ein, und eine Petitesse wie ein obsoletes Raumschiff aus einer lange vergangenen Epoche war sicher nichts, was die Hondh irgendwie in Wallung bringen würde.

Thrax war zuversichtlich. Er hatte etwas Angst vor der »offiziellen« Rückkehr, aber im Großen und Ganzen war er zuversichtlich. Ein seltsames Gefühl, das er so selten in seinem Leben empfunden hatte. Es irritierte ihn ein klein wenig, entweder eben weil es ungewohnt war oder weil da dieses tief sitzende Misstrauen in ihm bohrte, das mit »Zuversicht« nun aber auch gar nichts anfangen konnte.

Der weitere Flug verlief ereignislos.

Und ihre Ankunft war auf eine so banale Weise unspektakulär, dass Thrax nicht der Einzige war, der sich betrogen fühlte.

Sie hatten die Sprachen, die auf der Erde gesprochen wurden, analysieren lassen. Die gemeinsame Verkehrssprache war weiterhin die Lingua, eine Kunstsprache, die noch vor der großen Expansion und der Gründung der Hegemonie auf der Erde entwickelt worden war. Die aktuelle Version klang ein wenig anders als die, die Thrax gewohnt war, aber es war die gleiche Sprache und eine Verständigung würde ohne Weiteres möglich sein.

Als jedoch der erste direkt an die Interceptor gerichtete Funkspruch eintraf, war es eher die Banalität, die Thrax beschäftigte.

»Raumschiff Interceptor, wir senden Ihnen einen Richtstrahl. Wollen Sie im Orbit bleiben oder wollen Sie landen?«

Nur der eine Satz. Dass die Flugkontrolle den Namen des Kreuzers aus dessen automatischem Transpondersignal entnommen hatte, war zu erwarten gewesen. Dieses kommunizierte aber auch eine eindeutige Militärkennung. Das schien wiederum niemanden aufgeschreckt zu haben. Es war alles …

Thrax nickte Skepz zu. Sie sollte das erledigen.

»Hier Interceptor. Welche Optionen haben wir für eine Landung?«

»Alle sieben Raumhäfen stehen zur Verfügung. Es wird jeweils eine Landegebühr von 25 Credits pro Tag fällig.«

Thrax schüttelte den Kopf. Eine Heimkehr nach 500 Jahren, und als Erstes fragte man ihn nach Geld. Es gab keine Romantik mehr im Universum, keine besonderen, erhebenden Momente des Unfassbaren.

Aber es gab Hafengebühren.

Das wiederum war ein echtes Problem. Natürlich verfügte die Interceptor über ein Schiffskonto, wie jedes interstellare Raumschiff. Und die Währung hatte sich ebenfalls nicht geändert in den letzten 500 Jahren. Die Hondh waren nicht an virtuellen Gütern interessiert. Soweit sie hatten feststellen können, lieferte die Erde zwar regelmäßig einen Tribut an ihre Herren ab, dieser aber erforderte die Lieferung in natura. Andererseits …

Thrax beugte sich nach vorne. »Übermittle die Kennung des Schiffskontos, Skepz. Das müsste doch irgendeine Reaktion auslösen.«

Skepz tat, wie ihr geheißen wurde, und erklärte gegenüber der Flugkontrolle: »Bitte prüfen Sie unsere Solvenz, Kontrolle. Dann würden wir gerne auf dem Zentralraumhafen landen.«

Wie vor 500 Jahren lag der Zentralraumhafen in der Nähe der irdischen Hauptstadt, die einstmals ein ganzes Sternenreich regiert hatte. Das Beijing-Konglomerat war seitdem offenbar gehörig geschrumpft, soweit sie dies den Daten hatten entnehmen können.

Ein Provinzdorf im Reich der Hondh.

Es dauerte einen Moment, bis eine Antwort kam – fast zehn Minuten.

»Sie haben eine Landegenehmigung auf Beijing Zentral. Die Landegebühr wird von der Regierung übernommen, Interceptor.«

»Warum das?«

Wieder das leichte Zögern.

»Es scheint, als sei Ihr Besuch außergewöhnlich. Sie werden erwartet. Ich soll Ihnen ein Willkommen ausrichten …«

Die Stimme des Mannes in der Flugkontrolle wirkte jetzt etwas verwirrt, nicht mehr ganz so geschäftsmäßig.

»Hey!«, stieß Lachweyler aus. »Silvester! Alles leuchtet!«

Thrax räusperte sich.

»Ein Haufen Scanner haben sich auf uns gerichtet«, erklärte Lachweyler. »Bodengestützt, weltraumgestützt, und siehe da, das ist so was wie ein Polizeiboot, wenn mich nicht alles täuscht. Noch eines! Jetzt werden sie wach!«

»Was für Scans?«, fragte Thrax.

»Alles, das ganze Frequenzband, und nichts, was wir nicht kennen.«

»Wonach suchen die?«, fragte Skepz.

»Nach Waffen«, sagte Thrax. »Sie wollen sichergehen, dass ihre Herren und Meister nicht erzürnen, weil wir zu Besuch kommen.«

Wie zur Bestätigung meldete sich die Flugkontrolle wieder. Diesmal war es eine andere Stimme, sie klang befehlsgewohnter, diszplinierter.

»Interceptor, bitte bestätigen Sie, dass Ihr Schiff keinerlei raumgestützte Waffen an Bord hat.«

»Ich bestätige«, erwiderte Skepz sofort.

»Dann bleibt die Landeerlaubnis bestehen. Schlagen Sie einen Orbit ein, den wir Ihnen zuweisen. Eine sofortige Landung ist nicht gestattet. Bitte gedulden Sie sich etwas. Sobald wir Ihnen eine Freigabe zum Sinkflug geben, verwenden Sie ausschließlich den dafür vorgesehenen Flugkorridor. Sie sind willkommen, wenn Sie unbewaffnet sind. Es ist sehr wichtig, dass Ihr Schiff keine Waffen an Bord trägt.«

»Wir haben persönliche Infanteriewaffen«, meldete Skepz.

»Die sind irrelevant. Noch einmal: Willkommen auf der Erde. Unser Register meldet Ihr Schiff seit über 500 Jahren als verschollen. Ich ahne bereits, was Ihnen passiert ist.«

Damit endete die Verbindung.

Skepz sah Thrax an.

»Wir sind willkommen, Kommandant«, sagte sie dann lächelnd. »Aber die haben da unten so richtig Schiss vor den Hondh.«

Thrax nickte bedächtig.

»Den haben wir auch. Wann landen wir?«

»In etwa zwei Stunden.«

»Ich gehe zu Spoon. Du hast das Kommando.«

Mediator Manoldi war kein ungeduldiger Mann. In seinem Beruf war es von großem Vorteil, eine eher philosophische Grundhaltung zum Leben zu haben. Wenn zwei oder mehr sich stritten, dann war es sicher hilfreich, wenn man selbst in der Lage war, Ruhe zu bewahren. Er hatte diverse Mechanismen für sich entdeckt, um die eigenen Aggressionen und spontan hochkochende Energien abzuarbeiten. Manoldi hielt sich für so ausgeglichen und gelassen, wie es ein Mann seines Alters und seiner persönlichen Geschichte nur sein konnte.

Dennoch war er ein wenig aus dem Gleichgewicht geraten, als die Regierung sich an ihn gewandt hatte, um ein besonderes Problem zu lösen. Als Vizedirektor Deckard ihn mitten in der Nacht angerufen hatte, war seine erste Befürchtung gewesen, dass der gerade begrabene Konflikt in Mittelamerika wieder aufgebrochen war. Doch als Deckard ihn in dürren Worten über den … Besuch aufklärte, der sich Terra näherte, und die allgemeine Hilflosigkeit der Verantwortlichen deutlich machte, war Manoldi sofort hellwach und aufmerksam gewesen.

Manoldi war ein geduldiger Mann, aber er war durchaus an Herausforderungen interessiert. Er hatte Deckard für diese Aufgabe gedankt, ohne genau zu wissen, worauf er sich da eigentlich einließ. Jetzt, acht Stunden später, wie er so abwartend auf dem Belag des Raumhafens stand und in den Himmel starrte, war er sich immer noch nicht ganz sicher.

Andererseits war es Teil seines Berufs, mit dem Unwägbaren kalkulieren zu müssen. Er hatte in den über 20 Jahren seiner Tätigkeit alle möglichen individuellen wie kollektiven Vorurteile und Verhaltensmuster kennengelernt. Dreimal hatte er Delegationen auf anderen Welten außerhalb der Erde begleitet. Er hielt sich für einen Kosmopoliten im genauen Sinne des Wortes.

Doch das hier war etwas anderes.

Diese Leute kamen nicht nur von einem anderen Ort, sondern auch aus einer anderen Zeit. Das war etwas speziell. Die verlorenen Söhne und Töchter kehrten heim. Verwirrte Söhne und Töchter, oder auch wütende, verbitterte. Feinde ihrer Herren, Gegner der Hondh. Das war gefährlich, für sie selbst und für die Erde.

Es war Manoldis Aufgabe, dieses Risiko zu minimieren. In erster Linie, dessen war er sich durchaus bewusst, für die Erde, und wenn er hoffen durfte, dann auch für die Heimkehrer.

Manoldi hielt sich für gut vorbereitet angesichts der Umstände. Er hatte historische Aufzeichnungen konsultiert, sogar alte Personalakten. Einiges war in den Wirren nach der Niederlage verloren gegangen, sogar bewusst vernichtet, als ob die Hondh sich jemals für diese unwichtigen Details der von ihnen eroberten Völker interessiert hätten. Aber man war sich damals gar nicht sicher gewesen, was kommen würde, und als man feststellte, dass die Hondh gewisse klare Regeln setzten und ihre Vasallen ansonsten mehr oder weniger in Ruhe ließen, waren manche voreiligen Entscheidungen nicht mehr rückgängig zu machen. Doch selbst bei einer vollständigen Akte war der Erkenntnisgewinn für den Mediator begrenzt. Jemand mochte sich vor 500 Jahren als Soldat bewährt haben, hatte beste Beurteilungen bekommen; damit war aber noch nichts gesagt, wie er auf eine Erde reagieren würde, die den Krieg verloren hatte und die den Heimkehrern keinerlei vertraute Struktur mehr bieten konnte, in die sie zurückkehren konnten. Es gab keine Flotte mehr und nur noch einen Hauch von planetengebundenem Militär, das nur dann zum Einsatz kam, wenn Manoldi und seine Kollegen versagten – und dies geschah sehr, sehr selten. Und in diesem speziellen Fall wäre ein Militäreinsatz auch die schlechtestmögliche Lösung. Manoldi – oder vielmehr seinem Adjukator – stand eine Kompanie Bereitschaftspolizei zur Verfügung, doch war er sich keinesfalls sicher, ob diese wussten, was sie bei einem Eingreifen erwarten würde. Es lag daher in seinem Interesse, dass es erst gar nicht zu solch einem Einsatz kam. Allein schon deswegen, weil er sonst sein Versagen eingestehen müsste. Manoldi versagte nicht gern. Er war ehrgeizig, er hatte einen Ruf zu verlieren, jetzt und hier mehr als jemals zuvor in seiner Karriere.

Er hatte sich mit Sprache und Ausdrucksweise der Menschen vor 500 Jahren befasst und dafür sein Kommunikationsimplantat erweitert. Sein erstes Geschenk an die Heimkehrer würde eine vollständige Idiomdatei sein, wenn diese sie für ihre eigenen Implantate gebrauchen wollten. Er konnte es ihnen nicht aufzwingen. Die Soldaten dieses Schiffes verfügten über die beste militärische Hardware ihrer Zeit – und das betraf auch all die Dinge, die ihnen einoperiert worden waren. Sie wussten wahrscheinlich gar nicht, dass sie damit den meisten aufgerüsteten Individuen der heutigen Zeit deutlich überlegen waren. Es war auch besser, sie bis auf Weiteres nicht auf diese Tatsache hinzuweisen.

Sie hatten sogar noch einen Navigator. Das fand Manoldi besonders faszinierend. Die bescheidene interstellare Flotte der Menschen verwendete schon seit langer Zeit keine Navigatoren mehr, sondern spezielle KIs, die die Schiffe sicher durch den Menger-Raum steuerten. Diese Schiffe – Frachter und Passagierliner – flogen immer die gleichen Routen und es bedurfte keiner besonderen Fähigkeiten oder einer intuitiven Gabe, um diese zu absolvieren. Manoldi wusste, dass es Nationen außerhalb der Hondh-Sphäre gab, die immer noch

Navigatoren einsetzten. Sie waren ganz offensichtlich für … bestimmte Aufgaben besser geeignet, Aufgaben, die irdische Schiffe schon lange nicht mehr erfüllen mussten. Es gab keine Exploration. Es gab keine Kriege. Der Hondh-Raum war ihnen allen mehr als genug, und wie dieser aussah, war ihnen wohlvertraut. All die Hunderte von Zivilisationen, die ihre Herren im Verlauf der letzten Jahrtausende erobert hatten, konnten von den Menschen frei besucht werden, und es gab so viel zu lernen und zu erfahren, dass niemand das Bedürfnis verspürte, das Herrschaftsgebiet der Hondh zu verlassen.

Das galt auch für Manoldi.

Das galt möglicherweise nicht für die Heimkehrer.

Es gehörte zu Manoldis Aufgaben, dafür zu sorgen, dass die Besatzung der Interceptor für die aktuelle terranische Sichtweise der Dinge … Verständnis entwickelte.

Ja. Manoldi lächelte. Das war eine recht schöne Beschreibung.

Der Mediator holte tief Luft und schaute in den Himmel. Die kleinen Punkte waren größer geworden, die Interceptor und ihre drei Eskortschiffe. Bald würden die Heimkehrer landen. Er spürte eine Bewegung neben sich und wandte den Kopf. Vizemediatorin Randhii war nervös. Und Adjukator Merlin wirkte nur so stoisch, das war, wie Manoldi wusste, nicht mehr als eine über die Jahre sorgsam eingeübte und gepflegte Fassade. Manoldi arbeitete jetzt seit gut zehn Jahren mit diesem Team zusammen. Er verließ sich auf die Fähigkeiten seiner Mitstreiter – und auf ihre Macken.

Die Interceptor schwebte nach unten, ihre scheinbare Leichtigkeit war beeindruckend anzusehen. Für Manoldi war es ein großes Schiff. Es gab nur noch einige Frachter, die etwas größer waren. Für die Zeit damals war die Interceptor eine vergleichsweise kleine Einheit, was sich schon darin zeigte, dass sie für Planetenlandungen zugelassen war. Er musste sich immer wieder vor Augen halten, dass er die Welt mit ganz anderen Maßstäben sah als die Männer und Frauen an Bord dieses Schiffes. Seine Fähigkeit als Mediator sollte ihn befähigen, sich dieser anderen Sichtweise immer wieder bewusst zu werden.

Er musste sich jetzt wirklich zusammennehmen.

Als die Interceptor aufsetzte, war Manoldi überrascht, wie zerschlagen und angegriffen die Außenhülle des Raumschiffes aussah. Die Abbildungen in den Aufzeichnungen hatten einen anderen Eindruck vermittelt. Der Mediator musste eingestehen, dass das alte Kriegsschiff mit diesen Narben um einiges bedrohlicher wirkte als in der unbeschädigten Fassung. Es schien … bereit zu sein. Bereit für alles. Und das auf eine gefährlich gelassene, fast fatalistische Art.

Würde dies auch für die Besatzung gelten?

Das war die zentrale Frage, mit der sich Mediator Manoldi zu befassen hatte.

Am Ende begleiteten drei Polizeiboote sie. Thrax verstand die Funktion dieser Schiffe nicht ganz, denn sie verfügten ebenso wie die nackte Interceptor über keinerlei Waffen und konnten somit niemanden im Weltall disziplinieren. Es waren in etwa die gleichen Modelle, die vor 500 Jahren im Einsatz gewesen waren, und das wies darauf hin, dass sich der technologische Zusammenbruch der Menschheit zwar nicht fortgesetzt hatte – aber großartige Innovationen ebenfalls nicht stattfanden. Möglicherweise hatte man sich da den Hondh angepasst. Möglicherweise gab es auch gar keine Anreize mehr dafür, besser als irgendwer zu sein. Die Kriege, so vermutete Thrax, führten die Hondh selbst. Eine Last, die sie ihren Vasallen abnahmen.

Erst als er sah, dass die drei Polizeiboote einen massiv verstärkten Bug besaßen, dämmerte ihm, zu welchen Mitteln die Sicherheitskräfte im Notfall griffen. Sie rammten ihre Ziele.

Die irdische Kriegsmarine war in der Tat tief gesunken.

Als die Interceptor durch die Atmosphäre der Erde sank, bekamen sie erstmals ein eigenes, klares Bild von ihrer Heimatwelt. Sie war grün und blau wie zuvor, wirkte unschuldig und zerbrechlich wie immer. Sie war immer noch recht dicht besiedelt, aber offenbar dünner als damals, und sie wirkte, wie das gesamte Sonnensystem, sehr schläfrig. Es gab ordentlich Verkehr, aber nicht halb so viel, wie Thrax von seinem letzten Aufenthalt hier in Erinnerung hatte, und als sie über Beijing hinwegglitten, wirkten einige Stadtviertel wie ausgestorben.

Der Raumhafen war groß, dafür aber leer. Nicht einmal die Hälfte der Standplätze war belegt, zwischen vielen der abgestellten Einheiten gab es große Lücken, und der »militärische« Teil des Platzes, zu Thrax' Zeiten Hort ganzer Geschwader, beherbergte ein auf dem Boden stationiertes Polizeiboot und ansonsten nichts. Die Interceptor kehrte nach Hause zurück, das war wohl korrekt. Aber ihre Familie trieb in Einzelteilen in der Oort'schen Wolke und es waren nur noch die entfernten, armen Verwandten übrig.

Es gab aber ein Empfangskomitee.

Als die Interceptor aufsetzte, waren die drei Menschen über die Außenkameras gut zu erkennen. Sie waren in formal wirkende Anzüge gekleidet, kaum unterscheidbar von den Bürokraten-Outfits seiner eigenen Zeit, wie Thrax fand. Es war wie mit Kakerlaken und anderem Gezücht: Egal welche Katastrophe, sie überlebten irgendwie und krochen aus den Trümmern hervor. Auch auf der Erde unter den Hondh, nach dem Zusammenbruch eines verlorenen Krieges, mussten es Politiker und Bürokraten gewesen sein, die als Erste wieder ihre Anzüge aus dem Schrank holten und begannen, ihre angestammten Plätze in der Gesellschaft einzunehmen.

»Wie spielen wir?«, fragte Skepz, als auch sie einige Augenblicke schweigend die drei Gestalten auf dem Landefeld betrachtet hatten, die ruhig und sichtlich ohne Angst ihrer harrten.

»Du und ich, wir gehen«, entschied Thrax. »Spoon hält die Maschinen warm. Carlisle, ich möchte, dass die Interceptor startbereit bleibt. Niemand darf ohne meine ausdrückliche Erlaubnis an Bord. Versucht es jemand mit Gewalt, drückst du auf den roten Knopf. Ignoriere Skepz und mich, verzieh dich und versuche später, dich wieder anzuschleichen. Ich aktiviere den Subraumkommunikator, wenn es so weit kommen sollte.«

»Die werden über das Implantat Bescheid wissen«, mutmaßte Spoon.

»Da bin ich mir nicht so sicher. Das war militärische Hardware und extrem teuer. Ich denke, wir sollten erst mal mit der Annahme operieren, dass sie sich nicht mehr an diese Feinheiten erinnern.«

Skepz erhob sich. »Persönliche Waffen?«

»Ja, und normale Arbeitsuniform. Den Zwirn behalten wir uns für die ganzen Partys vor, zu denen wir sicher eingeladen werden. Die High Society wird uns betrachten wollen, da bin ich mir sicher.«

Skepz überhörte die Bitterkeit in Thrax' Worten bewusst. Sie wollte sich nicht in diese Stimmung hinunterziehen lassen. Es würde so schon schwer genug werden, denn egal wie korrekt die Einschätzung von Spoons rhetorischen Fähigkeiten war, auch Kommandant Thrax neigte nicht immer zu angemessener Feinfühligkeit. Vor allem dann nicht, wenn austauschbare Anzugträger seine Gegenüber waren.

Dann war alles gesagt. Thrax hatte eingesehen, dass sie ein klein wenig Respekt zu zeigen hatten, egal welch willenlose Unterlinge die Menschen in dieser Epoche wirklich waren. Er und Skepz hatten sich ihre besten Anzüge angezogen, und sauber waren sie dazu. Sie sahen richtig gut aus, zumindest für die eigenen Maßstäbe. Dass beide in stillem Einverständnis das kleine Band mit den militärischen Ehrenzeichen ebenfalls angelegt hatten, sprach eher für ihre Unsicherheit als für alles andere. Es war etwas, an dem sie sich festhielten, auch wenn diese Belobigungen heute wahrscheinlich niemanden mehr interessierten.

Es dauerte nur wenige Augenblicke, dann standen sie im Freien, atmeten die Luft der Erde, suchten nach einem Geruch, der ihnen vertraut war, nur um festzustellen, dass die fehlende Vertrautheit darin bestand, dass es nicht so furchtbar stank wie zu ihrer Zeit. Dies war ein sauberer Raumhafen mit einem angenehmen Klima, ausgelöst vor allem dadurch, dass hier herzlich wenig los war.

Drei Personen standen vor ihnen, alle drei in die gleichen, unauffälligen Anzüge gekleidet, auch die eine Frau. Der Wortführer stand etwas weiter vorne, ein angenehm wirkender Mann Ende der 50 mit einer sehr ordentlichen Frisur, einer makellosen Gesichtshaut, großen, braunen Augen und feingliedrigen Händen, die er locker an seinen Seiten herabhängen ließ. Der andere Mann wirkte nicht ganz so fein, war muskulöser und füllte den Anzug gut aus, sein Gesicht wirkte kantiger und sein forschender Blick ließ in Thrax und Skepz sofort die Alarmglocken aufleuchten. Der hier war der Soldat, kamen sie unabhängig voneinander zum gleichen Schluss.

Die Frau schließlich, eine etwas jüngere Blondine mit knabenhafter Figur, wollte offenbar keinerlei Gefühlsregung zeigen und starrte sie nur an, nicht unfreundlich, aber auch nicht sehr willkommen heißend. Allein der Wortführer lächelte sie an, und es war ein gut einstudiertes Lächeln, das Vertrauen erwecken sollte. Thrax und Skepz kannten diese Mimik nur zu gut, sie entsprach dem, was sie regelmäßig bei den vorgeschriebenen psychotherapeutischen Sitzungen zu sehen bekamen. Es war die Maske eines rein professionellen Interesses, das letztlich nichts mit ihnen zu tun hatte.

Warum, fragte sich Thrax etwas bitter, war er darüber jetzt nicht überrascht?

Der Mann schaute Thrax an, als wolle er sich vergewissern, es mit der richtigen Person zu tun zu haben, dann verbreiterte sich sein Lächeln unmerklich. Thrax bekam Meldungen seiner Implantate, dass alle drei Personen vor ihm aufgerüstet waren: die Frau und der Wortführer mit Daten- und Prozessorinlays am Gehirnstamm und der Soldat mit Akzelerationssoftware für Nerven und Sinneswahrnehmungen. Nichts Besonderes, aber ein Hinweis darauf, dass diese Technologie auch unter der Hondh-Herrschaft weiter genutzt wurde.

»Kommandant Thrax, wenn ich richtig liege«, sagte der Mann, und seine Stimme war erwartungsgemäß angenehm, volltönend und vertrauenerweckend. Er hielt Thrax die Hand zum Gruß hin, und dieser ergriff sie. Das Fleisch fühlte sich warm an, der Druck kam kräftig, aber nicht anmaßend.

»Ich bin Mediator Manoldi. Ich darf Ihnen meine Begleiter vorstellen: Vize-Mediatorin Randhii und Adjukator Merlin. Wir dürfen Sie im Name der irdischen Protektoratsregierung herzlich willkommen heißen.«

»Protektorat?«, fragte Thrax unwillkürlich.

»Wir werden Ihnen alles gerne in Ruhe erklären. Lieutenant Skepz, wenn ich mich nicht irre?«

Auch Skepz schüttelte die dargebotene Hand.

Manoldi machte eine einladende Bewegung.

»Wir haben Räumlichkeiten in der Hafenverwaltung vorbereitet. Sollten Sie Bedarf oder den Wunsch haben, können Sie sich dort auch einer medizinischen Untersuchung unterziehen lassen. Was wir auf jeden Fall durchführen müssen, ist ein allgemeiner Medscan. Sie haben dafür sicher Verständnis.«

»Das ist Standardverfahren, schon zu meiner Zeit.«

Manoldi nickte. »Möchten Sie uns begleiten?«

»Was passiert mit unserem Schiff?«

»Nichts. Wir werden es völlig unbehelligt lassen. Es gibt nur uns drei hier und sie beide auf der anderen Seite des Tisches. Wir hätten nicht einmal die Machtmittel, Ihr Schiff am Start zu hindern, sollte dies geschehen. Sie haben bereits bemerkt, dass der Schutz durch die Hondh nur auf der Basis gewisser … Arrangements gewährt wird.«

»Terra ist entwaffnet.«

Thrax sah, wie der Adjukator sein Gewicht auf das andere Bein verlagerte und unmerklich das Gesicht verzog. Er verkniff sich ein Lächeln. Egal wie tief die Loyalität für die Hondh auch sitzen mochte, da hatte er bei jemandem einen wunden Punkt getroffen. »Wir begleiten Sie gerne«, sagte Thrax nun. »Aber wir behalten unsere Waffen.«

»Wir hatten nicht die Absicht, sie Ihnen wegzunehmen«, erklärte Manoldi und klang dabei sogar einigermaßen aufrichtig.

Sie marschierten gemeinsam über das Landefeld, das weiterhin einen überaus aufgeräumten Eindruck hinterließ.

»Es ist ein anderer Anblick als vor 500 Jahren«, sagte Manoldi und machte eine umfassende Bewegung mit seinen Armen. »Viel weniger los, nicht wahr?«

»Das ist eine Untertreibung«, sagte Skepz.

»Ja, obwohl ich es mir nur schwer vorstellen kann. Ich habe viele alte Aufzeichnungen betrachtet. Das war ein Ameisenhaufen hier.«

»Der Raumhafen wurde genutzt.«

Manoldi warf Skepz einen Seitenblick zu, nickte knapp.

»Wir handeln nur noch und es gibt Personenverkehr. Das meiste davon mit den anderen irdischen Kolonialwelten. Weitaus weniger mit den Planeten, die vor der Terranischen Hegemonie gefallen sind. Wir haben lose Kontakte. Das Hondh-Reich ist riesenhaft. Wir sind nicht einmal sicher, wie viele Welten es tatsächlich umfasst. Es wurde vor Tausenden von Jahren gegründet, und wie wir alle haben feststellen müssen, ist es seitdem weiter gewachsen.«

»Gibt es keine gemeinsamen … Institutionen? Datenbanken?«

»Nein. Wir haben eigene Expeditionen in die Tiefe des Hondh-Raumes geschickt. Der Verkehr ist unbeschränkt.

Hin und wieder bekommen wir Sternenkarten zugeschickt, manchmal auch welche älterer Hondh-Protektorate. Wir haben einen Eindruck gewonnen – aber so richtig alles wissen wir nicht. Ein faszinierendes Forschungsfeld.«

»Was ist mit Reisen außerhalb des Hondh-Raumes?«, fragte Skepz.

Manoldi zögerte nur diesen einen, winzigen Augenblick, der ihnen signalisierte, dass dies ein schwieriges Thema war.

»Das ist natürlich möglich«, sagte er schließlich. »Aber … niemand verspürt so richtig das Bedürfnis. Da draußen gibt es viel Misstrauen und … das Hondh-Reich ist so groß. Wir haben noch viel damit zu tun, uns mit den anderen Protektoraten ins Vernehmen zu setzen und von ihnen zu lernen. Die Welten da draußen …«

Manoldi zuckte mit den Achseln.

Thrax und Skepz wechselten einen schnellen Blick. Diese Antwort hatte sie eher unzufrieden zurückgelassen.

Irgendwann darauf betraten sie einen Konferenzraum, der nicht ganz so dröge gestaltet war wie die Räumlichkeiten, die sie aus ihrer Zeit kannten. Die Wände waren mit bunten Grafiken bedruckt und vermittelten einen beinahe heiteren Eindruck. Auf einem Tisch waren Erfrischungen aufgestellt und Thrax wie auch Skepz ertappten sich dabei, fast instinktiv zu den Kaffeekannen zu greifen. Es war beruhigend, dass gewisse Drogen auch nach 500 Jahren immer noch konsumiert wurden – und für einen Augenblick, nicht gestört durch Manoldi und seine Begleiter, genossen sie das Aroma echten Bohnenkaffees aus natürlichen Zutaten.

»Wollen wir uns setzen? Sie haben viele Fragen und ich möglicherweise auch«, lud Manoldi sie dann ein. Als sie sich alle gesetzt hatten, beugte sich der Mediator nach vorne und faltete die Hände vor sich auf dem Tisch zusammen.

»Dies ist für uns alle eine ungewohnte Situation. Ich möchte Sie mit nichts überfordern. Aber Sie müssen mir erlauben, einige sehr wichtige Dinge gleich zu Beginn zu klären.

Sie werden möglicherweise schon jetzt, aber sicher später verstehen, warum ich dies ansprechen muss. Ich möchte Sie einfach bitten, so klar und wahrheitsgemäß wie möglich zu antworten.«

Thrax nickte. Er wusste, wohin die Reise ging, und konnte es dem Mann nicht übel nehmen. »Fragen Sie, Mediator!«

»Danke. Erste Frage: Sind Sie alleine?«

»Sie meinen, ob die Interceptor das einzige Schiff unseres Geschwaders ist, das zurückkehrt?«

»Laut unseren – zugegebenermaßen lückenhaften – Aufzeichnungen gilt Ihr gesamtes Geschwader als verschollen. Dies geschah drei Jahre vor der großen Abschlussoffensive der Hondh, die der Hegemonie das Ende bereitet hat.«

Thrax nickte. »Wir sollten eine Exonium-Extraktion überwachen, wurden aber durch eine Hondh-Flotte überrascht, die unseres Wissens nach alle unsere Schiffe zerstörte. Die Interceptor alleine konnte entkommen. Und während unseres langen Fluges hatten wir keine Begleiter. Wir sind allein – soweit wir das wissen.«

Manoldi wirkte auf kaum bemerkbare Art erleichtert. »Ihr Schiff hat keinerlei Waffen an Bord, sonst hätten die Hondh-Beobachtungsstationen längst eine Flotte gerufen«, stellte der Mediator fest. »Nach unseren Aufzeichnungen aber verfügt ein Schiff dieser Klasse über beträchtliche Machtmittel.«

»Wir haben uns vor Einflug in das Sonnensystem informiert. Die Funktion der Hondh-Stationen ist kein Geheimnis. Wir haben alle Waffensysteme ausgebaut, ehe wir eingeflogen sind.«

»Das war sehr vernünftig.«

»Wir dachten uns, dass wir den Krieg jetzt auch nicht mehr gewinnen können.«

»Das ist ebenfalls sehr vernünftig.«

Thrax nickte. »Jetzt habe ich eine Frage. Wie ist es, unter den Hondh zu leben – und warum haben die uns überhaupt angegriffen? Wie sehen sie aus? Kommunizieren sie?«

Manoldi lächelte. »Das sind vier Fragen. Sie werden ein umfassendes Briefing erhalten. Aber ich beantworte es Ihnen trotzdem kurz und knapp: Das Leben unter den Hondh ist ruhig und friedlich geworden. Es gibt seit 500 Jahren keinerlei militärische Auseinandersetzung mehr, nur ein paar interne Konflikte, die wir aber im Griff haben. Warum uns die Hondh angegriffen haben, wissen wir nicht, aber es scheint, dass sie eine kontinuierliche ökonomische Basis für … irgendwas erstreben. Wir haben nie eine Hondh-Welt besucht. Die innere Sphäre des Hondh-Reiches – die Gegend, aus der die Schiffe unserer Beschützer stammen – ist uns verwehrt. Wir … reisen nicht dorthin.«

»Sie haben Expeditionen entsandt, haben Sie vorhin erwähnt«, hakte Skepz nach.

Manoldi rutschte etwas auf seinem Stuhl hin und her.

»Wir … reisen nicht in die innerste Sphäre. Es wird … nicht gerne gesehen.«

Er holte kurz hörbar Luft und sprach dann weiter. »Wie die Hondh aussehen, das wissen wir nicht. Sie kommunizieren nur im Notfall. Soweit ich weiß, hat die Erde den letzten verbalen Kontakt vor rund 70 Jahren gehabt, als ein Teil des Tributs nicht rechtzeitig geliefert wurde. Ansonsten aber geben die Hondh keine Anweisungen. Sie reden gar nicht. Wenn man die Regeln einhält, dann lassen sie einen in Ruhe. Ich glaube, sie sind keine besonders guten Diplomaten. Ich denke auch, dass sie sich im Grunde für uns – also für uns als Spezies – gar nicht so besonders interessieren.«

Thrax nickte versonnen. So richtig brachten ihn diese Informationen nicht weiter, aber sie passten immerhin ins Bild.

Für einen Moment herrschte Stille. Jeder schien seinen eigenen Gedanken nachzuhängen und Manoldi hatte wohl nicht die Absicht, seine Gäste zu bedrängen.

»Was geschieht mit uns?«, fragte Skepz schließlich. »Was geschieht mit der Interceptor?«

Manoldi nickte. »Zwei sehr wichtige Fragen. Ich muss Ihnen erklären, was ein Mediator ist und was er tun kann, um sie zu beantworten. Ich wurde von der Regierung beauftragt, sie zu empfangen und zu betreuen. Als Mediator habe ich dabei ein Mandat. Dieses Mandat erlaubt mir, Entscheidungen zu fällen, Verträge abzuschließen, amtliche Verfügungen zu erlassen – übrigens durchaus auch gegen den erklärten Willen der Beteiligten. Die Beteiligten sind in diesem Falle Sie als Repräsentanten der Crew der Interceptor sowie die Regierung. Mediatoren suchen dabei immer nach einem Ausgleich. Ich bemühe mich nicht, jedem in allem gerecht zu werden, aber ich sollte versuchen, eine Balance herzustellen, die dazu führt, dass eine gewisse Zufriedenheit mit dem Ergebnis entsteht.«

Manoldi lächelte. »Eine Zufriedenheit. Keine Begeisterung. Begeisterung ist optional.«

Thrax ertappte sich dabei, wie er das Lächeln erwiderte. Der Mann war gut, dachte er sofort.

Der Mediator fuhr fort.

»Formal gesehen ist die Interceptor Eigentum der Regierung. Die Orbitaldirektion ist die Nachfolgeinstitution der Kriegsflotte, sie unterhält die Polizeiboote. Die Interceptor ist rein rechtlich gesehen ihr Besitz. Es wurden noch keine formalen Ansprüche formuliert, aber ich vermute, dass das noch kommt. Fakt ist aber auch, dass das Schiff nicht wichtig genug ist, um Ansprüche mit Gewalt durchzusetzen. Die Technik ist nicht uninteressant, aber nichts in dem Schiff wird von uns wirklich benötigt. Sie haben die Waffen entfernt. Zu gegebener Zeit werden Sie mir hoffentlich mitteilen, was genau Sie damit meinen – das ist ein Punkt, über den ich wirklich Gewissheit haben muss.«

Der Unterton Manoldis hatte kurz etwas Drängendes bekommen. Thrax verzog keine Miene.

»Was die Crew angeht – sie sind alle Bürger der Erde und frei zu gehen, wohin sie wollen. Auch hier ist die Orbitaldirektion der Rechtsnachfolger Ihrer aller Besoldungsverträge. Sie werden eine Pensionsversorgung erhalten, dem Dienstgrad angemessen und mit einem ordentlichen Bonus dazu, das habe ich bereits im Vorfeld abgeklärt. Nennen Sie es eine Eingliederungshilfe. Diese umfasst auch eine kostenfreie medizinische Versorgung. Materiell sollten Sie alle bis zum Ende ihrer Tage keine Sorgen mehr haben müssen. Sie können neue Karrieren einschlagen. Wir stehen Ihnen mit Rat und Tat zur Seite, damit sie sich eingewöhnen. Aber nach einem offiziellen Debriefing werden Sie schlicht aus dem Dienst entlassen und sind frei.«

»So frei man als Untertan der Hondh so ist«, entfuhr es Thrax. Doch Manoldi lächelte nur und neigte seinen Kopf verständnisvoll nach unten.

»Kommandant, Sie werden rasch merken, dass unser aller individuelle Freiheit nur sehr marginal begrenzt ist. Die Hondh mischen sich nicht in unser Privatleben ein. Wir geben uns weiterhin die Gesetze unseres Zusammenlebens auf der Erde selbst. Ob Ihnen diese wiederum in allen Punkten gefallen, das müssen Sie für sich entscheiden, ich werde es nicht für Sie tun. Aber es kann gut sein, dass Sie für den Rest Ihres Lebens nicht einmal mehr entfernt mit den Hondh zu tun haben werden. Ihre Herrschaft ist … sanft. Sanft genug, wenn man die Regeln einhält, und diese kann man einhalten. Wir sind durchaus zufrieden.«

»Aber nicht begeistert«, erwiderte Skepz.

»Begeisterung ist optional.« Manoldi grinste. »Das gilt auch in diesem Falle.«

Ein Signalton ertönte, Manoldi hielt den Kopf schief, als lausche er einer unsichtbaren Stimme, was wahrscheinlich auch den Tatsachen entsprach. Thrax' eigene Implantate meldeten Kommunikation – genauso, wie sie den Abschluss des medizinischen Scans gemeldet hatten, dem sie die vergangenen Minuten hindurch ausgesetzt worden waren.

»Wie es aussieht, müssen wir keine durch Sie ausgelöste Epidemien befürchten«, fasste der Mediator das Ergebnis lächelnd zusammen. Er warf Thrax einen Blick zu. »Wir könnten Ihnen medizinische Hilfe anbieten, die manche Beschwerden, die Sie aufgrund der eingepflanzten Prothesen haben, entweder lindern oder beseitigen.«

Thrax nickte und empfand durchaus Dankbarkeit für dieses Angebot.

»Ich vermute, dass sich die Technologie – auch die medizinische – in den letzten 500 Jahren deutlich weiterentwickelt hat«, warf Skepz scheinbar unschuldig ein.

Manoldi runzelte die Stirn.

»Das ist eine berechtigte Vermutung, leider trifft es die Sache aber nicht allzu gut«, erwiderte er dann. »Wenn wir über negative … oder zumindest bedenkliche … Konsequenzen der Hondh-Herrschaft reden wollen, dann ist festzuhalten, dass die Innovationskraft eher nachgelassen hat. Es gibt einige Fortschritte in sehr speziellen Bereichen, aber wir sind in vielen Dingen nicht weiter als in der Zeit, aus der Sie kommen. Das hängt auch damit zusammen, dass ein sehr erheblicher Teil unserer Wirtschaftskraft in den Tribut geht, den wir an die Hondh zu liefern haben – gut zwanzig Prozent, und das in Form von sehr spezialisierten Gütern und Rohstoffen, deren Extraktion wiederum signifikante Kosten auslöst. Aber die medizinische Wissenschaft hat zumindest keinen Rückschritt erlitten. Wir werden sie alle gut behandeln können.«

»Was soll mit unserem Navigator geschehen?«, fragte Thrax. »Er ist nicht krank im engeren Sinne …«

Manoldi nickte. »Es gibt verschiedene Optionen. Er kann an ein lokales Sensorium angeschlossen werden, aber die Erfahrung zeigt, dass Navigatoren es vorziehen, zu reisen und nicht stationär zu bleiben. Er kann auch entwöhnt werden – es gibt diesbezüglich mittlerweile gewisse psychomechanische Techniken. Ich gebe aber zu, dass es nur wenige

Navigatoren gibt, die in ihrer … Sucht, wenn ich es so sagen darf … ein Problem sehen. Es … gibt dann noch eine dritte Möglichkeit …«

Manoldi hielt inne und suchte nach Worten. Thrax schaute ihn etwas verwundert an.

»Er könnte sich außerhalb des Hondh-Reiches ein neues Betätigungsfeld suchen«, sagte der Mediator dann etwas gepresst. »Das ist unüblich, aber nicht unmöglich. Wir … können dabei aber nicht helfen. Es gibt keine regulären Kontakte zu anderen Sternenstaaten außerhalb der Hondh-Sphäre. Sie müssten das … selbst organisieren.«

»Das wird ohne Schiff nicht gehen.«

Manoldis Stirn zeigte einen ganz dünnen Schweißfilm, den der Mann mit betont methodischen Bewegungen abzutupfen begann, ehe er weiterredete.

»Da … finden wir sicher eine Lösung«, sagte er dann. Das Thema war ihm unangenehm, obgleich er über eine ganz ordentliche Selbstbeherrschung verfügte. Es kam Thrax so vor, als hätte der Mediator große Schwierigkeiten, über alles zu reden … oder nur nachzudenken … was sich außerhalb des von den Hondh kontrollierten Bereiches tat. Eine interessante und gleichzeitig ein wenig bestürzende Erkenntnis. Thrax beschloss, sich diesem Phänomen zu gegebener Zeit intensiver zu widmen.

»Wie dem auch sei«, ergriff nun Randhii das Wort. Ihre Stimme hatte einen sanften und sehr melodischen Klang. Thrax fühlte, wie er sich fast unwillkürlich entspannte. In dieser Stimme konnte man baden.

»Wir haben für die Crew ein Haus vorbereitet, in dem Sie alle wohnen können, wenn es gewünscht wird«, erklärte die Frau. »Es ist bequem und gut ausgestattet und befindet sich nicht weit vom Raumhafen entfernt. Ich weiß nicht, ob Ihr Navigator es bedauern wird, alleine im Schiff zu bleiben …«

»Solange wir ihn an seinem Platz lassen, wird er es verkraften«, warf Skepz ein, auf die die Stimme der Mediatorin nicht ganz den gleichen Eindruck zu machen schien wie auf Thrax.

»Gut. Die Regierung lädt Sie alle ein, dort so lange zu wohnen, wie es Ihnen passt. Wir wollen, dass Sie sich gut eingewöhnen. Wenn Sie spezielle Wünsche haben, dann äußern Sie diese bitte. Außerdem sind Sie alle – auch Ihr Navigator, obgleich der wohl kein Interesse haben wird – zu einem Willkommensempfang eingeladen. Der Vorsitzende des Protektoratsdirektoriums will Sie persönlich begrüßen.«

Thrax wusste aus den ausgewerteten Dateien, dass dies in etwa dem Präsidenten seiner Zeit entsprach, dem Staatsoberhaupt Terras. Die Kolonien wurden nicht mehr direkt von der Erde aus verwaltet, alle hatten eigene Regierungen bekommen, die mehr oder weniger schalten und walten konnten, wie sie es für richtig hielten.

Solange sie die Regeln der Hondh einhielten, natürlich.

»Ich danke für die Einladung. Und wir sind gerne bereit, eine Zeit lang außerhalb der Interceptor zuzubringen. Ich muss Sie aber auf einige Sicherheitsvorkehrungen hinweisen. Schiffe der Hegemonie-Marine können nur mit Zugangscode betreten werden. Diesen Zugangscode könnten Sie den alten Aufzeichnungen entnommen haben …«

»… was wir aber nicht getan haben«, unterbrach Manoldi. »Diese Dateien gehörten zu dem sicherheitsrelevanten Material, das kurz vor dem Fall der Erde von den Behörden gelöscht wurde. Wir haben da gar nichts mehr vorliegen.«

Thrax beschloss, diese Aussage nicht weiter infrage zu stellen. Er konnte nicht ermessen, ob Manoldi log oder nicht.

»Was ich sagen möchte, ist Folgendes: Wenn jemand von Ihren Leuten das Schiff betreten möchte, sollten Sie das bei uns anmelden. Auch der Navigator wird niemanden an Bord lassen ohne mein Einverständnis. Wir haben alle Waffen ausgebaut, die für den Raumkampf eingesetzt werden könnten, aber die internen Anlagen zur Bekämpfung von Enterversuchen sind noch aktiv. Ich möchte vermeiden, dass es möglicherweise zu … Missverständnissen kommt.«

Manoldi nickte.

»Das ist sehr freundlich. Ich versichere Ihnen, dass niemand von uns auch nur mit dem Gedanken an eine solche Operation gespielt hat.«

Der Adjukator verzog keine Miene, obgleich er sicher mit dieser Bemerkung des Mediators ebenfalls gemeint worden war – oder sogar ganz besonders.

»Das freut mich.«

»Wo haben Sie die ausgebauten Waffen gelagert?«, fragte Merlin nun – nicht unfreundlich, aber durchaus fordernd im Ton.

Thrax lächelte ein freudloses Lächeln.

»Ich kann gut verstehen, dass Sie das wissen wollen. Aber haben Sie bitte auch Verständnis dafür, dass wir dies bis auf Weiteres für uns behalten werden.«

»Das ist nicht ungefährlich«, gab Merlin zu bedenken. »Die Hondh-Stationen sind sehr gut darin, Waffen im System aufzuspüren. Sobald sie das tun, ist eine Strafexpedition möglich.«

»Hat es so etwas schon einmal gegeben?«

»Nun … nicht auf der Erde. Aber es gab vor etwa einhundert Jahren einen langsam eskalierenden religiösen Konflikt auf einer unserer ehemaligen Kolonien. Eine Fraktion beschloss, die spirituellen Argumente durch handfestere zu untermauern, und wollte Orbitalsatelliten mit Lasern stationieren. Die Hondh reagierten sofort, zerstörten die im Bau befindlichen Satelliten und töteten mit ihnen alle Montagecrews, zerstörten Zubringershuttles und den Raumhafen, von dem aus sie gestartet waren. Wir möchten so etwas gerne vermeiden.«

»Wir auch.«

Merlin schaute Thrax an, als erwarte er noch eine weitere Äußerung, doch als dieser schwieg, runzelte der Adjukator die Stirn und sah Manoldi an, der geduldig das Ende des Schlagabtausches abgewartet hatte.

»Wir sollten Ihnen die Möglichkeit geben, sich an die Erde und an diese Zeit zu gewöhnen. In vier Tagen ist der Empfang. Vorher werde ich Sie noch einmal aufsuchen und um ein Gespräch bitten. Bis dahin … beziehen Sie das Haus. Besuchen Sie die Interceptor, sooft Sie wollen. Sie genießen Freizügigkeit. Bei Fragen stehen wir jederzeit zur Verfügung. Versuchen Sie, etwas Entspannung zu finden – denken Sie über Ihre Perspektiven nach. Sie sind alle nicht alt. Sie können noch eine Menge aus ihrem Leben machen, und Sie befinden sich in der glücklichen Situation, dass materielle Probleme Sie von Ihren Plänen nicht abhalten müssen.«

Manoldi erhob sich. »Wohin kann ich Sie bringen lassen?«

Thrax stand ebenfalls auf und sah Skepz kurz an, ehe er sagte: »Zur Interceptor – und dann gerne alle, die gehen wollen, in das Haus. Ein Tapetenwechsel wird uns nicht schaden – und dass wir uns Gedanken machen, ganz sicher auch nicht.«

Manoldi wirkte zufrieden.

»Dann machen wir es genau so, Kommandant.«

Sie bekamen tatsächlich ein Haus. Wie versprochen, lag es nicht weit vom Raumhafen entfernt, in einer Wohnsiedlung, die aufgrund ihrer Nähe zum Landeplatz wohl nicht als allzu attraktiv galt. Sie hatten jedenfalls keine Nachbarn, die angrenzenden Häuser standen leer. Das war vielleicht auch gut so. Thrax stellte sich vor, was er bei einem typischen Gartenzaungespräch wohl beizutragen hätte. Er war sich nicht sicher, ob das eine kulturelle Übung war, der er sich gewappnet fühlte.

Sie genossen alle Annehmlichkeiten. Manoldi hatte nicht übertrieben. Die automatische Küche präsentierte eine erschlagende Vielfalt an Speisen, vor allem im Vergleich zu dem, was sie an Bord der Interceptor gewohnt gewesen waren. Es gab auch Alkoholika und leichte Drogen, deren Konsum Thrax sofort verbot. Noch gehorchten ihm alle. Aber wie lange würde das noch funktionieren? Wenn eine neue Freiheit lockte, gewürzt mit dem Versprechen auf lebenslange Alimentation, wer würde da als anachronistischer Soldat in einer trübsinnigen Veteranen-WG bleiben wollen? Thrax war sich nicht einmal sicher, ob er selbst das so wunderbar finden würde.

Lachweyler und Spoon hatten das Haus nach Abhöranlagen untersucht. Wenn die irdische Technologie in diesem Bereich nicht deutlich dem überlegen war, was Thrax und die Seinen mitgebracht hatten, schien nichts installiert worden zu sein. Dennoch hatte Spoon einige transportable Abschirmungen mitgebracht, hinter denen sie die wirklich wichtigen Gespräche führen wollten. Die Tatsache, dass er es noch nicht für nötig befunden hatte, diese einzuschalten, sprach wohl für sich.

Die Frage, was aus ihnen als Mannschaft werden sollte, war ein wichtiges, ja das zentrale Thema für Thrax. Wenn sie alle keine Einheit mehr waren, dann bedurfte es auch keiner gemeinsamen Perspektive, keiner Pläne, die ein »wir« einschlossen, das es gar nicht mehr gab. Dann würde jeder seinen eigenen Weg gehen. Und Thrax konnte niemanden halten. Wollte er das denn überhaupt? Was beabsichtigte er selbst mit seinem Leben zu erreichen? Thrax war es nicht gewohnt, sich mit solchen Fragen auseinanderzusetzen. Er hatte sich seit seinem Eintritt in die Marine keine Gedanken zu diesem Aspekt machen müssen. Er hatte genau gewusst, dass er im Dienst sterben würde. Das war alles.

Das war jetzt alles anders.

Allein schon deswegen, weil es den »Dienst« nicht mehr gab.

Zwei Tage vertrieben sie sich die Zeit, ungestört, fast isoliert, obgleich sie das Haus jederzeit hätten verlassen dürfen.

Sie aßen alle zu viel. Sie informierten sich über persönlich interessante Dinge und vervollständigten Wissenslücken, wo sie diese als besonders schmerzhaft empfanden. Skepz fand heraus, dass Nachkommen ihrer Schwester auf der Erde lebten, ein Urururneffe zumindest. Sie kontaktierte ihn nicht. So eine Art von Verwandtschaftsbesuch stellte aller Wahrscheinlichkeit nach eher eine Belastung dar.

Am Beginn des dritten Tages, zu dessen Abschluss sich Manoldi mit seinen Begleitern zum Abendessen eingeladen hatte, schien eine magische Hand sie im sehr komfortabel eingerichteten Wohnzimmer zusammengeführt zu haben. Alle waren mit Bechern, Tassen, Tellern und Schüsseln voller Speisen bewaffnet und bauten diese um sich auf wie Burgmauern. Es lag eine gewisse Spannung in der scheinbaren Leutseligkeit, mit der sie Scherze und Belanglosigkeiten austauschten. Dinge wollten gesagt werden. Entscheidungen mussten gefällt werden. Alle waren sie nervös. Und alle sahen Thrax an, immer wieder, auch aus den Augenwinkeln. Sie erwarteten etwas von ihm.

Aber konnte er diese Erwartung erfüllen?

Er selbst hatte auch Recherchen betrieben. Die Datenbanken waren erstaunlich offen. Welch wohltuende Wirkung es doch hatte, wenn es kein Militär mehr gab und Geheimniskrämerei keine Vorteile mehr brachte. Die Hondh kümmerten sich offenbar nicht um die Geheimnisse der Menschheit. Ihre Macht war absolut, nur in der Ausübung sehr liberal … oder, wie Spoon es einmal genannt hatte: autistisch. Thrax wollte dieses Wort nicht aus dem Kopf. Spoon hatte da etwas berührt, etwas von dem, was in seinem eigenen Unterbewusstsein schlummerte, aber noch ungesagt geblieben war. Autistische Herrscher eines gigantischen, unüberschaubaren Imperiums.

Etwas nagte da an Thrax.

Es kam der Zeitpunkt, da stand Lachweyler auf, ging hinüber zu Spoons Apparaten und schaltete sie ein. Jedes

Geplauder verstummte sofort. Alle Augen richteten sich auf den Waffenoffizier, der die letzten Tage einen schon fast hysterischen Eindruck gemacht hatte und der sich sichtlich unwohl fühlte. Etwas brannte in ihm.

»Ich finde es hier entsetzlich!«, brach es aus ihm heraus. »Etwas stimmt hier nicht. Das kann es doch nicht gewesen sein. 500 Jahre Duldsamkeit nach einem ewig langen und blutigen Krieg. Ich glaube es einfach nicht.« Er machte eine Pause, blickte sich etwas hilflos um. »Bin ich der Einzige hier, der so fühlt? Ich kann es nicht richtig in Worte fassen. Aber … ich muss es einfach loswerden.«

»Es ist ein Gefühl, und es sind einige für mich beunruhigende Indizien, die mir zu denken geben«, erwiderte Thrax. »Ich habe in den vergangenen zwei Tagen nach allem zugänglichen Material über die politische Situation außerhalb der Hondh-Sphäre gesucht. Es ist keinesfalls so, dass so etwas wie eine staatliche Zensur ausgeübt wird, aber es gibt verdammt wenig Aktuelles zu diesem Thema. Es treffen keine Schiffe von außerhalb auf der Erde ein. Es gibt keinen Handel. Es scheint nicht einmal Schmuggel zu geben! Es gibt keine Möglichkeit, ein Ticket nach draußen zu buchen, es gibt keine regelmäßigen Passagierlinien. Und das liegt nicht daran, dass es verboten wäre, derlei anzugehen. Es gibt kein Gesetz dagegen. Es tut nur einfach niemand.«

Spoon nickte. »Ich habe meine eigenen Nachforschungen angestellt und nach allem gesucht, was über die Hondh bekannt ist: ihr Aussehen, ihre Absichten und Motivationen, ihre Kultur und Geschichte – es gibt nur sehr wenig, und das Meiste davon basiert auf Spekulationen. Bekannt ist, dass die Hondh in der Vergangenheit viele Kriege geführt haben, vergleichbar zu ihrer Expansion in das terranische Territorium. Sie scheinen zu diesem Zwecke über große Ressourcen zu verfügen, die sie klug und überlegt einsetzen. Von eroberten Sternenstaaten übernehmen sie technische Innovationen, jedenfalls wird Art und Umfang des Tributs so gedeutet. Aber woher sie kommen – und was ihre eigentlichen Pläne sind –, das weiß man niemand. Interessanterweise gibt es Wissenschaftler, die die Auffassung vertreten, dass es eine erneute Expansion der Hondh geben wird, die wieder viele parallele Kriege auslöst. Das ist keine Mindermeinung. Und es scheint niemanden ernsthaft zu beunruhigen oder aufzuregen!«

Skepz ergriff das Wort. »Abgesehen von meinem Urururneffen, habe ich auch einige Fragen gestellt und Recherchen durchgeführt. Meine Frage war: Gibt es irgendwelche Anzeichen für einen Widerstand gegen die Hondh-Herrschaft? Ich erwarte gar keine breiten revolutionären Bewegungen, dafür ist die Dominanz der Hondh zu stark – und dafür lassen sie den Menschen zu viele Freiheiten, sodass man es sich durchaus unter ihrer Knute einrichten kann. Aber ich habe zwei Dinge erwartet: in der unmittelbaren Phase nach der Kapitulation Aufstandsbewegungen, möglicherweise angeführt von demobilisierten Soldaten, und zumindest die kleine Gruppe von … Unverbesserlichen, die Freiheit für wichtiger und erstrebenswerter als Sicherheit halten und die Auffassung vertreten, dass ein jeder, der für ein wenig Sicherheit seine Freiheit zu opfern bereit sei, auch das bisschen Sicherheit nicht verdient habe.«

Skepz holte Luft. Sie war sich der ungeteilten Aufmerksamkeit ihrer Zuhörerschaft gewiss.

»Was habe ich gefunden? Nichts.«

Thrax runzelte die Stirn, als Skepz einfach aufhörte zu reden.

»Was genau meinst du mit ›nichts‹?«, fragte er schließlich.

»Nichts.«

»Es gab keinerlei Aufstandsbewegungen nach der Kapitulation?«

»Keinerlei Anzeichen dafür. Natürlich können die Nachrichten alle manipuliert sein, aber ich habe derzeit nicht den Eindruck, als würden sich die Hondh um so etwas Profanes wie Medienzensur kümmern.«

»Die Regierung vielleicht?«

»Die würde erfolglose Aufstandsversuche eher zu Propagandazwecken nutzen. Es gab jedoch keine. Und es gibt derzeit ebenfalls nichts. Wir müssen eines verstehen: Viele der üblichen Grundrechte werden auf der Erde durchaus respektiert. Wir haben es hier nicht mit einer üblen Diktatur zu tun. Es gibt Versammlungs- und Redefreiheit. Es gibt zahllose Konflikte, die Experten wie den Mediator und sein Team auf den Plan rufen. Religiöse Auseinandersetzungen, Streit um Ressourcen, politische Konflikte – die gibt es immer noch. Und sie werden nicht unterdrückt. Manoldi und seine zahlreichen Kollegen versuchen, die Konflikte wegzuverhandeln. Oder es werden Gerichte bemüht. Aber es gibt nirgendwo auch nur einen winzigen Hinweis auf so etwas wie eine ›Unabhängigkeitspartei‹, und sei es, dass diese nur aus ein paar Irren besteht, die keiner ernst zu nehmen bereit ist. Nichts in den Datanetzen. Nichts in den Kommunikationsräumen und -foren. Keine Publikation, keine Hetzschrift, keine Verschwörungstheoretiker, niemand. Es gibt nichts.«

Skepz kniff kurz den Mund aufeinander. Dann sagte sie:

»Das ist nicht normal. So sind wir Menschen nicht. Während des Krieges gab es überall Verrückte, die am Rande des Mainstreams absurde Ansichten vertraten. Die Hondh seien Götterboten. Der Krieg eine Erlösung. Eine Strafe Gottes. Die Hondh seien eine Erfindung der Regierung. Wir hätten den Krieg begonnen und die Hondh seien die Opfer. Ich kann gar keine vollständige Liste aufzählen. Nach solchen Leuten habe ich gesucht. Ich habe nichts gefunden. Vielleicht habe ich an den falschen Stellen gesucht – aber gar keinen Hinweis, so rein gar nichts?«

Skepz schüttelte den Kopf.

»So sind wir Menschen nicht«, wiederholte sie leise. »Es gibt einen Mechanismus, einen Einfluss, eine … Methode, die auf dieser Welt so etwas wie eine allumfassende Loyalität erzeugt. Das, liebe Freunde, ist meine Verschwörungstheorie.«

Thrax lächelte. »Die zeigt immerhin, dass du noch einigermaßen normal bist.«

Skepz lächelte freudlos zurück.

»Wie sieht es bei den anderen aus?«

Shelwin Klime, ein erfahrener Unteroffizier, der unter Lachweyler die Waffen bediente und auch als Ortungsassistent und Hilfstechniker ausgebildet war, meldete sich zu Wort.

»Was bedeutet das denn für uns, Captain?«, fragte er Thrax direkt. »Ich meine … selbst wenn das alles etwas rätselhaft ist … Lieutenant Skepz hat selbst erzählt, dass das Leben gar nicht so schrecklich ist hier … Ich meine, den Leuten geht es einigermaßen gut, sie leben alle ihr Leben. Es wird niemand getötet oder verfolgt und man kann reisen, wohin man will, und mehr oder weniger tun und lassen, was man für richtig hält. Ich habe keinen marodierenden Hondh auf der Straße gesehen, der zum Spaß harmlose Bürger wegmetzelt. Ich finde …«

Klime sah etwas unglücklich drein, als er weitersprach, aber es war ihm anzurechnen, dass er offen sagte, was er meinte.

»… ich weiß nicht, was dagegenspricht, den verdammten Krieg einfach zu vergessen und was anderes zu tun. Mir ist egal, was vor 500 Jahren passiert ist. Wir haben verloren, und das ist jammerschade. Muss mich das aber davon abhalten, die Chance zu nutzen, ein neues Leben zu beginnen?«

Thrax schwieg einen Moment, als Klime die entscheidende Frage in den Raum stellte. Er versuchte, eine Antwort zu finden, die nicht nur dem Mann diente, sondern auch sich selbst. Nach einigen Augenblicken kam er zu dem Schluss, dass das nur auf eine Art und Weise möglich war.

»Das Wichtigste ist Folgendes, Shelwin«, sagte er dann. »Ich werde Sie von nichts abhalten. Niemand wird von irgendwas abgehalten. Meine Autorität stammt aus meiner Legitimation durch die hegemoniale Kriegsmarine. Diese existiert nicht mehr. Damit erlischt, rein rechtlich, auch meine Kommandogewalt.«

Klime sah Thrax auf eine Weise an, die deutlich zeigte, dass er dies so noch gar nicht bedacht hatte. Er wirkte dabei geradezu erleichtert.

»Ich werde niemandem einen Stein in den Weg legen, was seine persönliche Lebensgestaltung anbetrifft. Wenn Sie die Interceptor verlassen wollen, dann ist das Ihre Entscheidung und ich kann und werde Ihnen nichts Gegenteiliges befehlen. Nehmen Sie die Chance wahr und bauen Sie sich ein neues Leben auf. Ich stehe Ihnen nicht im Wege. Keiner von uns. Ist das klar geworden?«

Klime nickte, fast schon eifrig. »Ja, Captain.«

Thrax seufzte. »Ich kann mich mit der Idee, die Dinge einfach hinzunehmen und den Ruhestand zu genießen, nicht anfreunden. Das ist aber in erster Linie mein Problem.«

»Und meines«, murmelte Spoon. Skepz nickte. Lachweyler nickte. Thrax grinste sie an, dann hob er abwehrend die Hände.

»Ich schlage Folgendes vor. Wir lassen die Interceptor unter Verschluss und, soweit man uns lässt, unter unserer Kontrolle. Jemand muss sich sowieso um Carlisle kümmern, das will ich bis auf Weiteres nicht den Behörden hier überlassen. Ich denke, wir schulden ihm was, und das mehrfach.«

Allgemeine Zustimmung.

»Trotzdem müssen wir versuchen, eine Grundlage für unsere individuelle Entscheidung über unsere Zukunft zu schaffen. Ich gebe uns ein halbes Jahr Zeit. Wir reisen umher. Wir versuchen, uns alle darüber klar zu werden, was wir eigentlich wollen und wohin wir gehören. Und ganz unabhängig von der Entscheidung, die jeder für sich trifft, kommen wir in sechs Monaten wieder zusammen – idealerweise auf der Interceptor, wenn das geht – und erklären uns, jeder für sich. Dann wissen wir mit größerer Sicherheit, woran wir sind und ob es eine gemeinsame Zukunft gibt oder die Mannschaft aufgelöst ist.«

Er sah sich um.

»Sind alle einverstanden?«

Er sah niemanden, der größere Zweifel hegte, hörte keinen Widerspruch. Zufriedene Gesichter, soweit Spoon zu so etwas überhaupt in der Lage war. Es war eine Lösung, die auch all jenen entgegenkommen würde, die sich nicht so offen wie Klime äußern wollten, die im inneren Widerstreit zwischen den alten Loyalitäten und den Versprechungen einer neuen Freiheit lagen. Das brauchte Zeit.

Das galt auch für Thrax, wie dieser sich eingestehen musste. Er hatte diese Entscheidung gleichfalls noch nicht endgültig getroffen. Vielleicht gefiel ihm das Leben außerhalb des Militärs ganz gut.

Spoon räusperte sich. »Captain, ganz unabhängig davon bitte ich um die Erlaubnis, den Versuch zu unternehmen, das Überlichtmodul des Antriebs der Interceptor reparieren zu dürfen. Ich habe mich mal schlau gemacht. Die Dinger haben sich von der grundsätzlichen Bauweise her kaum verändert. Ich sollte irgendwo ein gebrauchtes Modell auftreiben und für unsere Zwecke modifizieren können. Unsere Konten sind alle reichlich gefüllt, wie ich feststellen durfte. Es gibt ein Überangebot an altem Zeugs, da offenbar kaum noch jemand Interesse an interstellarer Raumfahrt hat. Wenn ein paar von euch mitmachen, können wir so was privat kaufen. Man muss Manoldi und seine Kumpel ja nicht mit der Nase draufstoßen.«

Thrax nickte. »Ich bin dabei.«

Einige weitere meldeten sich. Spoon war zufrieden. Thrax verließ sich da auf ihn. Der Mann war nur ein durchschnittlicher Ingenieur, dafür ein begnadeter Krämer. Er würde das Richtige finden. Die eigentliche technische Arbeit würde keine besondere Herausforderung darstellen.

Der Kommandant erhob sich.

»Manoldi kommt nachher. Und morgen ist der Empfang, zu dem wir alle eingeladen sind. Niemand ist dazu verpflichtet. Ansonsten gilt das Gesagte.«

Er machte eine ausholende Bewegung mit beiden Armen. »Ihr seid frei.«

Das Gebäude der Regierung war in etwa, wie Thrax es aus der Zeit vor 500 Jahren in Erinnerung hatte. Es hatte einige kleinere bauliche Veränderungen gegeben, vor allem in der näheren Umgebung. Der mächtige Klotz des Kriegsministeriums, der zu seiner Zeit neben dem Amtssitz des Präsidenten die Architektur der Innenstadt dominiert hatte, war verschwunden. Dort gab es jetzt einen Stadtpark.

Außer Skepz hatte sich niemand bereit erklärt, am Empfang teilzunehmen. Der Besuch Manoldis war ereignislos gewesen. Thrax hatte ihn über ihre Entschlüsse – zumindest den allzu offensichtlichen Teil – informiert und er hatte sie durchaus erfreut zur Kenntnis genommen. Weiter sicherte er jede Unterstützung zu. Thrax hatte sich bedankt und sich nach der Kleiderordnung für den Empfang erkundigt. Der Mediator hatte ihm vorgeschlagen, einfach die Ausgehuniform zu tragen, die er auf der Interceptor gelagert hatte.

Thrax verstand jetzt auch, warum.

Als Ehrung der beiden Gäste aus der Vergangenheit hatte der Protokollchef Retro-Style vorgegeben. Es war keinesfalls so, dass die aktuelle Mode so abschreckend gewirkt hatte – da sie in jedem Falle in angemessener Form die Gliedmaßen und den Rumpf zu bedecken hatte, waren die Variationsmöglichkeiten gerade angesichts notwendiger Zweckmäßigkeiten irgendwann begrenzt –, aber als Thrax und Skepz die große Halle betraten, standen die Männer in Anzügen seiner Epoche an den kleinen Stehtischen und die Damen trugen wahrscheinlich das, was man vor 500 Jahren zu so einem Anlass eben getragen hatte. Thrax kannte sich da nicht so besonders aus, er hatte, soweit er sich erinnern konnte, immer nur mit Frauen in Uniform zu tun gehabt.

Erstmals waren jetzt auch die Medien zugelassen, vor denen sie bisher sorgsam abgeschirmt worden waren. Die kleinen fliegenden Kameras und das falsche Lächeln sensationsgeiler Journalisten hatten sich offenbar über die Jahrhunderte nicht verändert. Der Protokollchef hatte so etwas wie eine Pressekonferenz vorgeschlagen und Thrax hatte zugestimmt, aber zu einem nicht näher definierten späteren Zeitpunkt.

Er fühlte sich unwohl.

Sein Blick auf Skepz zeigte, dass es seiner Begleiterin anders ging. Sie schnappte sich mit graziöser Leichtigkeit eine kulinarische Köstlichkeit von einem der Tabletts, die herumgereicht wurden, verbeugte sich artig, als sie offiziell begrüßt wurden und höflicher Applaus erklang. Thrax bewunderte Skepz. Sie bewegte sich hier wie ein Fisch im Wasser. Das lag teilweise sicherlich an ihren Implantaten, die ihre körperliche Leistungsfähigkeit deutlich erhöhten. Niemand hier hatte jemals einen voll aufgerüsteten Marinesoldaten zu Gesicht bekommen – die meisten der Gäste ahnten wahrscheinlich nicht einmal, dass Thrax und Skepz über Körpersoft- und hardware verfügten, mit der sie unter den Anwesenden ohne Waffen ein Massaker veranstalten konnten.

Nicht dass diese Absicht bestanden hätte.

Schließlich geschah das Unausweichliche und der Regierungschef wandte sich direkt an seine beiden Ehrengäste. Er stand in einer Traube aus Gefolgsleuten und Medienvertretern, ein kleiner Mann mit sandfarbenem Haar, sorgfältig manikürt und geschminkt, wie aus dem Ei gepellt. Thrax, der sich selbst insgeheim für eine eher grobschlächtige und unförmige Erscheinung hielt, beschloss, sich lieber nicht mit ihm zu vergleichen. Er kniff die Augen zusammen, als er die leichtfüßigen, fast tänzerischen Bewegungen des Mannes beobachtete. Er befahl einem Implantat, den Vorsitzenden des Protektoratsdirektoriums – der schlicht mit »Herr Direktor« angesprochen werden wollte – einmal anzupingen. Er bekam eine verwirrende Fülle an Daten zurückgespiegelt.

Es mochte sein, dass von den gut einhundert auserlesenen Gästen auf diesem Empfang niemand ahnte, was ein ordentlich aufgerüsteter Soldat war. Dem Direktor hier hingegen war kein Implantat fremd. Er bestand fast nur aus Bionik, subkutanen Pharmadepots und Gelenk- und Knochenverstärkungen.

Thrax fragte sich, ob er es in einem Kampf gegen ihn würde aufnehmen können, und kam zu dem Schluss, dass er dafür die Hilfe von Skepz beanspruchen müsste.

Ein interessantes Detail.

Geradezu deprimierend war, dass man dem Direktor nichts ansah. Von außen wirkte er gepflegt, sicher, und er hatte ein sehr sympathisches, geradezu gewinnendes Lächeln. Aber er war niemand, der auffiel. Er sah ganz normal aus. Der von Narben und unter der Haut sichtbarer Bionik übersäte Thrax wirkte dagegen sehr … unfertig.

Primitiv nahezu.

Thrax schalt sich einen Narren.

Er wollte sich doch nicht mit ihm vergleichen.

»Kommandant Thrax! Ich fühle mich geehrt, Sie kennenzulernen. Ich bewundere Sie und Ihre Mannschaft!«

So, wie er es sagte, klang es sogar aufrichtig. Er nahm die Hand des Direktors, die erwartungsgemäß warm war, sich angenehm anfühlte und einen durchaus kräftigen, aber nicht provozierend festen Händedruck fabrizierte.

»Danke, Herr Direktor«, erwiderte Thrax artig. Der Mann hieß Olson, und da seine Position alle fünf Jahre in direkter Wahl neu besetzt wurde, hatte er den gehetzt-anbiedernden Habitus des Berufspolitikers, für den Thrax nie besonders viel übrig gehabt hatte. Das sagte nichts über dessen Qualitäten als Administrator aus.

»Sie sind sicher noch sehr verwirrt über die veränderten Rahmenbedingungen auf der Erde«, erklärte Olson.

»Ich versuche, mich an gewisse Dinge zu gewöhnen. Es ist nicht leicht.«

»Es wird mit der Zeit einfacher werden. Manoldi hilft Ihnen dabei. Er ist einer unserer besten Mediatoren. Sie können sich auf ihn verlassen.«

»Das fällt mir noch schwer.«

»Natürlich, natürlich!« Olson lächelte dermaßen verständnisvoll, Thrax hätte ihm diese Emotion beinahe abgenommen. »Sie müssen daran arbeiten! Beide! Aber lassen Sie mich eines sagen: Ich bin Ihnen sehr dankbar, dass Sie ohne Waffen ins Sonnensystem eingeflogen sind. Sehr, sehr dankbar. Sie haben uns damit ein großes Problem erspart. Die Erde stand damals in Ihrer Schuld, als Sie für uns gekämpft haben, und jetzt steht sie es wieder, weil Sie klug handelten. Wir sind dankbar.«

Olson sah Thrax bei diesem Vortrag an, die Worte waren an seine Ohren gerichtet, sein Blick ruhte tief in den Augen des Mannes, und doch wusste jeder, dass er gar nicht mit ihm sprach. Er präsentierte für die Kameras, die ihn umkreisten, eine Show. Thrax warf dem Direktor nicht einmal vor, unehrlich zu sein. Er glaubte ihm, dass er dankbar war, und sei es nur dafür, ihm Ärger erspart und eine schöne Bühne für einen wirkungsvollen öffentlichen Auftritt verschafft zu haben. Aber er verspürte auch den wachsenden Unwillen bei sich, Teil einer solchen Inszenierung zu sein, in einem Theater, für das er nicht einmal Eintrittskarten gekauft hatte. Er versuchte ein Lächeln, das auf seinem zernarbten und groben Gesicht ganz bestimmt furchtbar aussah.

»Ich freue mich über Ihre Worte«, log er aus vollem Herzen. Olson nickte, sein Blick wanderte zur Seite, traf auf die ansehnliche Gestalt von Lieutenant Skepz und schon wanderte seine Aufmerksamkeit mit.

»Ah, und das ist Madame Skepz! Sie sehen zauberhaft aus!«, wandte sich Olson ab und schüttelte auch ihre Hand mit sichtlicher Begeisterung. Im Gegensatz zu Thrax war Skepz nicht auf eine archaisch-abstoßende Art fotogen, sondern schimmerte eine raubtierhafte Erotik in die Kameras, was den Bedienern der Okulare sicher nicht entgangen war.

Auch Olson wusste sofort, dass es irgendwie lustig war, mit Thrax gefilmt, aber definitiv interessant, mit Skepz gesehen zu werden. Er ließ wieder einige Dankesworte los und stellte harmlose Fragen, die schließlich, mit einem Unterton, der für Thrax zu viele Andeutungen enthielt, in einer letzten mündeten: »Wenn ich irgendwas für Sie tun kann, müssen Sie es mich wissen lassen!«

Skepz lächelte, nicht nur artig, sondern nahezu begeistert, nahm die Hand, die der Direktor wie zufällig auf ihrem Unterarm hatte liegen lassen, drückte sie sanft, beinahe zärtlich – warum genau ärgerte das Thrax so sehr? –, und sagte dann mit einer Stimme, die so weich klang, wie ein Samtkissen sich anfühlte:

»Ich hätte da einen Wunsch, Herr Direktor!«

Erwartungsvolle Stille senkte sich über die Traube der Zuschauer. Olson wirkte so erfreut, als hätte Skepz ihm angeboten, für ihn zu allem – zu allem! – bereit zu sein. Thrax runzelte nur die Stirn. Worauf wollte seine Kameradin denn jetzt hinaus?

»Ich würde gerne einen Hondh treffen«, sagte sie dann mit klarer Stimme. »Das können Sie doch sicher arrangieren?«

Die Stille blieb. Olsons Lächeln wurde etwas verkrampft.

»Das ist leider nicht möglich«, sagte er leise. »Niemand trifft einen Hondh.«

»Auch nicht der Direktor?«

»Ich bin nie einem begegnet. Einmal im Jahr treffen die Tributschiffe ein. Doch die sammeln nur Waren und Güter ein. Wir wissen nicht einmal, ob Hondh an Bord sind.«

»Es gibt keine Möglichkeit?«

»Nein. Warum wollen Sie unbedingt einen sehen?«

Skepz lächelte versonnen und drückte Olsons Hand.

»Damit ich ihm mächtig in die Eier treten kann, Herr Direktor.«

Thrax wachte in irgendeiner Gosse wieder auf. Seine abgeschalteten Implantate – Medsuiten stören beim Vollrausch nur – halfen ihm nicht, sich zu orientieren. Die Augen waren verklebt. Er hatte einen Geschmack im Mund, als hätte er stundenlang eine Kloake ausgeleckt. Thrax blinzelte. Er lag definitiv auf der Straße, und es war altmodischer Asphalt, und das wiederum bedeutete, dass er in der Altstadt geendet war. Ja, er entsann sich. Nachdem Skepz und er den Empfang verlassen hatten, auf dem sie spätestens nach der Äußerung des Lieutenants nur noch als anachronistische Zirkusattraktionen gegolten hatten, waren sie übereingekommen, dass der Abend jung, ihre Leber belastungsfähig und diese Welt es nicht wert war, nüchtern ertragen zu werden.

Sie waren auf Sauftour gegangen.

Es gab in der Altstadt zahllose Etablissements, in denen man sich so ziemlich jeder erdenklichen Vergnügung hingeben konnte. Thrax war in diesen Dingen weder sonderlich einfallsreich noch experimentierfreudig. Als er eine passende Tränke gefunden hatte, in der ein dermaßen irres Publikum verkehrte, dass sie beide gar nicht mehr auffielen, waren sie sesshaft geworden und hatten auf furchtbar altmodische Art und Weise zu bechern begonnen.

Es gab alles, was das Herz begehrte, und zahlreiche Variationen, die Thrax völlig unbekannt waren. Seinem konservativen Wesen folgend, bestellte er nur solche Drinks, die schon vor 500 Jahren für ihre Qualität bekannt gewesen waren, und es war beruhigend, dass sich dies auch in dieser Zeit nicht geändert hatte.

Es gab schottischen und irischen Whisky. Er war teuer. Aber Thrax und Skepz waren flüssig. Der Nachschub brach nicht ab, nur die Fähigkeit, diesen auch zu bestellen, ging kontinuierlich den Bach runter.

Dann gab es einen Filmriss. Eigentlich konnte er sich nicht einmal mehr richtig an die Zeit vor dem Blackout erinnern. Alles war sehr verschwommen.

Thrax richtete sich auf und unterdrückte ein Stöhnen. Ihm war schwindelig und übel zumute. Er wusste, dass er all dies durch eine Reinitialisierung der Medsuite beheben konnte, aber er wollte nicht. Wie ein trotziges Kind war er der Ansicht, dass die Situation es wert war, durchlitten zu werden, und sei es nur, um ihn daran zu erinnern, dass er noch richtig am Leben war.

Die Gasse war schlecht beleuchtet, der Boden feucht. Auch die Uniform fühlte sich klamm an. Es gab einen feinen Sprühregen. Die kühle Nässe musste ihn aus seiner Benebelung geweckt haben. Es war noch dunkel draußen. Thrax blinzelte erneut und sah, dass er neben dem Hinterausgang einer Kneipe auf dem Boden lag. Jemand musste ihn hierher verfrachtet haben oder er hatte sich hier selbst zur Ruhe gelegt. Er tastete seine Uniform ab. Sein Kreditchip war noch da, ein Diebstahl hätte ohnehin nichts gebracht. Ansonsten führte er nichts Wertvolles mit sich, was sich ohne Operation entfernen ließ.

Aber auch so was war früher schon mal passiert. Er lauschte in seinen Körper hinein, suchte nach Schmerzen, tastete sich vorsichtig ab. Alles war da. Die aktiven Implantate meldeten sich auf Anfrage. Es fehlte nichts. Das war beruhigend.

Wo war eigentlich Skepz?

Thrax sah sich suchend um, kam mühsam auf die Füße, trat ins Licht der am nächsten stehenden, schummrigen Straßenbeleuchtung. Er hörte von irgendwoher ein Lachen, Schritte, etwas überdrehtes Geschwätz. Aber das war relativ weit weg.

Von Skepz war nichts zu sehen.

Sollte er sich Sorgen machen?

Oder hatte sie sich einfach nur bei jemandem für die Nacht einquartiert, der den Abend für sie sinnvoll abrunden würde?

Das war kein Gedanke, dem Thrax länger folgen wollte. Es ging ihn auch nichts an. Sie konnte ausgezeichnet auf sich selbst aufpassen, wahrscheinlich besser als er auf sich.

»Aufgewacht?«

Thrax schaute in die Richtung, aus der die Stimme kam. In einer nahezu instinktiven Reaktion aktivierte er seine medizinischen Implantate. Augenblicke später schoss ein Drogencocktail durch seine Adern, der den Kater vertrieb, seine Sinne schärfte und jeden Schmerz beseitigte. Er holte tief Luft.

An die Wand gelehnt, im Halbschatten, stand eine Gestalt. Thrax' Augen fokussierten, machten Einzelheiten aus. Ein Mann, etwa so groß wie er selbst, in einem schmucklosen Regenmantel, den altmodischen Hut ins Gesicht gezogen.

»Danke«, sagte Thrax. »Mir geht es gut. War wohl etwas zu viel diese Nacht.«

»Ja. Ich habe gewartet. Ich hatte Angst, wenn ich Sie wecke, würden Sie auf eine Art aufwachen, die mich verletzt.«

»Unwahrscheinlich.«

»Kann sein.« Der Mann stieß sich von der Wand ab, trat ins Licht. Er war jung, unrasiert. Er stank nicht. Kein Junkie, kein Obdachloser. Müde sah er aus, was angesichts der Tageszeit nicht verwunderlich war.

»Ich habe Sie im Fernsehen gesehen«, sagte er. »Ihre Freundin hat den Direktor geärgert.«

»Er fand es lustig.«

»Es hat ihn geärgert, glauben Sie mir.«

»Wem genau glaube ich?«

Der Mann grinste. »Ich bin Roarke. Nennen Sie mich Roarke.«

»Das ist ein Name. Wer sind Sie?«

»Die Frage ist doch eher, wer Sie sind, Kommandant.«

Thrax wischte sich über das feuchte Haar und sah seine Hand an. Dreck, kein Blut. Kein Schlag auf den Kopf, keine Wahnvorstellungen. Warum führte er dieses Gespräch? Warum lag er nicht in einem warmen Bett? Warum hatte er es nicht wie Skepz gemacht und sich ein Häschen gesucht für die Nacht? Er war angesagt! Der alte Typ aus einer wilden, archaischen Zeit! In der Kneipe hatte es an Angeboten nicht gemangelt. Er war eine Trophäe, die man sich anschließend an die Wand hängen konnte!

Thrax sah zu Boden. Oder in den Dreck werfen. Wer wusste, was letzte Nacht passiert war.

Seine Implantate hatten den Mann angepingt. Er war leer. Alles Natur. Thrax konnte ihn mit zwei Handgriffen zerbrechen, wenn er wollte. Er hasste sich selbst dafür, dass ihm dieser Gedanke kam. Warum sollte er herumlaufen und Leute zerbrechen?

»Ich bin Thrax«, gab er die etwas verzögerte Antwort.

»Sie sind im falschen Zeitalter, Thrax.«

»Erzählen Sie mir etwas Neues.«

»Ich bin es auch.«

Thrax kniff die Augen zusammen. »Was meinen Sie, Roarke? Auch ein Opfer eines Dilatationsfluges?«

Der Mann schüttelte den Kopf.

»Nein. Opfer eines ganz anderen Umstands. Kein angenehmes Leben. Niemand versteht einen. Man ist ein Außenseiter, obgleich keiner kapiert, warum eigentlich. Da haben Sie es einfacher. Sie sind ein Außenseiter, weil Sie aus einer anderen Zeit kommen. Was Sie und Ihre Leute wahrlich von den Menschen der Erde unterscheidet, ist jedoch nicht die Zeit, sondern ein ganz anderer Faktor. Da sind wir gleich.«

»Erzählen Sie mir davon?« Thrax wollte nicht gelangweilt wirken, aber der junge Mann schien Gefallen an einer gewissen Theatralik zu finden, für die er gerade nicht so viel übrig hatte. Recht betrachtet, hatte er daran nie sonderlich viel Gefallen gefunden.

Lachweyler stand auf so was. Der lag wahrscheinlich in irgendeiner anderen Gosse.

»Nein. Sie müssen die wichtigen Dinge selbst herausfinden. Dann können wir reden.«

»Ich rufe Sie dann an.«

Roarke nickte und lächelte. »Ja, genau. Ich gebe Ihnen etwas Altmodisches, Kommandant. Verlieren Sie es nicht.«

Er streckte den Arm aus und reichte ihm ein Stück Karton, auf dem Kontaktdaten standen. Nur eine Nummernfolge. Thrax wusste, dass er damit eine Kommunikation aufbauen konnte. Wie in alten Zeiten.

Er sah auf und der Mann wandte sich ab, marschierte durch den Regen und verschwand. Thrax fand, dass diese Nacht jetzt wunderlich genug war. Er steckte den Karton ein, erinnerte sich an ein anderes Fundstück und runzelte die Stirn.

Ja, richtig, da war doch noch etwas.

Er verließ die Gasse und trat auf die breitere Straße vor ihm. Der Lärm von Feiernden war immer noch zu hören. Diese Ecke der Stadt ging niemals zur Ruhe. Er holte einen Kommunikator hervor, den man ihm gegeben hatte, und rief ein Taxi. Es dauerte nur wenige Sekunden, dann glitt ein Bodenfahrzeug auf Ballonreifen vor ihn und eine Tür öffnete sich.

Thrax stieg ein. Hier war es warm, trocken und eine Spur zu stickig. Auf dem Boden befand sich eine Alkoholpfütze. Geschäftige Nacht.

Das Fahrzeug war fahrerlos. Thrax setzte seinen Kreditchip in die dafür vorgesehene Aussparung, ein grünes Licht wurde sichtbar und eine samtweiche elektronische Stimme erklärte: »Ihr Ziel, bitte?«

»Dein Auto stinkt. Schau dir die Schweinerei an.«

»Ich entschuldige mich. Ich kompensiere den Discount mit dem Dreck, den Ihr Mantel auf meinem Polster hinterlässt.«

Thrax lachte. Ein Taxi mit Humor. Das gefiel ihm.

»Ihr Ziel, bitte?«

»Der Raumhafen. Plattform 17.«

»Das Ziel ist restriktiven Verkehrsregelungen unterworfen. Ich kann Sie nur bis zur Raumhafengrenze bringen.«

»Dann los.«

Der Wagen setzte sich summend in Bewegung. Thrax lehnte sich zurück, schloss für einen Moment die Augen und bedauerte es, keinen Kater mehr zu haben. Jetzt musste er wieder denken und handeln, ohne jede Ausrede.

Das war, wie er fand, ein sehr kurzer Urlaub gewesen.

Und ein sehr seltsamer dazu.

Skepz fand Thrax in Spoons Maschinenraum, in der kleinen Werkstattsektion, in der er seine Geräte stehen hatte, ebenso wie die beiden Manufaktoren, mit denen gemeinhin die Ersatzteile der Interceptor hergestellt wurden. Es sah, wie immer, sehr unordentlich aus, denn Spoon war ein bekennender Messie, und das war auch völlig unproblematisch, solange er alles wiederfand.

Skepz erkannte an Thrax' Augen und seinen Reaktionen, als er auf ihr Eintreten aufmerksam wurde, dass er schon lange wach war und seine Konzentration durch Zugaben geeigneter Medikamente am Leben erhielt. Sie selbst hatte gut geschlafen, im Bett eines Mannes, der gut 500 Jahre jünger war als sie und diese Vitalität auch ausdauernd und wiederholt unter Beweis gestellt hatte. Sie hatte sich nach einem gemeinsamen Frühstück mit den üblichen vagen Versprechungen verabschiedet, die auf einen absolvierten One-Night-Stand folgten, und war einer Eingebung folgend zur Interceptor zurückgekehrt, anstatt ihr Haus aufzusuchen.

Nach einem kurzen Gespräch mit Carlisle, der sie darauf hingewiesen hatte, dass Thrax seit letzter Nacht an Bord war, stand sie nun hinter dem Rücken des Kommandanten, der über den Werktisch gebeugt war.

»Fleißig?«

»Immer.«

Skepz trat näher und schaute über die Schulter des Mannes. Auf dem Sessel neben dem, der von Thrax okkupiert wurde, lag ein völlig verdreckter Mantel. Und der etwas strenge Geruch, der den Raum erfüllte, stammte nicht allein von dem Kleidungsstück.

»Wilde Nacht«, sagte sie und zog den Mantel von der Lehne, um ihn dann zu Boden fallen zu lassen. Sie setzte sich.

»Ich weiß es nicht mehr so richtig.« Thrax sah auf und blickte Skepz kurz fragend an. »Gut amüsiert?«

Skepz zuckte mit den Schultern. »Soweit eine alte Frau dazu noch in der Lage ist.«

Thrax nickte und wandte sich wieder seiner Arbeit zu. Er hantierte an etwas sehr Kleinem herum, unter einer starken Lupe und nicht mit seinen Händen, sondern mit der Fernsteuerung von Mikromanipulatoren, die über die Arbeitsplatte krochen und …

»Das ist der Ring. Der Ring des Captains der Tanaka«, stellte Skepz fest.

»Ja.«

»Was ist mit ihm?«

Thrax ließ die Fernsteuerung sinken und lehnte sich zurück.

»Mir ist gestern Nacht etwas eingefallen.«

Skepz sagte nichts. Aus jedem Wort des Kommandanten klang Erschöpfung.

»Ich weiß jetzt, warum Levante ihn an der linken Hand trug. Etwas stimmte nicht.«

»Was?«

»Er wollte uns damit etwas sagen.«

Thrax hob seine rechte Hand. Skepz konnte seinen Akademiering erkennen, dem Anschein nach genauso mit dem Finger verwachsen wie ihr eigener, den sie auch rechts trug. Man trug ihn rechts. Immer.

Levante hatte ihn an die linke Hand gesteckt, um jemandem eine Botschaft zu übermitteln, der so etwas … wissen konnte?

»Das war aber ein schwaches Signal«, murmelte sie. Thrax nickte.

»Es war möglicherweise alles, was ihm dazu noch einfiel«, erwiderte er und zeigte auf den Ring. »In dem Ding ist ein Speicher. Er ist auf molekularer Ebene, sehr klein, kein Megabyte. Ich habe lange nach ihm gesucht, als mir klar wurde, dass da etwas sein musste. Das ist Qualitätsarbeit.«

»Was ist drauf?«

»Ich bekomme alleine keinen Zugang. Mein persönliches Codewort wird akzeptiert, aber es fehlt deines.«

Skepz hob die Augenbrauen. »Wie bitte?«

»Der Ring wird nur durch die Selbstzerstörungssequenz zugänglich. Dein Code und meiner. Gleichzeitig.«

»Warum wir? Levante kannte uns doch nur flüchtig.«

Thrax schüttelte den Kopf. »Nicht nur wir. Es sind die Selbstzerstörungscodes der ganzen Flotte drauf. Jedes Offizierspaar könnte den Ring aktivieren. Gemeinsam.«

Skepz starrte auf das kleine Schmuckstück. »Und er zerstört sich dann nicht von selbst? Und die Interceptor gleich mit?«

Thrax grinste freudlos. »Das wäre viel Aufwand für so einen geringen Effekt. Ich bin mir sicher, dass der Ring ein Geheimnis enthält. Und es ist für Offiziere in Kommandoposition bestimmt. Für Überlebende. Für Eingeweihte. Die etwas damit anfangen können. Also für uns.«

Skepz beugte sich vor. »Dann geb ich dir meinen Code.«

»Lass uns gleich anfangen.«

Thrax hantierte für einige Momente und gab die Zahlenfolgen der beiden Kennwörter ein. Es dauerte nur wenige Augenblicke, da flackerte es über einem der Bildschirme und ein relativ kurzer Text erschien. Thrax blinzelte, wischte sich über die Stirn und schüttelte dann den Kopf. Er las ihn erneut und winkte dann Skepz heran, die sich gleichfalls nach vorne beugte und die Nachricht studierte. Als sie sich wieder aufrichtete, wirkte sie ähnlich verwirrt wie ihr Kommandant.

»Verstehst du das, Skepz?«

Die Frau runzelte die Stirn.

»Die Exemptor? Das war doch immer nur ein Gerücht.«

»Anscheinend war es mehr als das.«

»Ich habe gehört, dass das Schiff niemals gebaut wurde.«

»Vielleicht haben wir uns geirrt. Es wurde aber wohl nicht mehr rechtzeitig fertig, um wirksam in den Krieg eingreifen zu können.«

Skepz kratzte sich am Kopf, las die Nachricht erneut und die Kette an galaktischen Koordinaten, die sich ihr anschloss.

»Und dann haben sie es versteckt?«

»Außerhalb der Hegemonie«, fügte Thrax nickend hinzu. »Weit weg von den Hondh, aber nicht zu weit, als dass ein einsatzfähiges Kriegsschiff der Flotte es nicht erreichen könnte.« Er wies mit dem Finger auf den Datensatz. »Dort.«

»Was kann die Exemptor?«

Thrax seufzte und fuhr sich mit der Hand über die Haare. »Da kenne ich nur Gerüchte, wie du. Jeder hatte damals seine eigene Version der Geschichte. Wir alle haben uns daran festgehalten, da die Sache so etwas wie eine Quelle der Hoffnung war. Das Superschiff, das die Wende bringt, es den Hondh mal so richtig zeigt. Albern natürlich. Selbst, wenn die Exemptor so viel besser gewesen war als alles, was wir sonst hatten, so war sie doch nur das eine Schiff. Aber sie wurde zu einem unsichtbaren Symbol, so wie die Tanaka das sichtbare war. Es passt irgendwie, dass die Daten in seinem Ring versteckt sind. Levante wusste sicher mehr. Er verrät es uns nicht.«

»Er vertraut darauf, dass wir die Gerüchte kennen. Er will gar nicht zu viel preisgeben.«

»Das Schiff ist jetzt über 500 Jahre alt. Sie müssen es irgendwo gut verpackt haben. Vielleicht wurde es mittlerweile entdeckt.«

»Vielleicht.«

»Wie sieht es aus?«

»Niemand weiß es.«

»Lohnt es sich, einer solchen Schimäre nachzujagen?«

»Niemand weiß es.«

»Würde es irgendwas ändern, wenn wir das Schiff finden würden und es einsatzbereit machen könnten?«

»Du stellst viele Fragen, Skepz, aber du vermeidest die wichtigste.«

Thrax sah Skepz an und sie nickte.

»Wollen wir losfliegen und uns auf die Suche nach einem mythischen Superkriegsschiff machen, das nach allem, was wir wissen, heute als Wrack um irgendeinen fernen Stern kreisen könnte – oder gar nicht existiert?«, stellte Skepz die entscheidende Frage.

Thrax lächelte und schaltete den Monitor aus. Er erhob sich.

»Ich habe keine Antwort für alle. Ich habe aber eine für mich. Die Exemptor ist ein Teil unserer Vergangenheit. Levante gab sich nicht mit Ammenmärchen ab. Diese Daten weisen auf etwas sehr Greifbares und Reales hin. Und das Schiff gehört mehr zu uns als in diese Welt hier. Sie ist für uns gedacht, Skepz, nicht für diese müde Truppe an willfährigen Untertanen. Ich will sicherstellen, dass meine Vergangenheit intakt ist und ich alle dunklen Flecke aufgehellt habe, ehe ich bereit bin, mich mit dieser Gegenwart zu arrangieren. Vor allem sehe ich die Nachricht Levantes aber als Vermächtnis und Verpflichtung. Er hat auf Leute wie uns gehofft. Ich will seine letzte Hoffnung nicht durch Resignation entwürdigen. Wie siehst du das?«

Skepz sah zu ihm hoch, sah die Entschlossenheit, die Hoffnung und die Wehmut in Thrax' Augen und lächelte, nicht freudlos, nicht fröhlich, aber mit Wärme.

Dann stand auch sie auf.

»Ich glaube, ich bin dabei, Sir.«

Thrax erwiderte ihr Lächeln.

Das seine bestand aus großer Erleichterung.

Lachweyler stand im Halbschatten der Mauer. Es war früher Morgen, grau, kühl, feucht. Dies war sein dritter Tag außerhalb von Raumschiff und Haus, und er hatte seine Finanzen sorgsam eingesetzt. Es hatte eine Weile gedauert, bis er die Medienleute abgehängt hatte, die nach dem Empfang schnell das Haus unter Beobachtung nahmen und seitdem jedem folgten, der es zu verlassen wagte. Doch Lachweyler war ein geduldiger und taktisch denkender Mensch, und speziell Letzteres schien in dieser Zeit nicht mehr allzu weit verbreitet zu sein.

Das Hotel, in dem er letzte Nacht geschlafen hatte, war ein eher windiges Etablissement gewesen. Man hatte sogar Bargeld akzeptiert, das er sich mit seinem Kreditchip besorgt hatte. Lachweyler wollte nicht auffallen. Er hielt in seiner Rechten das Multimeter und schaute auf die Anzeige. Sie ergab immer noch keinen Sinn.

Er hatte vorgestern eher gelangweilt an den Frequenzbändern der Ortungseinrichtungen der Interceptor herumgespielt – keinesfalls in der Erwartung, auch nur irgendwas von Interesse zu finden. Dabei waren ihm diese seltsamen Messungen aufgefallen. Die KI hatte massive Probleme, sie einem klaren Emissionsmuster zuzuordnen, und konnte auch keinerlei Parameter für eine mögliche Erklärung liefern, was diese Strahlung denn überhaupt für einen Sinn habe. Sie war offensichtlich für den menschlichen Körper nicht schädlich. Und es gab sie überall.

Jedenfalls hatte Lachweyler noch keinen Ort ausgemacht, an dem sie nicht existierte. Ob nun hinter dicken Mauern oder der Isolation eines Raumschiffes, die Strahlung ging durch alles hindurch.

Lachweyler, der hier allem und jedem mit größtem Misstrauen begegnete, berichtete Thrax nichts von seinem Fund. Er hatte sich mit einem Multimeter ausgerüstet, dieses auf das gefundene Wellenband eingerichtet und war dann auf Wanderung gegangen. Er benötigte Werte, um die Quelle der Strahlung auszumachen, und da er alleine unterwegs war, dauerte eine Triangulation endlos lange, insbesondere wenn die Quelle weit entfernt war. Darüber hinaus ließen die Messwerte den Schluss zu, dass die Intensität der Strahlung in einem kaum erkennbaren Rahmen schwankte, und Lachweyler brauchte etwas Zeit, um herausfinden zu können, ob diese Schwankungen natürlich waren oder ob eine erhöhte Intensität auf eine geografische Nähe zum Sender schließen ließ.

Er hatte wenig geschlafen und schlecht gegessen. Zwei Anrufe von Thrax hatte er ignoriert. Wenn er einer Wahnvorstellung anhing, dann wollte er sich nicht albern machen in den Augen des Kommandanten. Und wenn er einer ernsthaft interessanten Sache auf der Spur war, dann war es seine Absicht, mit Fakten zur Interceptor zurückzukehren, und nicht nur mit Vermutungen.

Aber jetzt war er so weit. Das Gebäude vor ihm war die – oder eine – Quelle der Strahlung. Es war groß, lag an einem Randgebiet der Stadt und wirkte in seiner architektonischen Schlichtheit beeindruckend. Es war halbrund, mit einer großen Kuppel, die Lachweyler an einen Radarkopf oder ein altes Observatorium erinnerte. Er war gestern zweimal daran vorbeispaziert, was ohne größeres Aufsehen möglich gewesen war, denn es lag in einem kleinen Park, der trotz der kühlen Jahreszeit von einigen Besuchern frequentiert worden war. Er hatte eine Weile gebraucht, um herauszufinden, worum es sich bei diesem Bauwerk handelte – bis eine kleine Schrifttafel ihm Aufschluss darüber gab.

Es war eine Kirche. Ein sakrales Gebäude.

Das Erschreckende daran war, dass Lachweyler den Kult kannte, zu dem dieses Bauwerk gehörte. Er hatte an dieser Tatsache eine Weile kauen müssen. Sein einziger Bruder war damals – vor mehr als 500 Jahren – den Schalmeienklängen der Verführer erlegen, was zum Bruch mit der ganzen Familie, aber vor allem mit ihm geführt hatte.

Er, der eine Lachweyler, war zu den Streitkräften gegangen, um Hondh zu töten.

Der andere Lachweyler hatte begonnen, sie anzubeten.

Die Erinnerung an die Auseinandersetzungen und das allmähliche Abdriften in eine Welt abstruser Spiritualität waren schmerzhaft. Es hatte die Familie auseinandergerissen. Seine Eltern hatten nicht verstanden, was da geschah, und ihre Versuche, die Kluft zu überbrücken, waren von schmerzhafter Naivität gewesen. Lachweyler selbst hatte nur wenige Male versucht, seinen Bruder zu überzeugen. Er hatte rasch einsehen müssen, dass es sich dabei um ein sinnloses Unterfangen handelte. Wie sprach man mit jemandem, der sich ganz und gar in ein völlig in sich geschlossenes Weltbild vergraben hatte? In einem solchen hatte alles eine ganz eigene Logik, die von außen nicht aufzubrechen war. Irgendwann hatte Lachweyler resigniert und nur noch mit angesehen, wie sein Bruder in seinem Irrsinn seinen Eltern das Herz brach. Die letzte Zusammenkunft war eine voller Bitterkeit gewesen.

Sein Bruder hatte Lachweyler schließlich Mord an den Göttern vorgeworfen, war einmal sogar handgreiflich geworden. Als die Interceptor zu ihrer letzten Mission aufgebrochen war, hatte er seinen Bruder bereits über ein Jahr nicht mehr gesehen.

Es war im Grunde nachvollziehbar, dass nach dem Sieg der Hondh aus einem obskuren Kult eine große Religion werden würde. Menschen waren so. Es half vielen möglicherweise, die kollektive Demütigung einer umfassenden Niederlage zu verarbeiten. Und dann war es über die Jahrhunderte Gewohnheit geworden, wie so vieles Religiöse.

Lachweyler hatte die Einladungen seines Bruders zu den Ritualen des Kultes immer ausgeschlagen. Sie hatten damals in irgendwelchen Hinterzimmern stattgefunden. Jetzt würde er, zumindest war dies seine feste Absicht, eine heilige Stätte dieser Verrückten betreten. Es hatte etwas gedauert, das würde selbst sein Bruder selbstkritisch akzeptieren. Runde 500 Jahre. Andere waren schneller zu überzeugen gewesen.

Lachweyler war überzeugt.

Er war davon überzeugt, dass hier etwas ganz gewaltig stank.

Er steckte das Multimeter in die Tasche, da es keinen sonderlich spirituellen Eindruck machen würde, wenn er damit in dem Bau herumlief und Messwerte verfolgte. Er hatte einen kleinen Hookup zu seinen Waffenimplantaten programmiert, sodass ein leiser Tinnitus in seinem rechten Ohr pfiff, der seine Kadenz erhöhen würde, sobald er sich der Quelle näherte. Spoon hätte hier mehr ausrichten können, er war entsprechend aufgerüstet, aber soweit Lachweyler wusste, fickte sich der Ingenieur gerade in einem virtuellen Puff die Seele aus dem Leib.

Die Vorhalle, die Lachweyler als Erstes betrat, war ebenso schmucklos, wie das Bauwerk von außen wirkte, aber dafür groß, luftig, angenehm temperiert und mit einem seltsamen Symbol an der Wand versehen, das wohl irgendwie für die Hondh stehen sollte. Es gab einen Informationsstand in der Ecke, der von zwei echten Menschen betrieben wurde – religiöse Ansichten per Automatik zu verbreiten, schien auch für diesen Kult etwas unangemessen zu sein. Sie wirkten nicht aufdringlich, nickten Lachweyler nur freundlich zu und machten keine Anstalten, ihn mit Missionierungsversuchen zu nerven. Lachweyler zwang sich, das Lächeln zu erwidern.

Er wanderte durch die Vorhalle. Außer den beiden Kultmitgliedern waren nur wenige Menschen anwesend, und alle wirkten ein wenig desorientiert oder vielleicht auch nur in sich versunken. Die große Flügeltür am Ende der Halle führte direkt in den Gebetsraum, zumindest definierte Lachweyler ihn so. Er erinnerte an eine alte Kirche oder Moschee, nur mit dem Unterschied, dass die Vorderseite und die gesamte Decke durch eine dreidimensionale Darstellung des Hondh-Reiches dominiert wurde. Angesichts der Tatsache, dass selbst Manoldi hatte zugeben müssen, die genauen Ausmaße der Hondh-Sphäre gar nicht zu kennen, war anzunehmen, dass diese Darstellung eher symbolischen Charakter hatte. Lachweyler betrachtete sie für einen Moment, vom visuellen Eindruck durchaus angetan, ehe er den Rest der großen Halle betrachtete. Hier passten gut und gerne 2000 Menschen hinein, wenn nicht mehr. Ob die Kultisten auch so etwas wie Hondh-Weihnachten feierten?

Jetzt aber verloren sich die paar Besucher in der Weite des Raumes, hockten auf Sitzbänken und starrten auf die Galaxiendarstellung, wanderten nachdenklich durch die Sitzreihen oder betrachteten die Wandreliefs, die wahrscheinlich Hondh stilisierten. Offenbar hatte man sich irgendwann einmal auf eine Art visuellen Kanon geeinigt, der nötig war, um etwas darstellen zu können, über dessen Aussehen man eigentlich nichts wusste. Deutlich zu erkennen waren aber des Öfteren Hondh-Kampfschiffe, wie sie, meist mit einem strahlenden Halo versehen, über den Menschen schwebten und sie segneten.

Lachweyler musste seine Wut beherrschen, wie schon damals, als sein Bruder mit dem Scheiß angefangen hatte. Er hatte erlebt, wie der Segen der Hondh aussah. Für ihn waren die Ereignisse, die zur Vernichtung seines ganzen Geschwaders geführt hatten, noch sehr lebhaft in Erinnerung.

An der Kopfseite der Halle, unter dem Galaxienbild, machte Lachweyler einige Türen aus. Er schlenderte bewusst langsam durch die Gänge, machte etwas, was er für ein kontemplatives Gesicht hielt, und versuchte alles, um nicht weiter aufzufallen.

Als er sich der Wand mit den Türen näherte, erhöhte sich die Kadenz des Tones in seinem Ohr leicht. Lachweyler blieb nachdenklich stehen und setzte sich in eine Bank, die er allein für sich hatte. Durch die Rückenlehne verdeckt, fingerte er das Multimeter hervor und warf einen schnellen Blick auf die Werte. Die Strahlung kam offenbar von unten.

Es musste ein Gewölbe oder einen Keller unterhalb des Baus geben. Er steckte das Messgerät zurück, erhob sich und wanderte auf die Türen zu. Dann fühlte er eine Hand, die sich von der Seite auf seinen Arm legte.

Lachweyler drehte sich um. Der Mann war wie aus dem Nichts erschienen, trug eine weite Robe mit diesem seltsamen Symbol. Er war etwas älter als Lachweyler, hatte sympathische Lachfalten an den Augenwinkeln und ein volles, freundliches Gesicht. Es musste sich ohne Zweifel um so etwas wie einen Priester handeln. Er betrachtete Lachweyler mit aufmerksamem Interesse, aber keinesfalls feindselig.

»Kann ich Ihnen behilflich sein?«

Die Stimme des Priesters war angenehm, volltönend. Lachweyler unterdrückte die in ihm aufkeimende Sympathie für diesen Mann. Diese Kultisten, schoss es ihm durch den Kopf, hatten einiges drauf. Die zu seiner Zeit waren verhärmte Fanatiker gewesen, die meisten davon mit Mundgeruch. Dieser hier aber benutzte ein feines Eau de Toilette.

Alles sehr angenehm.

»Nein … nein, eigentlich nicht.«

Der Mann sah Lachweyler ein wenig zweifelnd an.

Woran mochte das liegen? Sah Lachweyler nicht wie ein wahrer Suchender aus? Dabei war er doch auf der Suche – nur vielleicht nicht ganz in dem Sinne, für den der Priester vor ihm Zuständigkeit beanspruchte.

»Wir haben da ein kleines Problem«, sagte der Mann mit einem beinahe entschuldigenden Unterton.

»Ein Problem?«, echote Lachweyler und fühlte, wie sich unwillkürlich seine Bauchmuskeln anspannten. Er versuchte, wirklich verwirrt auszusehen, und angesichts seines tatsächlichen Gemütszustands fiel ihm dies gar nicht schwer.

»Sie haben zahlreiche Implantate.«

Lachweyler machte unwillkürlich einen Schritt zurück, doch der freundliche Mann hob sofort beide Hände, mit den Handflächen nach vorne und schüttelte den Kopf.

»Das ist nichts Schlimmes. Wir hegen keine Vorurteile gegen jene, die es für notwendig halten, sich so zu verändern. Vielleicht hat es ja sogar medizinische Gründe. Unsere Scanner sprechen nur generell auf die Existenz von Implantaten an. Ich will Ihnen keinen Vorwurf machen.«

Lachweyler bemühte sich um ein schüchternes, erleichtertes Lächeln. Seine schauspielerischen Fähigkeiten wurden bei dieser Begegnung bis an ihre Leistungsgrenze beansprucht – und er hatte sich diesbezüglich nie für sonderlich talentiert gehalten.

Er hoffte daher, dass er gerade dabei war, über sich selbst hinauszuwachsen.

»Wo liegt dann das … kleine Problem?«

»Wir können in manchen unserer Gebetsstätten leider keine Besucher mit Implantaten zulassen. Es hat weniger praktische als vielmehr spirituelle Gründe. Einige Haupthäuser unseres Glaubens bedürfen der … Reinheit.«

»Ich bin unrein?«

Der Priester sah jetzt richtig bekümmert aus. »Wir glauben in der Tat, dass die Nutzung von Implantaten die Gefahr in sich trägt, die pure Reinheit menschlicher Existenz zu beschmutzen. Die Hondh aber schauen direkt in unsere Herzen und nehmen das auf, was sie dort sehen, um dies als Stoff zu nutzen, mit dem sie uns das Paradies bereiten. Verschleiern wir den Blick auf unsere Herzen, so wird unseren Erlösern gegenüber ein falsches Bild vermittelt – und das kann zu dem Zeitpunkt, an dem wir alle ins Paradies einziehen werden, das uns bereitet wurde, fatale Konsequenzen nach sich ziehen.«

Der Priester zuckte mit den Achseln. »Es gibt andere unserer Häuser, wo der Bedarf nach Reinheit nicht ganz so groß ist. Versammlungsräume, die nicht besonders gesegnet wurden. Wir weisen keinen Gläubigen ab. Auch Träger von Implantaten werden ins Paradies einziehen, doch die Gestaltung, die Erschaffung, hier, aus dem Fokus unseres Glaubens, aus einer der wichtigsten Stätten unserer Hingabe, muss dafür rein sein.«

Er schaute Lachweyler mit einem um Nachsicht heischenden Lächeln an.

»Ich gebe Ihnen gerne einige Adressen. Dort sind Sie jederzeit willkommen. Aber im Falle unseres Haupthauses hier, muss ich Sie ganz, ganz herzlich bitten, jetzt zu gehen.«

Lachweyler sah nun auch bekümmert drein, und er musste sich dafür nicht einmal verstellen. Er würde jedoch keine Szene machen. Dass er allerdings so kurz vor seinem Ziel aufgeben musste, wurmte ihn mächtig. Da er ein wenig von diesem Gefühl auf seinem Gesicht zeigte, verfehlte dies die Wirkung auf den Priester nicht.

»Es tut mir aufrichtig leid«, wiederholte er.

»Es ist gut«, sagte Lachweyler leise und in einem resignativen Tonfall. »Ich werde gehen.«

»Ich bringe Sie hinaus.«

Was für eine Mühe, vor allem, da der Weg kaum verfehlt werden konnte. Draußen in der Vorhalle überreichte der Priester Lachweyler die versprochene Liste sowie eine Broschüre mit Glaubensgrundsätzen des Kultes, die Lachweyler beide pflichtschuldigst einsteckte, ehe er wieder ins Freie trat.

Das Portal schloss sich hinter ihm.

Reinheit seines Herzens, selbstverständlich.

Lachweyler gestattete sich ein Lächeln, als er durch den Park der Straße zustrebte.

Die Kultisten verbargen etwas, und es hatte ganz sicher nichts mit ihrer aller Glückseligkeit im imaginären Hondh-Paradies zu tun – sondern damit, dass jemand mit ausreichend Implantaten in der Lage war, wenn er nahe genug herankam, etwas zu finden, was Fragen auslöste.

Lästige Fragen, vermutete Lachweyler.

Er winkte ein Schwebertaxi zu sich heran, wollte so schnell wie möglich zur Interceptor zurückkehren.

Es gab einiges zu berichten.

Und es galt, Antworten auf lästige Fragen zu finden.

Spoon fand, dass er in einer anderen Zeit gelandet war, als er die Lagerhalle betrat.

In seiner Zeit.

Es war alles nicht ganz aufgeräumt und es war auch nicht ganz sauber, und das erinnerte ihn an die Zustände in den Werften und Magazinen der Hegemonieflotte, damals, auf der Suche nach den Ersatzteilen, die die Manufaktoren nicht hatten herstellen können. Spoon hatte sich damals Fähigkeiten angeeignet, die mindestens genauso wichtig waren wie die technischer Natur: Witterung nach den Orten aufzunehmen, wo man bekam, was man brauchte, und das am besten, ohne allzu langwierige bürokratische Prozesse zu durchlaufen.

Er hatte »Roeslers Ersatzteile und Sanitäranlagen« mehr durch Zufall gefunden, nachdem er auf dem Rückweg von einem kleinen Saufgelage zu ihrem Haus einen kleinen Umweg durch eine Art halb verlassenes Gewerbegebiet gemacht hatte. Neben Ruinen und aufgegebenen Werkstätten, die seit geraumer Zeit vor sich hin rotteten und nur deswegen noch als solche erkennbar waren, weil man vor 500 Jahren sehr haltbare Baustoffe benutzt hatte, stand die Lagerhalle, auf die sein Auge schließlich gefallen war.

Eine Schatzkammer, wenn es nach Spoon ging.

Einige Minuten wanderte er durch die Regalreihen und fand zu seinem Erstaunen original abgepackte Ersatzteile von Raumschiffen, deren Überreste draußen im Kuiper-Gürtel des Sonnensystems schwebten, zum Teil mit der richtigen Designation. Offizielle Flottenbestände, nach der Kapitulation an jeden verramscht, der sie haben wollte. Die Vorfahren des Besitzers hatten zugegriffen und dabei offenbar kein Geschäft gemacht, sonst würden die Sachen nicht heute noch, in Stasisfolie unendlich haltbar verschweißt, hier liegen und darauf warten, dass ein Zeitreisender auftauchte, der zu würdigen wusste, was für Schätze hier gelagert waren.

»Kann ich Ihnen helfen?«

Der Mann, der ihn ansprach, stand in einer der Regalreihen und entsprach mit seinem schmierigen Aussehen dem Bild, das man sich von einem Schrotthändler machte, der hochkomplexe, jahrhundertealte Raumschiffsteile zusammen mit Sanitäranlagen verkaufte. Auf seinem Namensschild stand »Arn Roesler«. Damit identifizierte er sich als der Besitzer dieses kleinen Paradieses. Er war untersetzt, trug einen fleckigen Arbeitsoverall, war unrasiert und die Augen, die unter den buschigen Brauen hervorlugten, vermittelten den Eindruck eines Mannes, der zu wenig schlief, zu viel trank und dem das alles auch ziemlich egal war. Spoon kannte diese Sorte von Menschen. Gebrauchtwarenhändler. Journalisten. Werbetexter. Barkeeper. Alles die gleiche Kategorie. Ingenieure der Hegemonieflotte hätte er noch hinzugezählt, aber da er das verbleibende Unikat dieser Spezies war, unterließ er es.

Spoon lächelte.

Er kannte sich hier aus, selbst nach 500 Jahren Abwesenheit.

»Ich suche ein Ersatzteil.«

»Da sind Sie hier richtig. Sanitäranlage?«

Spoon schüttelte den Kopf.

»Raumschiff.«

Roesler hob eine Augenbraue und so etwas wie Interesse glitzerte in seinen Augen. Dann trat er ins Licht und schaute sich Spoon genauer an.

»Komische Uniform. Händler?«

»Eigentlich nicht.«

»Was suchen Sie?«

Spoon beschrieb das Ersatzteil, das es dem Überlichtantrieb der Interceptor ermöglichen würde, wieder einwandfrei zu funktionieren. Er beschrieb es mit dem erkennbaren

Sachverstand eines Mannes, der sich gut auskannte, und das wiederum führte bei Roesler offenbar dazu, dass er Sympathie für Spoon zu entwickeln begann, denn die schläfrige Art fiel von ihm ab und er wirkte lebhaft interessiert.

»Das ist was Besonderes, was Sie da wollen«, kommentierte er schließlich. »Wird schon lange nicht mehr gebaut. Ich schau mal.«

Roesler schlurfte auf ein altes, speckiges Terminal zu und gab mit groben Fingern eine Anfrage ein. Spoon war sich sicher, dass dieses Terminal älter war als die Interceptor, Dilatationsflug inklusive.

Roesler wandte sich mit einem bedauernden Schulterzucken ab.

»Tut mir leid. Habe ich nicht.«

»Wer könnte außer Ihnen so etwas führen?«

»Eigentlich niemand. Mein verblödeter Ururgroßvater hat damals große Bestände an Flottenkrams aufgekauft und das meiste davon, was noch einigermaßen gebraucht wurde, gleich in den ersten Jahren, als es ökonomisch wieder aufwärtsging, weiterverballert. Ich sitze hier auf den Resten.«

Roesler machte eine weit ausholende Bewegung mit den Armen.

»Mächtig vielen Resten. Sanitäranlagen gehen besser.«

Spoon ließ sich seine Enttäuschung durchaus anmerken.

»Aber ich kann Ihnen vielleicht trotzdem helfen«, ergänzte Roesler. »Sie haben nicht zufällig Zugriff auf einen alten Flottenmanufaktor der Hegemonie?«

Spoon zögerte. »Möglicherweise.«

»Ah ja. Ich habe jedenfalls einige alte Speichernadeln mit Produktionsmatrizen aus der Zeit. Wenn Ihr Teil da drauf ist und Sie sich die Rohstoffe beschaffen können, dann bauen Sie sich einfach selbst eins.«

Spoons Hoffnung wuchs wieder. Er folgte Roesler durch die Gänge der Halle bis zu einem Büro. Dieses war klein, roch unangenehm und wurde durch dermaßen viel herumliegenden Krempel dominiert, dass der kleine Safe, der in einer Ecke stand, fast nicht auffiel.

Roesler beugte sich hinunter und öffnete ihn.

»Weiß auch nicht, warum ich das Zeug noch einschließe«, brummelte er dabei. »Hat nie jemand nachgefragt.«

Er holte eine kleine Schatulle mit Speichernadeln hervor.

»Ich habe ein Lesegerät – wollen Sie einen Blick darauf werfen?«

Spoon wollte. Roesler räumte einiges hin und her, bis er ein angeschlagenes und zerkratztes Lesegerät mit angelaufenem Display fand. Es hatte in einem Fach einen Kortikalstecker, den sich Spoon rein theoretisch in den Hirnstamm einsetzen konnte, aber er unterließ es lieber. Eine Infektion – durch Bakterien oder durch Daten – war nichts, womit er sich jetzt auch noch herumschlagen wollte.

»Kaffee?«

Spoon nickte etwas abwesend und führte die Nadeln ein.

Er bekam schon nicht mehr richtig mit, dass Roesler eine Tasse neben ihm abstellte, die so aussah, als würde sie die gleiche Wirkung auf Spoon entfalten wie ein dreckiger Kortikalstecker, sollte er sie zum Munde führen.

Konnte Roesler wirklich nicht ahnen, was er hier für einen wunderbaren Schatz in seinem Safe hatte? War dieses Wissen in den vergangenen 500 Jahren tatsächlich so weit verloren gegangen? Spoon musste an sich halten, seine Euphorie nicht allzu deutlich zu zeigen. Roesler mochte nicht wissen, was diese Nadeln enthielten, aber er war ein Gebrauchtwarenhändler. Er kannte Kunden und wusste, wie sie reagierten, wenn sie wirklich etwas haben wollten. Das trieb normalerweise den Preis hoch.

Hondh-Herrschaft oder nicht, manche Dinge veränderten sich nie.

Die Nadeln enthielten ein komplettes Matrizenset für alle Standardbauteile dreier Schiffsklassen der Hegemonie-Flotte. Schwere Kreuzer, Tender und … Abfangkreuzer wie die Interceptor. Es dauerte keine Minute, da fand Spoon die Manufaktor-Matrize für das benötigte Ersatzteil. Rohstoffe waren kein Problem, die konnte er ganz offiziell kaufen. Aber das hier … das war nicht nur Gold wert, es war … diese Daten waren schon zu seiner Zeit heiß begehrt gewesen, da niemand sie mehr neu generieren konnte. Die Nadeln waren gut gehütete Schätze der Flotte und die Benutzung war streng reguliert worden. Und jetzt lagen sie in diesen Regalen und der aktuelle Besitzer ahnte nicht einmal …

»Sind die weit verbreitet, diese Art von Daten?«, fragte er wie beiläufig.

Roesler zuckte wieder mit den Schultern. »Nö. Ist ja nicht mehr viel mit der Raumfahrt. Schiffe werden nicht allzu sehr belastet, daher werden eher kleinere und einfache Standardmodelle gebaut oder von außen zugekauft. Es gibt auf Terra noch zwei Schiffswerften, die seit Jahrhunderten die gleichen Hüllen aufsetzen. Auch sonst … es geht ja nur noch um Transport. Da braucht es bewährte und simple Technik. Geht ohnehin vieles automatisch. Und so richtig interessiert sich keiner mehr für die alten Sachen. Seit die Hondh da sind …« Roesler suchte nach Worten. »… ist es einfach nicht mehr interessant. Wir haben es ja ganz gut so weit.«

Spoon kommentierte das nicht. Er schob die letzte Nadel aus dem Lesegerät und seufzte leise. Jetzt kam der schwierige Teil.

Die Preisverhandlungen.

Er hatte sein eigenes Geld. Er durfte auf das von Thrax, Skepz und Lachweyler zugreifen. Das war eine ganz ordentliche Summe, aber sie würde nach seinem Dafürhalten nicht einmal einen Bruchteil des Wertes der Nadeln abdecken.

Andererseits … wenn sich heutzutage wirklich niemand mehr dafür interessierte?

»Die Nadeln könnten mir helfen«, sagte Spoon in einem möglichst neutralen Tonfall und wog die Schatulle in der Hand. »Was wollen Sie denn dafür haben?«

Roesler machte jetzt einen alles andere als schläfrigen Eindruck. In seinen Augen war der Instinkt des Gebrauchtwarenhändlers erwacht, das Taxieren des Kunden, der Reiz auszuprobieren, wo die Schmerzgrenze lag. Der Händler nahm die Witterung auf wie ein guter Jagdhund. War die Beute schnell? War sie intelligent? Hatte sie es eilig? Wie dringend wollte die Beute den Köder? Spoon spürte förmlich, wie all diese Fragen sich in Sekundenschnelle hinter der Stirn des Mannes abspulten, und er fühlte sich gut dabei. Ob nun ein Logistikoffizier in einem Flottenlager, das als einziges noch Ersatzteil X vorrätig hatte, oder ein Händler wie Roesler – es war alles der gleiche Schlag und Spoon verband mit ihnen eine herzliche Hassliebe.

Er befeuchtete sich die Lippen.

»Nun …«, sagte Roesler gedehnt, den Augenkontakt niemals abbrechend.

Jetzt ging der Spaß richtig los.

Es gab sie also auch in diesem Jahrhundert, die gepflegten Vorgärten, die langweiligen Siedlungen in den Außenbezirken der großen Städte, die irgendwie dazu gehörten und dann auch wieder nicht, Abladeplätze der fleißigen Drohnen, die tagaus, tagein in das Stadtzentrum eilten, um dort ihre Arbeit zu erledigen.

Natürlich war das etwas ungerecht. Zum einen wurde sehr viel Arbeit von Robotern erledigt, Automaten aller Art, und die Arbeit, die für die Menschen übrig blieb, war keinesfalls unangenehm oder belastend, von den üblichen Herausforderungen wie entsetzlichen Kollegen oder unausstehlichen Vorgesetzten einmal abgesehen. Gearbeitet werden aber musste: Der Tribut an die Hondh betrug fast 20 Prozent der irdischen Wirtschaftsleistung, und das war eine erhebliche Beanspruchung. Terra unter den Hondh war kein soziales Paradies, in dem alle in Frieden und Wohlstand lebten. Man musste einen Lebensstandard für alle bewahren und gleichzeitig ein Fünftel von allem an die unnahbaren Herrscher abtreten.

Wer hier draußen lebte, dem ging es aber recht gut. Es sah alles sehr gepflegt aus, oft sogar gemütlich, mit Liebe und einem Blick fürs Detail gestaltet. Das Haus, vor dem Skepz stand, gehörte in diese Kategorie. Jemand hatte sich Mühe gegeben.

Die Reise nach Ulan Bator hatte nicht lange gedauert, ein kleiner Schubser mit dem Stratosphärenjet, der viermal täglich von Beijing aus in die Mongolei startete. Skepz tauschte damit nur eine Metropole gegen die andere aus. Doch wo Beijing das administrative Zentrum der Erde war, nahm Ulan Bator eine wichtige ökonomische Stellung ein. Die Stadt hatte sich weit in die Steppe hinein ausgebreitet. Skepz hatte gelesen, dass gut acht Millionen Menschen hier lebten und arbeiteten.

Es war kalt und sonnig, als Skepz das Taxi zur angegebenen Adresse dirigierte. Sie hatte vorher eine Nachricht geschickt, wusste aber nicht, ob sie empfangen worden war. Eine Antwort hatte sie jedenfalls nicht erhalten. Beinahe hätte sie erneut aufgegeben, ihren Neffen aufzusuchen, aber sie wollte jetzt doch, nach allem Zögern, mehr wissen darüber, wie die Menschen in diesem Zeitalter lebten, und er war eine lebende Verbindung in ihre eigene Vergangenheit.

Er hatte sie nicht ausgeladen. Vielleicht war das ein gutes Zeichen, zumindest dafür, dass er genauso neugierig war wie sie. Skepz war bekannt, die Bekannteste unter den Besatzungsmitgliedern der Interceptor, seit ihre flapsige Antwort auf die Frage des Direktors über alle Kanäle gesendet worden war. Sie war dabei nicht notwendigerweise auch beliebt – eher berüchtigt. Solche Reden über die Hondh waren nicht verboten. Es war aber offenbar zu einer kulturellen Übung geworden, nicht so in der Öffentlichkeit über die außerirdischen Herren zu reden – als ob diese sonst mit dem Flammenschwert vom

Himmel steigen und die Unbotmäßigen bestrafen würden. Natürlich war nichts dergleichen geschehen und niemand schien auch ernsthaft Angst vor so etwas zu haben.

Aber man tat es einfach nicht.

Irgendwie.

Skepz stand am Gartenzaun und schaute auf das Kinderspielzeug im Vorgarten. Ein Bagger steckte halb versunken in einem Sandhaufen. Es war eigentlich zu kalt, um draußen im Dreck zu spielen, aber wenn der Nachwuchs ihres Neffen auch nur ein Quäntchen der Familiengene gerettet hatte, war ihm das herzlich egal.

Sie drückte einen Knopf, unter dem »Sebastian« stand. Der Familienname war nicht weitergegeben worden. Sebastian klang auch besser als Skepz.

Für einen Moment geschah nichts, dann öffnete sich die Tür und ein Mann trat ins Freie. Er war in etwa so groß wie Skepz, etwas dicklich, hatte zurückgehendes Haupthaar – war also nicht eitel, denn das musste heutzutage nicht mehr sein – und trug legere Freizeitkleidung. Er schaute Skepz an, und so, wie sie in seinem Gesicht, in den Augen und an der Form des Schädels ihre eigene Familie zu erkennen glaubte, schien er auch einzusehen, dass er eine Verwandte vor sich hatte, die abzuweisen mindestens schlechter Stil sein würde.

»Kommen Sie herein«, sagte er mit freundlicher Stimme und machte eine einladende Geste, der Skepz nach unmerklichem Zögern folgte.

Das Wohnzimmer, in das sich Skepz setzen durfte, war in seiner Normalität und seinem Stil fast schon schmerzhaft gemütlich und erinnerte sie an die Wohnung ihrer Eltern, damals, vor einer unendlich langen Zeit. Jervais Sebastian war verheiratet – mit zwei Frauen, was schon zu Skepz' Zeiten unproblematisch war, da Polygamie seit Langem wieder gestattet wurde – und eine der Ehefrauen war ebenfalls anwesend, eine schlanke Blondine mit dunkel geschminkten Augen, die Skepz mit forschender Neugierde ansah.

»Meine Frau Jamaica«, stellte Sebastian sie vor. »Die Kinder sind in der Schule. Wir finden, dass sie unter Leute kommen sollten, und lassen sie nicht zu Hause unterrichten. Außerdem haben wir dann mal etwas Ruhe.« Er lächelte entschuldigend.

»Danke. Es ist sehr freundlich, dass Sie beide mich empfangen.«

Sebastian hob die Schultern.

»Ich habe Sie im TV-Stream gesehen. Sie haben auf vielfache Art und Weise Aufruhr verursacht. Ich wollte Sie kennenlernen.«

»Glauben Sie mir, dass wir verwandt sind?«

Der Mann lächelte und im Lächeln erkannte Skepz die Lippen ihrer Mutter wieder, und dieser Anblick war erneut schmerzhaft vertraut.

»Ich habe es auf die gleiche Art und Weise herausgefunden wie Sie. Die Genealogiedaten der Zentral-KI. Die Daten scheinen nachvollziehbar und korrekt zu sein. Wollen Sie einen DNA-Test machen lassen?«

Skepz hob abwehrend die Hände. »O nein. Ich weiß gar nicht so genau, was ich will. Erst habe ich mir überlegt, gar nicht in Kontakt zu treten. Aber ich versuche, diese Zeit und ihre Menschen zu verstehen. Der Mediator und die Regierungsoffiziellen helfen mir dabei nicht. Ich wollte …«

»… jemand Normales treffen«, erklärte Jamaica Sebastian und lächelte nun auch. »Wir sind schlechte Gastgeber. Etwas zu trinken?«

»Tee vielleicht?«

»Tee also.«

Das Eis schmolz endgültig, als sie alle vor dampfenden Tassen saßen. Sebastian war Logistiker und arbeitete für eines der staatlichen Unternehmen, die für die Bereitstellung des Tributs an die Hondh verantwortlich waren. Da sehr vieles von den KIs erledigt wurde, hatte er meist nicht mehr als vier bis fünf Stunden am Tag zu tun. Jamaica Sebastian war Künstlerin, sie erschuf 3D-Gemälde – oder eher eine Mischung aus Gemälde und Bildhauerei. Skepz kannte diese Kunstform, es gab sie offenbar seit Jahrhunderten. Jamaicas Kunst war sowohl virtuell im Netz zu betrachten – und zu durchwandern – wie auch physisch in jeder gewünschten Form zu kaufen. Sie schenkte Skepz eine der kleinen Skulpturen, handbemalt und aus wertvollen Werkstoffen gefertigt. Sie fühlte sich sehr angenehm in der Hand an, und man konnte sich richtig darin vertiefen. Skepz wusste nicht, ob Jamaica besonders erfolgreich war, aber sie hatte zweifelsohne Talent, zumindest nach ihrer amateurhaften Einschätzung. Die abwesende zweite Ehefrau war Designberaterin in einem Einrichtungsstudio, in dem die Reichen und Schönen noch persönlich ihre Möbel und Geräte aussuchten, anstatt alles virtuell anpassen und anschließend liefern zu lassen. Zusammen hatten sie drei Kinder. Eine schöne kleine Familie, die ganz offensichtlich gut über die Runden kam. Sie gehörten ohne Zweifel zur Mittelschicht der neuen Erde.

»Was wollen Sie mit Ihrem Leben anfangen? Sie sind noch jung«, fragte Jamaica, nachdem sie über sich erzählt hatte. Sebastian wirkte eher schweigsam, wenngleich nicht uninteressiert oder verschlossen. Er überließ den Großteil der Konversation einfach seiner Frau.

»Ich weiß es noch nicht«, antwortete Skepz nicht ganz wahrheitsgemäß. »Ich empfinde die Tatsache, dass die Hondh die Erde beherrschen, immer noch als bedrückend. Aber alle haben sich damit arrangiert, scheint es.«

»Wir leben gut und seit 500 Jahren in Frieden«, erklärte Jamaica. »Niemand stört uns. Niemand gängelt uns. Ich habe noch nie einen Hondh gesehen und meine Eltern und Großeltern auch nicht. Wir genießen Freiheit und Stabilität. Das ist möglicherweise für Sie schwer zu verstehen, aber wenn Sie diesen Zustand mit der Zeit vergleichen, aus der Sie kommen – ist es jetzt schlechter als vorher oder besser?«

Skepz nahm einen Schluck Tee, um die Pause zu überbrücken, die sie benötigte, um die richtigen Worte für eine Antwort zu finden.

»Es ist in vielerlei Hinsicht besser«, sagte sie dann aufrichtig. »Zu meiner Zeit stand die Wirtschaft vor dem Kollaps. Alle Anstrengungen waren auf den Krieg gerichtet. Wir waren alle … psychotisch. Manche negierten den Krieg, als gäbe es ihn nicht, und richteten sich in völliger Selbstverleugnung ein. Andere konnten an nichts anderes mehr denken. Wir waren alle hoffnungslos. Wir wussten, dass wir verlieren, aber wir kämpften trotzdem weiter … beinahe mechanisch. Automatisch. Weil es schon so lange so gewesen war und wir nichts anderes kannten. Ich wuchs mit dem Krieg auf und erwartete, durch den – oder im – Krieg zu sterben.«

Jamaica nickte, und in ihren Augen war echtes Mitgefühl zu lesen.

»Das ist jetzt vorbei«, kommentierte sie leise.

»Das ist vorbei«, wiederholte Skepz und holte tief Luft. »Aber da ist noch etwas anderes, und das ist wohl die Sache, die mich weiter beschäftigt und … dazu führt, dass die bloße Erkenntnis, vieles sei nun besser, eben nicht ausreicht, um hier … anzukommen.«

»Was ist das?«, wollte Sebastian wissen.

Skepz runzelte die Stirn. Sie kannte ihren entfernten Verwandten nicht gut genug, um wirklich ermessen zu können, wie er reagieren würde, aber er verdiente eine ehrliche Antwort – und war sie nicht genau deswegen hierher gekommen, um herauszufinden, wie »normale« Menschen agierten und reagierten?

»Alle sind so zufrieden mit der Herrschaft der Hondh. Alle haben sich gut eingerichtet. Man streitet sich über dieses und jenes, aber die Regierung vermittelt, sie besänftigt, sie schlichtet. Das ist gut. Verstehen Sie mich nicht falsch. Die internen Kleinkriege sind nichts, was ich mir zurückwünsche. Doch all die Energie, die dadurch … gespart wird, wo geht sie hin? Es wird wenig geforscht. Es wird wenig erkundet. Sicher, viele Leute stellen sich Fragen, aber nur wenige scheinen die Energie aufzubringen, auch nach den Antworten zu suchen. Wie groß ist das Hondh-Reich wirklich? Wo kommen die Hondh her? Was sind ihre Absichten? Wird es einen neuen Krieg geben? Welche Rolle spielen wir dann in einer solchen Auseinandersetzung? Ist das die Zukunft der Menschheit – getreue Untertanen eines mysteriösen Alien-Volkes zu sein, von dem wir so gut wie nichts wissen und mit dem wir uns niemals werden identifizieren können? Was passiert außerhalb des Hondh-Imperiums? Was denken die Staaten und Völker dort? Haben sie Angst? Wiegen sie sich in Sicherheit? Bereiten sie etwas vor? Kann man mit ihnen in Frieden leben? Was gibt es für uns dort zu lernen, Neues zu erfahren? Was ist mit all den Flüchtlingen passiert, die zum Ende des Krieges dorthin geflohen sind? Wo sind unsere Brüder und Schwestern? Wie geht es der Menschheit in dieser Galaxis?«

Skepz hielt erschöpft inne. Sie merkte, dass sie Unbehagen auslöste. Jamaica rutschte auf dem Sofa hin und her, eine Unruhe hatte sie erfasst. Sebastian knetete seine Hände, fast unbewusst. In seinem Gesicht zeigte sich eine Vielzahl von Emotionen. Ein gewisses Verständnis vielleicht. Unwille. Keine Furcht, aber … ein Ausweichen.

»Das … das sind alles wohl wichtige Fragen«, brachte ihr Neffe heraus und wischte sich über die Stirn. Skepz sah, dass sich dort ein fast unmerklicher, feiner Schweißfilm entwickelt hatte. »Ich … ich bin mir sicher, dass manche nach Antworten suchen, wie Sie es sich wünschen. Die meisten Menschen aber wohl eher nicht. Ich kann nicht erkennen, was uns das nützen würde.«

»Selbst wenn wir über all diese Dinge mehr wüssten, ändert das doch nichts an unserem Leben hier«, meinte nun auch Jamaica und ihre Stimme hatte einen fast vorwurfsvollen Ton, als hätte Skepz sie mit Dingen konfrontiert, die sie als lästig oder anmaßend empfand. »Diese Antworten führen uns nicht weiter.«

»Uns als Einzelpersonen vielleicht nicht, denn sie haben erst mal keine Auswirkung auf unser tägliches Leben«, gab Skepz zu, bemüht, die Wogen zu glätten, ehe die See richtig rau werden konnte. »Aber wir alle – als Menschheit … ich meine, wollen wir so bleiben, weitere Jahrhunderte? Genügsam, entspannt, ruhig, wir leben so vor uns hin, machen ein wenig hier und ein wenig da, schauen mehr nach innen als nach außen, setzen uns keine großen, gemeinsamen Ziele mehr? Wohin führt uns der Weg als Volk, als Idee einer interstellaren Zivilisation? Ist das unser Beitrag zum Universum? Ist das die Art, wie wir mit uns selbst umgehen wollen?«

Sebastian hob die Hände. »Noch mehr Fragen, die wir nicht beantworten können. Aber wenn ich Sie richtig verstanden habe, dann läuft es doch darauf hinaus: Was ist uns wichtiger – die Sicherheit und der relative Wohlstand, den wir genießen, oder die Freiheit, da draußen Risiken einzugehen und etwas zu erreichen, was auch immer das sein mag?«

Er hatte Schwierigkeiten, das zu formulieren, stockte ein ums andere Mal. Doch er sprach es aus, weil es sich logisch aus den Worten von Skepz ergab und weil es den Punkt genau traf – und er kein Idiot war, der die Wahrheit nicht erkannte.

Skepz nickte.

»Wir haben unsere Freiheit gegen Sicherheit eingetauscht«, sagte sie. »Nicht notwendigerweise unsere individuelle Freiheit, deswegen tut es uns ja auch nicht so wahnsinnig weh und ist uns nicht bewusst. Aber unsere Freiheit als Zivilisation. Wir hatten keine Wahl. Der Krieg war verloren. Ich werfe es niemandem vor. Aber jetzt sind 500 Jahre vergangen. 500! Und es hat sich nichts geändert! Wir tauschen immer noch, durch unser Leben hier, die Freiheit gegen Sicherheit ein.«

Sie beugte sich nach vorne, die Stimme eindringlich.

»Wenn wir das tun, haben wir uns die Sicherheit eigentlich redlich verdient? Oder kommt Ihnen dieser Handel nicht auch … falsch vor?«

Jamaica wechselte einen Blick mit ihrem Mann, immer noch innerlich unruhig, aber jetzt doch ein wenig entspannter als vor ein paar Minuten. Sie sagten beide nichts, für eine ganze Weile, dann seufzte Sebastian und lächelte Skepz an.

»Noch einen Tee, liebe Kusine?«

Direktor Olson lehnte sich in seinem breiten Ledersessel zurück und schaute durch die Panoramascheibe auf die Skyline von Beijing. Die kleine, gedrungene Gestalt von Sicherheitsminister Bi Rong, der in seinem maßgeschneiderten Anzug immer wie ein Preisboxer aussah, der sich bei seiner eigenen Hochzeit fehl am Platze fühlte, saß regungslos auf einem Sessel und wartete ab. Bi Rong, das war die Ironie, war einmal Profiboxer gewesen, ehe er sich zu einer politischen Karriere entschlossen hatte, die er mit der gleichen Hartnäckigkeit verfolgt hatte, wie er seine Gegner durch den Ring trieb. Olson hatte den Mann chinesischer Abstammung für seine eigene Wahlkampagne entdeckt und ihn belohnt, als er gewählt worden war. Das Amt des Sicherheitsministers war delikat, und es führte dazu, dass man von Dingen wusste, die normale Bürger niemals erfuhren.

Oder mit denen man sie nicht belästigen wollte.

Die dritte Person, die sich in Olsons geräumigem und stilsicher eingerichtetem Büro eingefunden hatte, war Mediator Manoldi. Auch er war, wie immer, tadellos gekleidet, wenngleich weniger formal als der Minister. Olson selbst schätzte mehr den legeren Auftritt, vor allem dann, wenn er sich zu einem Gespräch mit altvertrauten Teilnehmern einfand. Manoldi gehörte nicht zum engsten Kreis um Olson, aber er war so oft für die Regierung tätig gewesen, dass der Direktor ihm vertraute. Manoldi war außerdem politisch neutral, wie jeder seiner Profession. Obgleich Olson solchen Leuten immer mit Misstrauen begegnete – er zog es vor, die Welt in Freunde und Feinde zu unterteilen –, wusste er doch, dass dies für einen Mediator eine wichtige Voraussetzung war.

»Also, Manoldi – was sagen Ihre Augen und Ohren?«

Der Mediator wechselte einen stummen Blick mit Bi Rong, der diese Frage ebenso hätte beantworten können, nicht zuletzt deswegen, weil Manoldi und sein Adjukator auf die Infrastruktur des Sicherheitsministeriums zurückgriffen, um ihre Arbeit zu erledigen. Aber der Direktor hatte natürlich recht. Formal zuständig für diese Angelegenheit war erst einmal der Mediator, und so oblagen ihm auch die notwendigen Berichtspflichten.

»Wir haben sie einigermaßen im Blick, Direktor.«

»Einigermaßen klingt nicht ganz so überzeugend, wie ich mir das vorgestellt habe.«

»Manche Maßnahmen funktionieren nicht, da ihre Implantate sie sofort warnen würden. Wir müssen daher konventionellere Methoden wählen.«

Olson hob die Augenbrauen. »Konventionell?«

»Richtige Agenten, die sie auf ganz, ganz altmodische Art und Weise beschatten. Jedenfalls ist die Überwachung nicht lückenlos und ich kann nicht behaupten, dass wir über den Inhalt eines jeden Gesprächs Bescheid wissen. Was wir wissen, ist, dass Thrax seiner Mannschaft freie Hand gegeben hat, ihr Schicksal selbst zu bestimmen.«

»Hm«, machte der Direktor. »Das ist doch eine gute Nachricht, oder?«

Manoldi wiegte den Kopf.

»Ja, eigentlich schon. Andererseits haben die Offiziere des Schiffes sehr zielgerichtete und wohlüberlegte Aktivitäten an den Tag gelegt. Thrax hockt seit Tagen in der Interceptor. Was er genau macht, wissen wir nicht. Wenn wir unsere Instrumente auf das Schiff richten würden, gäbe es sofort

Alarm. Skepz hat ihre Verwandten besucht. Das Gespräch lief wie erwartet. Es war recht offen und unverblümt. Jedenfalls wird es ihre Begeisterung für ein Leben auf der Erde nicht erhöht haben.«

Olson verzog sein Gesicht.

»Ich muss zugeben, dass ich kein Problem damit hätte, wenn wir sie loswerden würden«, sagte er. »Ich bin nicht ihr größter Fan.«

Manoldi hielt es für richtig, auf diese Bemerkung nicht weiter einzugehen, sondern fuhr mit seinem Bericht fort.

»Lachweyler hat sich für die Hondhisten interessiert und einen ihrer Tempel besucht. Er war aber nicht lange drin. Auch er sitzt seitdem Tag und Nacht in der Interceptor und brütet irgendwas aus. Wir haben Hinweise in den alten Akten gefunden, dass Hondhismus in seiner Familie eine lange Tradition hat. Vielleicht hatte er spirituelle Fragen zu klären. Wenn ja, scheint es nicht so zu sein, als habe er die notwendigen Antworten gefunden. Zumindest ist das unser Eindruck.«

Olson schaute den Sicherheitsminister an und dieser nickte unmerklich. Der Chinese war kein Mann vieler Worte.

»Dann wäre da noch der Chefingenieur, dieser Spoon. Der war Einkaufen. Tatsächlich hat er so gut eingekauft, dass die Konten unserer vier Helden alle in den Kreditrahmen gerutscht sind, den wir freundlicherweise eingeräumt haben. Es gab aber keine Warenlieferung. Wir haben nachher herausfinden können, dass Spoon uralte Datennadeln gekauft hat, aus seiner Zeit, und der Händler konnte nicht sagen, was da eigentlich drauf war – außer, dass Spoon wohl starkes Interesse an ihnen zeigte, was den Preis offenbar hochgetrieben hat. Seitdem …«

»… sitzt auch der Ingenieur in der Interceptor und brütet etwas aus?«, vervollständigte Olson mit einem fragenden Unterton.

»Das ist zutreffend.«

»Gut. Was brüten sie aus?«

»Wir wissen es nicht.«

»Wie finden wir es heraus?«

»Ich weiß es nicht.«

Olson klopfte mit den Fingern auf die Tischplatte.

»Das sind alles keine zufriedenstellenden Antworten, Mediator. Ich habe mir von Ihnen ein wenig mehr erwartet. Reden die mit Ihnen?«

»Oh ja. Die Termine werden eingehalten. Es sind nicht immer alle da, aber wir reden.«

»Und?«

Manoldi zuckte mit den Achseln.

»Die anderen Besatzungsmitglieder machen alles Mögliche, einige sind seit Tagen nur am Feiern. Sie wissen entweder nicht, was ihre Chefs tun oder es interessiert sie nicht. Ich glaube, einer oder zwei haben sich bereits innerlich von ihrem Dienst auf der Interceptor verabschiedet und nur den Absprung nicht geschafft.«

»Ermuntern Sie sie.«

»Das tue ich.«

Olson seufzte und stellte das Getrommel ein. Er sah Bi Rong auffordernd an, der einige Sekunden brauchte, um aus seiner wortkargen Starre zu erwachen.

»Ich schätze sie noch nicht als Sicherheitsrisiko ein. Sie sind ungewöhnlich und wir müssen sie im Auge behalten, aber ein Risiko …? Es sind intelligente Menschen, keine Psychopathen. Ihr Schiff ist unbewaffnet. Die meisten Menschen betrachten sie mit einem milden Interesse, mehr nicht. Eine lebende Kuriosität. Gut, um ein interessantes Gespräch zu führen. Spannend, sich damit zu brüsten, mit einem von ihnen gebumst zu haben. Originell für alle, die Direktor Olson nicht mögen und sich freuen, dass er in Verlegenheit gebracht wurde.«

Bi Rong sprach den letzten Satz mit einer Kälte aus, die jedes Quäntchen an Schadenfreude völlig vermissen ließ.

Olson konnte nichts dafür, er presste trotzdem unwillkürlich die Lippen aufeinander und zog die Augenbrauen zusammen. Aber die Worte des Sicherheitsministers ergaben durchaus Sinn.

»Ihr Schiff ist alt. Wir überlassen es ihnen, damit zu spielen. Wie gesagt: Es sind keine Psychopathen. Es gibt zwei Möglichkeiten. Entweder sie passen sich an das Leben auf der Erde an – unwillig oder willig, mit Problemen oder ohne, in jedem Falle nichts, was man nicht begleiten und betreuen könnte. Oder sie packen ein und verschwinden. Wahrscheinlich werden sie den Hondh-Raum verlassen. Das ist auch kein Problem. Das haben vor 500 Jahren viele andere getan.«

Olson stellte fest, dass Bi Rong die zweite Alternative ohne jedes Zwinkern oder eine andere körperliche Reaktion zu diskutieren vermochte. Er besaß, ebenso wie Olson, genau abgestimmte Implantate, die ihm dabei halfen, die psychischen Reaktionen auf dieses Thema zu kompensieren, die normalerweise ein Gespräch über diese Zusammenhänge … erschwerten. Er warf einen Blick auf Manoldi, der weitaus weniger Geld in Implantate investiert hatte – der Direktor warf es ihm nicht vor, Mediatoren waren Freiberufler, die nur ihre eigenen Ressourcen zur Verfügung hatten und keine Reptilienfonds der Regierung anzapfen konnten. Manoldi rutschte ein wenig ungemütlich auf seinem Sessel hin und her und wischte sich mit der flachen Hand über die Haare. Er beherrschte sich aber ebenfalls vorbildlich.

Dennoch beschloss Olson, ihn zu erlösen.

»In beiden Fällen sollten unsere entfernten Verwandten also kein Problem darstellen. Aber warum habe ich das Gefühl, dass wir diese Besprechung nicht haben, um uns gegenseitig davon zu überzeugen, dass diese Leute harmlos sind und nichts zu befürchten ist?«

Er sah dabei Bi Rong auffordernd an, dessen stoische Miene immer noch keinerlei Aufschluss über seine Gefühlswelt gab. Olson konnte – wovon der Sicherheitsminister nichts wusste – mit einem Override-Code seiner eigenen Implantate jederzeit und ohne Wissen des Chinesen auf dessen Ausrüstung zugreifen, sowohl die in seinem Büro wie auch die in seinem Körper. Er hatte es noch nie getan, weniger, weil er dabei moralische Bedenken hatte, sondern eher, weil er diese Kompetenz lieber für Situationen aufbewahrte, die sich als wirklich wichtig erweisen würden. Olson wollte wiedergewählt werden. Wenn so etwas herauskam – und irgendwas kam immer heraus –, konnte er das vergessen.

Bi Rong nickte unmerklich.

»Thrax hatte Kontakt zu einem gewissen Roarke. In unserer Datei ist Roarke ein Level 2 im Verein der Freien. Eigentlich unwichtig und unschädlich, wie der ganze Verein, aber die Nachricht wurde geflaggt, als die Routinescans Roarke in der Nähe von Thrax' Standort zeigten.«

Manoldi runzelte die Stirn.

»Der Verein der Freien? Ich dachte, der hätte sich längst aufgelöst.«

»Nein, aber wir fördern dieses Gerücht. Es hilft dabei, dass sich niemand allzu sehr mit diesen Leuten befasst.«

»Level 2, was heißt das?«

»Roarke ist nicht bloß ein normales Mitglied, das einfach nur seiner Verwirrung darüber Ausdruck gibt, dass wir den Hondh so bereitwillig dienen, und das Gleichgesinnte sucht, um über dieses Gefühl auch richtig reden zu können, er gehört zum engeren Führungszirkel des Vereins, soweit dieser über eine Hierarchie verfügt.«

»Gibt es einen Level 3?«

Bi Rong sah Olson an, dieser nickte ihm zu.

»Gibt es, ja«, erwiderte der Minister dann. »Eine Frau namens Celia. Wir haben sie ganz gut unter Beobachtung. Sie trägt, ebenso wie Roarke, einen implantierten Sender, ohne es zu wissen. Wir stören sie nicht in ihrem Tun. Sie sind eigentlich völlig ungefährlich.«

»Wie viele gibt es?«

»In Beijing? Vielleicht ein Dutzend. Weltweit? Vielleicht hundert. Nicht alle der Immunen sind organisiert. Eine genaue Zahl kann niemand nennen. Diese Menschen waren bisher nie wichtig genug, um ihnen eine besondere Aufmerksamkeit zu schenken. Die … Mutation kommt sehr selten vor und sie scheint sich nicht automatisch zu vererben. Sie überspringt manchmal Generationen.«

»Also hat jemand, der völlig ungefährlich ist, einen anderen kontaktiert, den wir eben auch als mehr oder weniger ungefährlich eingestuft haben«, fasste Olson zusammen und starrte Bi Rong kritisch an. »Zweimal ungefährlich entwickelt dann eine potenzielle Bedrohung?«

Bi Rong hob die Schultern, eine dermaßen inkrementelle Bewegung, dass sie kaum auffiel.

Er gab keine Antwort.

Das machte Manoldi unruhiger, als wenn der Minister es abgestritten hätte.

Und Olson, das war ihm anzusehen, ging es nicht viel besser.

Spoon, Thrax und Skepz schauten zufrieden zu, wie der Manufaktor leise summend die Arbeit aufnahm. Es war keine große Sache gewesen, die notwendigen Rohstoffe für das fehlende Ersatzteil zu erhalten – wenngleich sie alle jetzt wirklich pleite waren und sich auf absehbare Zeit keine großartigen Käufe mehr leisten konnten. Skepz hatte vorgeschlagen, einigen der Einladungen zu Talkshows zu folgen, die sie alle in den letzten Tagen erhalten hatten, doch Thrax war der Ansicht gewesen, dass der potenzielle Schaden den finanziellen Nutzen übersteige. Vor allem befürchtete er, dass die Medien, die Direktor Olson nicht gewogen waren, ein solches Interview für politische Ränkespielchen nutzen würden. Da wollte er sich nicht hineinziehen lassen. Sie hatten bereits einen inoffiziellen Gesprächstermin mit einem Menschen abgesagt, der, wie sie nach kurzer Recherche herausgefunden hatten, bei der letzten Wahl als Gegenkandidat verloren und daher wohl als Führer der Opposition zu gelten hatte.

Sie hatten Wichtigeres zu tun.

Erst einmal war es aber der Manufaktor, der an der Arbeit war. Spoon sah glücklich aus. Sein Beitrag zu ihrer aller Fortschritt war sicher derjenige gewesen, den man materiell am besten fassen konnte und dessen Effekt messbar sein würde. Wenn alles klappte und der alte Manufaktor nicht zwischendurch seine Mucken bekam, würde die Interceptor in nicht ganz einer Woche wieder zu überlichtschnellem Flug in der Lage sein. Niemanden freute das mehr als Carlisle, der bisher nur auf eine dezente Art seinen Wunsch geäußert hatte, die Erde wieder verlassen zu wollen. In früheren Zeiten hatte die Interceptor nie mehr als maximal zwei Wochen in irgendeinem Raumhafen zugebracht. Der Navigator war definitiv nicht an einer sesshaften Existenz interessiert. Er wollte die mystischen und spirituellen Geheimnisse des Menger-Raumes erforschen, und das konnte er nur richtig, wenn sein Schiff unterwegs war.

Noch hielt er es aus. Die Aussicht, dass die Wartezeit ein Ende haben würde, stimmte den Navigator aber fast euphorisch.

»Dann ist es also beschlossene Sache?«, fragte Spoon, nachdem er eine Weile dem leisen Knistern und Mahlen aus dem Inneren des Manufaktors gelauscht hatte. »Wir starten und suchen die Exemptor?«

»Skepz und ich sind dafür«, antwortete Thrax. »Wir haben aber noch nicht mit allen anderen geredet. Und da ist dann noch diese Sache, von der Lachweyler berichtet hat. Von meiner kleinen Visitenkarte ganz zu schweigen. Sollten wir nicht so viele Informationen sammeln wie möglich, ehe wir die Erde wieder verlassen? Ich bin mir keinesfalls sicher, ob wir so bald wieder hierher zurückkehren werden.«

»Was treibt Lachweyler?«

»Er sitzt seit Tagen an der Ortung und lässt mit Carlisles Hilfe bergeweise Messserien durchlaufen. Tut nichts anderes, seit er uns von seiner kleinen Privatexpedition berichtet hat. Er macht es sehr gründlich.«

»Macht was sehr gründlich?«

»Er sucht. Er sucht nach dieser Strahlung und er sucht nach der Quelle – und er sucht nach der Wirkung.«

Spoon schnaubte.

»Ich sage euch, was für eine Wirkung das ist. Die Leute hier sind verblödet. Jedes Mal, wenn ich jemanden frage, wie es denn so außerhalb der Hondh-Sphäre aussieht oder was aus den Flüchtlingen der Hegemonie geworden sei, bekomme ich ganz seltsame Reaktionen. Ich meine – ich glaube ja, dass die Leute nichts wissen, aber dieses starke Bestreben, sich mit dem Thema nicht befassen zu müssen, ist schon bemerkenswert. Gestern Abend war ich in so etwas, was hier noch als Raumfahrerbar durchgeht – da treffen sich die In-System-Piloten und die kleine Gruppe interstellarer Typen, wenn sie auf der Erde Pause machen. Man sollte meinen, dass zumindest die der Sache mit offenem Bewusstsein gegenübertreten und ein paar knackige Gerüchte auf Lager haben. Das war doch zu unserer Zeit überall so: Wenn Raumfahrer etwas nicht wussten, hatten sie auf jeden Fall ein paar gut überlegte Lügen zum Thema parat! Nichts! Gar nichts! Die wollen einfach nicht drüber reden. Vages Gelaber, dann bestellen sie alle einen neuen Drink und schauen mich etwas vorwurfsvoll an, als hätte ich eine Orgie mit ihren Müttern vorgeschlagen.«

Skepz nickte nur. Ihre eigenen Erlebnisse mit ihren Verwandten waren nicht ganz so krass gewesen, gingen aber in die gleiche Richtung. Irgendwann hatte sich die Gesprächsatmosphäre … vergiftet angefühlt und sie war aufgebrochen. Sie erinnerte sich gut an das schlechte Gefühl, als sie sich verabschiedet hatte.

»Es stimmt also etwas nicht, und Lachweyler ist am Nächsten dran herauszufinden, was genau nicht in Ordnung ist«, stellte Thrax fest. »Und dann wäre da noch diese Kleinigkeit mit der Karte von dem Menschen, der mich aufgelesen hat, als ich besoffen in der Gosse lag.«

»Erwähnte ich bereits, dass ich sehr froh bin, einen solchen Offizier als Kommandanten und Vorbild zu haben?«, warf Spoon ein.

Thrax warf ihm einen säuerlichen Blick zu. »Ja, mehrmals. Herzlichen Dank.«

Er holte die Karte hervor. »Die Nummer darauf ist die eines normalen Komanschlusses im großstädtischen Gebiet von Beijing. Er steht allerdings nicht im öffentlichen Verzeichnis.«

»Das hat nichts zu bedeuten. Meine Komnummer daheim … damals … kannten auch nur Freunde, Verwandte und die Flotte«, sagte Skepz leise. »Aber die Art und Weise, wie der Mann dich gefunden und angesprochen hat, ist natürlich seltsam.«

»Gefunden? Das war leicht. Thrax ist ein Star. Gut, in ein paar Tagen ist er wieder vergessen, aber zu dem Zeitpunkt stand er gerade neben Skepz, als diese den Direktor in Verlegenheit brachte. Wenn ich mich recht entsinne, hat er dabei zufrieden gegrinst.« Spoon sah Thrax an. »War doch so, oder?«

»Du wandelst auf dünnem Eis, Ingenieur«, murrte der Kommandant. »Aber es stimmt. Mich zu finden, wie ich mich durch diverse Kneipen becherte, war nicht so richtig schwierig für jemanden mit dem Willen und der Ortskenntnis.«

»Vielleicht war es nur ein Wichtigtuer, der sich etwas im Ruhm der alten Helden sonnen wollte«, mutmaßte Skepz.

»Das hätte er einfacher haben können. Die Medienleute haben uns in jeder zweiten Kneipe aufgescheucht, erinnerst du dich? Es hat eine Weile gedauert, bis wir ein ruhiges Plätzchen gefunden hatten. Er hätte sich schon früher an uns hängen können, wenn er aufs Blitzlichtgewitter aus war. Er hat aber gewartet, bis ich nass in der Ecke lag und nicht mehr wusste, wie ich hieß. Ein Wichtigtuer vielleicht, ja. Aber mit welchen Absichten? Ich will da keine allzu voreiligen Schlüsse ziehen.«

»Aber was willst du unternehmen?«

Thrax hielt die Karte zwischen Zeigefinger und Daumen und drehte sie herum. »Ich werde anrufen.«

»Darf ich zu bedenken geben, dass dieser Anruf mit Sicherheit überwacht wird?«, sagte Skepz. »Es ist ja vielleicht wirklich nur ein Wichtigtuer, aber wenn er etwas Wichtiges zu sagen hat, wäre es schön, wenn du mit ihm reden würdest, ohne dass unsere Freunde um Mediator Manoldi etwas davon erfahren. Dieser Roarke war jedenfalls nicht darauf erpicht, in deren Radar zu kommen.«

»Wobei wir noch nicht wissen, ob ihm das gelungen ist«, mutmaßte Spoon. »Lasst uns mal scherzeshalber davon ausgehen, dass Manoldi Bescheid weiß und eine 24-stündige Beobachtung unseres Treibens angeordnet hat.«

»Lass und scherzeshalber davon ausgehen, dass diese 24-stündige Beobachtung sowieso existiert, einfach nur, weil es uns gibt und man uns nicht gleich einsperren will«, ergänzte Thrax. Spoon nickte mit schwermütigem Gesichtsausdruck.

»Dazu kommt, dass dieser Roarke geimpft ist«, fügte Thrax hinzu. »Ich habe die Aufzeichnungen meiner Implantate von jener Nacht ausgewertet. Der Typ trägt einen Nanosender in sich herum, der mindestens verrät, wo er sich gerade aufhält, und vielleicht auch ein wenig mehr.«

»Ah, warum sagst du das nicht gleich?«, stöhnte Skepz und warf die Hände in die Luft. »Und ich mache mir hier Gedanken, ob wir den Mann irgendwie ernst nehmen sollen. Er wird überwacht. Die Regierung mag ihn nicht. Wir müssen ihn zumindest aus der Kategorie Wichtigtuer eliminieren.«

»Und wir müssen uns etwas ausdenken«, ergänzte Spoon nachdenklich.

Thrax sagte nichts und sah seinen Ingenieur nur schweigend – und auffordernd – an, was bei diesem zu einem leichten Aufstöhnen führte.

»Lasst mich doch meine Ersatzteile basteln«, sagte er leise. »Ich bin für diesen Agentenscheiß zu alt.«

Thrax grinste nur.

Roarke schaute in die Tasse, in der der Tee längst kalt geworden war, dann blickte er Thrax und Lachweyler ins Gesicht. Er wirkte etwas blass.

»Ein Peilsender?«

»Das ist das Mindeste«, erklärte der Waffenoffizier. »Wir haben ihn unschädlich gemacht, zumindest für eine Weile. Natürlich wird das auffallen.«

»Dann werde ich auf herkömmliche Art beschattet.«

»Wir ganz bestimmt. Aber wir haben sie abgehängt. Es hat eine Weile gedauert, aber nach einer Stunde wussten wir, wer sie waren, und konnten Gegenmaßnahmen ergreifen.«

»Und ich dachte, es genügt, die Komverbindung so sicher wie möglich zu machen«, murmelte Roarke. »Können wir jetzt sicher sein, dass uns keiner gefolgt ist oder zuhört?«

»Nein«, antwortete Thrax kategorisch. »Und die Tatsache, dass Sie den Sender getragen haben, zeigt ja, dass man über Ihre Aktivitäten durchaus Bescheid weiß. Wie nannten Sie Ihre Gruppe? Verein der Freien, ja?«

Roarke nickte. Er war nicht mehr halb so selbstsicher wie damals, als er Thrax in der Gosse aufgelesen hatte. Sie saßen in einem Café in einem Vorort von Beijing, der schon fast ländlich wirkte. Ihrem Treffen war eine mehrstündige Odyssee vorausgegangen. Lachweyler hatte sich eine Mahlzeit bestellt, irgendwas mit Huhn und Nudeln, aber alles frisch und nicht aus dem Nahrungssynthetisierer. Er unterbrach sein Mahl nur für die gelegentliche Bemerkung und überließ ansonsten Thrax die Gesprächsführung. Der Kommandant bekam schon vom Zusehen Hunger.

»Ja, Verein der Freien. Klingt pathetisch, ich weiß. Aber wir werden ohnehin nicht ernst genommen. Also können wir uns eine sinnlose Geste leisten.«

»Wenn man Sie und Ihre Freunde gar nicht ernst nehmen würde, gäbe es den Sender nicht.«

»Ja, stimmt. Ich muss mich an diesen Gedanken erst noch gewöhnen.«

Thrax nickte und schaute aus dem Fenster auf die Straße. Es regnete in Strömen und der Himmel war düster und wolkenverhangen. Man sah nur wenige Passanten, ab und an ein Bodenfahrzeug. Jeder, den man sah, wirkte müde und etwas deprimiert, was Thrax auf das Wetter schob. Er musste sich selbst ein wenig um Haltung bemühen.

»Wir wissen nichts über Ihre Gruppe und Sie werden uns sicher einiges darüber erzählen wollen, sonst hätten Sie mich nicht angesprochen«, sagte er Roarke, der endgültig die Tasse Tee von sich geschoben hatte. »Aber wir haben erst einmal ein anderes Thema, das wir mit Ihnen besprechen wollen.«

Roarke nickte. »Schießen Sie los.«

Thrax warf Lachweyler einen auffordernden Blick zu. Dieser ließ seufzend die Gabel sinken und tupfte sich die Lippen ab, ehe er zu sprechen begann.

»Ich habe eine Theorie, Roarke.«

»Eine Theorie?«

»Es gibt etwas – im Essen, in der Luft, in den Genen –, das die Menschen daran hindert, über gewisse Dinge zu reden oder auch nur allzu intensiv nachzudenken. Es ist nichts, was offensichtlich ist oder dessen sich die Leute bewusst sind. Es ist nichts, was Gedanken und Handlungen aktiv kontrolliert. Es wirkt subtil. Es lenkt ab. Es verlangsamt. Es macht unwillig und unkonzentriert. Es führt dazu, dass es einem leichtfällt, das Thema zu wechseln, weil es ein sanftes Gefühl der Erleichterung auslöst.«

Roarke grinste und nickte erneut. »Ich höre Ihnen zu. Wir nennen es das ›Feld‹.«

»Feld?«

»Nur ein Name. Wir haben keine Ahnung, worum es sich wirklich handelt.«

»Ich irre mich also nicht?«

»Es ist der Grund, warum es meine Gruppe gibt.«

Roarke lehnte sich zurück.

»Darf ich jetzt von meiner Seite aus berichten?«, fragte er Thrax.

»Wir hätten zwar noch ein wenig mehr, aber vielleicht ist jetzt ein guter Zeitpunkt«, stimmte dieser zu.

Roarke runzelte die Stirn, als müsse er erst einmal seine Gedanken sammeln. Dann holte er tief Luft und sprach.

»Der Verein der Freien gründete sich in dieser Form vor etwa 150 Jahren. Es gab aber Vorgängerorganisationen, lose Zirkel ohne Struktur, die zusammenkamen, weil es Menschen gab, die in ihrem Leben ein großes Unbehagen erfasst hatte. Sie merkten, dass jedes Mal, wenn bestimmte Themen besprochen wurden – die Hondh zu beseitigen, das Hondh-Gebiet zu verlassen, den Tribut einzustellen, sich zu bewaffnen –, die allermeisten Menschen auswichen, nicht einmal zu Gedankenspielen, zu bloßer Fantasterei in der Lage waren. Je länger man insistierte, desto unwilliger wurden sie, bis hin zu körperlichen Reaktionen wie Schweißausbrüchen oder Kopfschmerzen. Nur bei ihnen passierte nichts dergleichen, und das war das große Rätsel. Jene, die heute im Verein der Freien organisiert sind, haben diese Probleme nicht oder nicht im gleichen Ausmaß. Sie können frei über alles sprechen, sie fühlen keine dieser emotionalen Reaktionen – oder wenn sie solche fühlen, dann sind sie in der Lage, sie zu beherrschen und damit umzugehen. Wir sind verdammt wenige. Was auch immer dafür verantwortlich ist, dass die

Menschen die benannten Themen beinahe instinktiv meiden, es funktioniert nur bei einer verschwindend kleinen Minderheit nicht. Und wir wissen nicht, woran das liegt, da wir auch keine Ahnung haben, was dieses Verhalten überhaupt auslöst. Es gibt unter uns nur wenige Wissenschaftler, und sie konnten noch nie systematisch erforschen, worum es geht. Außerdem steht ihnen möglicherweise das richtige Instrumentarium nicht zur Verfügung. Wir wollen auch nicht auffallen. Bisher konnten wir in Frieden leben – arbeiten, uns treffen, reden und sonst ein normales Leben führen. Die allermeisten unserer Mitglieder sind damit zufrieden. Sie wollen kein Risiko eingehen.«

»Die allermeisten.«

Roarke lächelte. »Ja. Nicht alle.«

»Besteht denn ein reales Risiko?«, hakte Lachweyler nach. »Ist bekannt, dass ein zu lautstarker Kritiker der Hondh-Herrschaft jemals irgendeiner Repression ausgesetzt worden ist? Gefängnis? Psychologischer Druck?«

»Nein, niemals. Dazu besteht auch keine Notwendigkeit. Wenn jemand sich irgendwo hinstellt oder anderweitig seine Thesen verbreitet, hören ihm die Menschen einfach nicht zu. Genauso, wie sie im Gespräch dieses Thema vermeiden, wenden sie sich von ihm ab. Es gibt gar keine Möglichkeit, jemanden von irgendwas zu überzeugen. Wir haben das vor langer Zeit aufgegeben. Diejenigen, die mit diesem Thema offen umgehen können, finden entweder von alleine den Weg zu uns – die Existenz des Vereins ist nicht geheim, wir leben nicht im Untergrund oder so was – oder sie arrangieren sich einfach von selbst mit dem Status quo und leben ihr Leben.«

»Warum dann diese etwas seltsame Kontaktaufnahme, wenn Ihre Organisation weder illegal ist noch sonst wie unterdrückt wird?«, fragte Thrax. »Sie hätten ja auch einfach anrufen können.«

Roarke schüttelte den Kopf. »Es gibt einige wenige unter uns – wie gesagt, die allermeisten gehören nicht dazu –, die mehr tun wollen als nur reden. Wir wollen herausfinden, was es ist, das die Menschen der Erde so gefügig macht. Und nicht nur hier. Es ist ja nicht so, dass es keine Kontakte zu anderen Hondh-Planeten gibt. Einige unserer Mitglieder sind öfters mal auf Geschäftsreise. Auch auf den anderen Menschenwelten ist es wie hier. Und wir haben Grund zu der Annahme, dass es auf den Planeten des Hondh-Reiches, auf denen Aliens leben, auch nicht anders aussieht. Wir wissen aber nicht, was genau der Grund ist. Sie haben mit Ihrem Schiff möglicherweise Mittel und Wege, es herauszufinden.«

»Warum sollte es uns interessieren?«, fragte Skepz. »Vielleicht wollen wir einfach nur ein friedliches Leben im Ruhestand genießen.«

»Vielleicht, ja. Aber vielleicht wollen Sie auch gewarnt werden, denn wer sagt Ihnen denn, dass Sie mit zunehmend längerem Aufenthalt auf der Erde nicht auch unter diesen unheilvollen Einfluss geraten – und irgendwann nicht mehr auch nur im Traum auf die Idee kämen, dem Direktor so einen Spruch vor die Nase zu setzen wie neulich beim Empfang. Wenn Ihnen das wiederum auch egal ist und Sie nur Ihre Ruhe wollen – ich akzeptiere das.«

Roarke schaute sich seine Gesprächspartner genau an und dann lächelte er fein.

»Aber irgendwie will ich es nicht glauben.«

Thrax erwiderte das Lächeln. Dann nickte er Lachweyler zu.

»Erzähl ihm von deinem Hobby.«

Der Waffenoffizier atmete ein und faltete die Hände vor sich auf dem Tisch zusammen. »Ihre Annahme, dass wir möglicherweise etwas herausfinden könnten, war keinesfalls dumm«, leitete er seine Worte ein. »Ich bin möglicherweise arg besessen von meinem … Hobby, aber im Lichte dessen, was Sie gerade gesagt haben, kommt mir diese Besessenheit sehr rational und sinnvoll vor. Ich möchte behaupten, dass ich der Sache auf der Spur bin, von der Sie reden.«

Roarkes Augen glänzten. »Ich wusste es!«, sagte er mit kaum unterdrücktem Triumph. »Sie müssen einfach etwas herausfinden!«

Lachweyler hob warnend eine Hand.

»Nicht so voreilig. Um wirklich sicher zu sein, ist eine Hürde zu überwinden, an der jedes Mitglied der Besatzung der Interceptor scheitern muss, wollen wir keine Gewalt anwenden – was derzeit sicher kein sehr probates Mittel wäre.«

»Scheitern?«

»Ja. Tatsächlich könnten Sie oder jemand aus Ihrer Gruppe eine zentrale Rolle spielen in unseren gemeinsamen Bemühungen, Licht in die Sache zu bringen. Aber jetzt reden wir von einem echten Risiko, Roarke.«

»Was verlangen Sie?«

Lachweyler lächelte angesichts des Eifers in der Stimme des Mannes.

»Ich möchte, dass Sie für uns ein bestimmtes Gebäude betreten und sich Zugang zu Bereichen verschaffen, die wahrscheinlich dem normalen Besucher eher verschlossen sind.«

»Ein Einbruch?«

»Sagen wir – ein organisierter Ausdruck großer Neugierde.«

Roarke runzelte die Stirn, wirkte aber nicht ganz so entsetzt, wie man es von einem gesetzestreuen Bürger erwarten würde. Tatsächlich machte er eher den Eindruck eines Fisches, der herzhaft in den Haken mit dem Köder gebissen hatte – und sich auch noch darüber freute.

»Erzählen Sie mir alles!«, forderte er Lachweyler schließlich auf.

Und der Waffenoffizier tat es.

»Die Reparatur ist vollendet«, erklärte Spoon und warf einen sehr zufriedenen Blick auf die wiederhergestellte SAL-Einheit, die es der Interceptor künftig wieder erlauben würde, eigenständig Überlichtgeschwindigkeit zu erreichen. Der ganze Prozess hatte ein wenig länger gedauert als erwartet – Spoon war geneigt zu glauben, dass sich das Schiff ein wenig dagegen gewehrt hatte, anstatt der üblichen fehlproduzierten Ausschussware mangelhaft funktionierender Manufaktoren erstmals seit langer Zeit ein ordentliches Addendum der eigenen elektronischen Innereien zu erhalten –, aber jetzt war alles wieder im Lot.

»Wir müssen es natürlich testen«, sagte er Thrax, und es war so, als höre er Carlisle oben auf der Brücke erfreut ausatmen. Der Navigator war von ihnen allen am meisten daran interessiert, den Landeplatz so schnell wie möglich zu verlassen.

»Ja, das müssen wir wohl«, erwiderte der Kommandant. »Und wenn ich Manoldi richtig verstanden habe, dürfen wir sogar hinfliegen, wohin auch immer wir wollen. Natürlich wird er annehmen, dass wir nur ein wenig im Sonnensystem herumdüsen, andererseits sollten wir nicht so naiv sein und annehmen, dass die Leute nicht wüssten, woran wir hier die ganze Zeit gearbeitet haben.«

»Ein kleiner Hüpfer kann nicht schaden«, kommentierte Skepz. »Dagegen gibt es kein Gesetz.«

»Ich –«

»Captain«, erklang die Stimme Carlisles aus dem Lautsprecher. »Ich unterbreche Sie nur ungern, aber wir bekommen Besuch.«

»Besuch? Manoldi?«

»Negativ, Captain. Eine Gruppe von fünf Personen, durch die Bank bewaffnet, wenngleich die Waffen unter sehr schicken Anzügen verborgen sind. Sie tragen alle Implantate. Einer hat eine Art Aktenkoffer bei sich, der nach meinen Scans tatsächlich auch nur Akten oder so was enthält. Sie kommen direkt auf uns zumarschiert. Ihr Gleiter steht etwas abseits.«

»Hm. Schließ das Außenschott. Ich will sie etwas schmoren lassen.«

»Wird bereits geschlossen. Einer holt einen Kommunikator hervor … ah, da ist schon der Ruf. Soll ich zu Ihnen durchstellen?«

Thrax wechselte einen schnellen Blick mit Skepz. Bisher war die Interceptor »ihr Reich« gewesen, und Manoldi hatte sich sorgsam bemüht, es nicht anzutasten oder unbotmäßige Ansprüche auf das Schiff zu erheben. Aber was auch immer diese Besucher wollten, es war gut möglich, dass Manoldi damit gar nichts zu tun und jemand anders das Heft des Handelns in den Griff genommen hatte.

Nur wer?

Und mit welcher Absicht?

Zeit, es herauszufinden.

»Jetzt die Verbindung, Carlisle.«

Es knackte fast unhörbar, dann erklang eine Männerstimme, wohlmoduliert, aber mit einer Härte im Timbre, die darauf schließen ließ, dass diese Person daran gewöhnt war, ihren Willen durchzusetzen. Thrax spürte, wie sich unwillkürlich seine Bauchmuskeln anspannten. Er hatte kein gutes Gefühl bei der Sache.

»… rufe den Kommandanten der Interceptor. Wir wissen, dass Sie an Bord sind!«

»Netter Mensch«, murmelte Skepz. Thrax warf ihr einen strafenden Blick zu.

»Mein Name ist Thrax«, sagte er dann laut. »Mit wem habe ich das Vergnügen?«

»Ich bin Depositor Alden. Meine Kollegen und ich möchten Sie sprechen.«

»Was ist ein Depositor?«

»Das erkläre ich Ihnen gleich.«

Thrax nickte Spoon zu und formte mit seinen Lippen eine Zwei.

Der Ingenieur nickte. Raum 2 war die Bordmesse – der einzige Ort, der wirklich für eine etwas größere Anzahl an Personen geeignet war.

»Carlisle, öffne unseren Besuchern bitte das Schott und stelle sicher, dass sie die Messe finden.«

»Verstanden.«

Der Navigator würde jede Tür auf dem Weg der fünf Männer versperren, außer jenen, die direkt zum angegebenen Raum führten. Dieser wiederum wurde von Spoon bereits jetzt unter ein Sicherheitsfeld gelegt. Alden und seine Begleiter mochten über Implantate verfügen – was darauf schließen ließ, dass sie mehr waren als harmlose Regierungsangestellte –, sie würden aber das, was sie trugen, im Zweifelsfalle nicht einsetzen können.

»Skepz, du kommst mit. Spoon, du beobachtest alles von hier. Carlisle, wenn wir in der Messe sitzen, machst du das Schiff wieder zu.«

Ohne auf eine Bestätigung seiner Befehle zu warten, marschierte Thrax mit weit ausgreifenden Schritten vom Maschinenraum in die Messe, dicht gefolgt von Skepz. Sie trafen dort fast zeitgleich mit Alden und seinen Männern ein. Der Depositor war eine beeindruckende Erscheinung. Sein Titel mochte wie der eines üblichen Büroalbinos klingen, aber sein ganzes Auftreten sprach eine andere Sprache. Es war ein muskulöser Mann, mit sonnengebräunter Haut und einem sorgfältigen Schnurrbart unter der etwas fleischigen Nase. Sein Blick wirkte gerade und direkt, sein Auftreten war von großem Selbstbewusstsein geprägt, ein Mann, der wusste, wer er war und welche Bedeutung er hatte. Thrax fühlte, wie sich unwillkürlich seine Bauchmuskeln anspannten.

Solche Typen hatte er echt gefressen.

»Hier hinein. Nehmen Sie doch Platz!«

Die Messe wirkte beengt, als sie sich alle gesetzt hatten. Das Angebot auf eine Erfrischung hatte Alden dankend abgelehnt. Er ahnte wahrscheinlich, wozu die alten Nahrungsmittelautomaten dieses Schiffes fähig waren.

»Was können wir für Sie tun, meine Herren?«, eröffnete Skepz das Gespräch. Wenn ihr angenehmes Äußeres Eindruck auf Alden machte, so zeigte er dies nicht. Er betrachtete sie wie ein Möbelstück, nicht uninteressiert, aber mit einer gewissen Kälte, die auch durch sein mechanisches Lächeln nicht aufgebrochen wurde.

»Ich bin ein Depositor. Sie haben gefragt, was dies bedeutet. Meine Aufgabe ist es, berechtigte Interessen der Regierung durchzusetzen. Im Regelfalle handelt es sich dabei um Besitzansprüche, aber auch Nutzungs- und Wegerechte oder die Rückforderung derselben, je nach rechtlicher Lage.« Er legte seinen Koffer auf den Tisch und öffnete ihn. Thrax sah zu seinem Erstaunen, dass Alden ganz altmodische, physische Dokumente hervorholte. Einige dieser Papiere machten einen rechtschaffen alten Eindruck und wirkten entfernt vertraut.

»Es sind Flotten-Schiffspapiere«, informierte ihn Carlisle über das Innenohrimplantat. Der Navigator sah über die Kameras so ziemlich alles, was vor sich ging. Thrax unterdrückte ein Nicken. Er ahnte, worauf dies hier hinauslief.

Die Regierung der Erde war zu dem Schluss gekommen, ihre Beziehung einer ersten Eskalation zu unterziehen.

Nicht nett.

»Dies sind die Schiffspapiere der Interceptor, wie Sie im Zentralsafe des ehemaligen Hegemonie-Flottenkommandos hinterlegt waren«, bestätigte Alden Carlisles Worte, ohne es zu wissen.

»Das ist schön. Sie haben bestimmt einen gewissen Wert«, kommentierte Thrax.

»Den haben sie in der Tat. Sie dokumentieren, was Sie sicher ohnehin wissen: dass die Interceptor Eigentum der Erdregierung ist und dass wir daher mit dem Schiff verfahren können, wie wir es für richtig halten. Sie dürfen die Dokumente gerne durchsehen, falls Sie Zweifel haben.«

Thrax machte eine wegwerfende Handbewegung. »Ich zweifle nicht an dem, was Sie sagen. Was wollen Sie?«

»Wie gesagt, meine Aufgabe als Depositor ist es, Ansprüche der Regierung – auch einst verloren gegangene –

durchzusetzen. Ich gebe zu, mein Berufsstand hatte in den letzten Jahrhunderten nicht mehr so viel zu tun. Viel lästiger Kleinkram. Ich habe mich für diese Aufgabe freiwillig gemeldet. Eine Herausforderung.«

Thrax neigte den Kopf. »Ich beglückwünsche Sie dazu. Noch einmal. Was wollen Sie?«

Alden sah Thrax an, als wolle er nicht glauben, dass der Kommandant so schwer von Begriff sei. Dann seufzte er und fuhr in einem belehrenden und gleichzeitig herablassenden Tonfall fort.

»Dieses Schiff war Eigentum der Hegemonie. Die Papiere beweisen es, aber ich glaube nicht einmal, dass Sie dies bestreiten würden. Als Rechtsnachfolgerin der Hegemonie ist das Direktorium nunmehr Eigentümer. Die Interceptor gehört zur irdischen Flotte, so klein sie jetzt auch sein mag. Es ist meine Aufgabe als Depositor, das Schiff formal wieder in Besitz zu nehmen.«

Jetzt wusste Thrax, an wen Alden ihn die ganze Zeit erinnerte. An einen Geldeintreiber, der im Auftrag eines Kredithais herumlief und Gläubiger auf ihre Verbindlichkeiten … hinwies. Thrax war zufrieden mit sich selbst. Seine Instinkte waren also noch intakt.

»Eigentlich, so sehe ich das, sind ja die Hondh, wie auch immer sie sich regieren, die Rechtsnachfolger der Hegemonie«, erwiderte Skepz. »Das Direktorium existiert ja nur, wenn Sie mir gestatten, dies zu sagen, aufgrund eines Gnadenaktes unserer neuen Herren, oder?«

Alden starrte Skepz an, als könne er nicht recht verstehen, welche gewagte Behauptung sie gerade aufgestellt hatte.

Er räusperte sich.

»Das ist … natürlich gehören wir zum Herrschaftsbereich der Hondh und wenn man es genau sieht … aber die Hondh erheben außer dem Tribut keinerlei Ansprüche und überlassen es uns, wie wir … die Dinge regeln.«

Thrax nickte. Das machte die Regierung durch die Sieger so gefährlich, eingängig und so leicht zu ertragen. Wenn selbst Gestalten wie Alden, in all ihrer pompösen Art, sich nicht darüber bewusst waren, für wen sie eigentlich tätig waren, weil ihre wahren Herren endlos weit von ihnen entfernt agierten. Mit Gehilfen wie dem Depositor musste auch kein Hondh eingreifen. Warum auch? Es lief ja alles ganz von selbst. Thrax spürte Bitterkeit in sich aufsteigen.

»Was gedenken Sie mit dem Schiff zu tun?«, fragte er.

»Das entscheidet das Direktorium.«

»Was geschieht mit uns?«

»Das entscheiden Sie. Ihnen wurde eine großzügige Versorgung zuteil. Darüber hinaus können Sie selbstverständlich Ihre persönlichen Gegenstände von Bord entfernen. Dafür will ich Ihnen einen angemessenen Zeitraum geben. Darüber hinaus sind Sie verpflichtet, uns alle Codes und Zugänge zu geben. Wir werden zu diesem Zweck ein Übernahmeteam entsenden. Bis dahin dürfen Sie den Betrieb des Schiffes aufrechterhalten. Einige Tage noch, denke ich.«

»Was passiert mit Carlisle?«

»Geeignete medizinische Versorgung ist sichergestellt. Wir werden ihn behutsam abtransportieren lassen.«

Es sprach für den Navigator, dass er seine Reaktion über diese Worte nur über die Implantate seiner Schiffskameraden hörbar machte, Alden und seinen Begleitern verborgen. Das Wort, das er benutzte, demonstrierte für Thrax recht deutlich, dass »Behutsamkeit« für diese Operation nicht ausreichend sein würde.

»Nun, das ist alles ganz gut und schön«, erklärte Thrax schließlich. »Ich werde die Codes und vor allem die Befehlsgewalt über die Bord-KI übergeben, sobald dem Schiff die notwendige Admiralitäts-Autorisierung übermittelt wurde. Ohne wird das Schiff weiterhin nur der aktuell registrierten Crew gehorchen, befürchte ich.«

Alden runzelte die Stirn. Davon hatte er ganz offensichtlich noch nie gehört.

»Admiralitäts-Autorisierung?«, echote er.

»Ja. Ohne diese kann keine neue Mannschaft ein Schiff übernehmen. Sonst könnte ja allerlei Schindluder getrieben werden. Frustrierte Kämpfer etwa haben des Öfteren versucht, ihre Schiffe zu verkaufen und sich mit dem Gewinn aus dem Staub zu machen, anstatt weiter in einem sinnlosen Krieg zu kämpfen. Daher wurde diese Autorisierung eingeführt. Nur mit ihr kann eine einmal autorisierte Besatzung durch eine neue ersetzt werden. Versucht man es ohne, geht das Schiff in den Entermodus.«

»Entermodus?«

»Es tötet die Eindringlinge.«

»Tötet?«

»Oh ja. Kampfgas ist das Mittel der Wahl. Es gibt aber noch andere Methoden. Alarmstarts mit 20 g und ausgeschalteten Absorbern. Eklige Sache, besonders wenn man nachher wieder sauber machen muss.«

Vor Aldens geistigem Auge schien sich eine entsprechende Szene abzuspielen, denn er wirkte recht abgelenkt.

»Davon habe ich noch nie gehört. Und ich wurde genaustens auf meine Aufgabe vorbereitet«, ging er zum Gegenangriff über.

»Diese Dinge standen nicht in den allgemein zugänglichen Akten und Dienstanweisungen«, informierte ihn Thrax. »Das wäre doch allzu leichtsinnig gewesen.«

Er lächelte Alden verständnisvoll an. »Ich hoffe, die entsprechenden Unterlagen sind nicht verloren gegangen. Eine entsprechende Autorisierung zu generieren, bedarf einer speziellen Software. Auf die sollten Sie Zugriff nehmen.«

»Sie können der KI befehlen …«

»In diesem Falle leider nicht. Ich könnte ja die Absicht haben, das Schiff unautorisiertem Personal zu übergeben. Das mag die KI nicht.«

»Die KI muss doch verstehen, dass es die Hegemonie nicht mehr gibt!«, begehrte Alden auf.

»Oh ja. Aber der von mir beschriebene Vorgang ist eine tief in der Grundprogrammierung vergrabene Routine, die auch die KI nicht ändern kann. Sie ist hier … ein Opfer ihrer selbst. Eine Sicherheitsmaßnahme. Sie verstehen das sicher.«

Thrax breitete die Arme aus und lächelte bedauernd.

»Bringen Sie die Autorisierung, dann kann Ihnen das Schiff übergeben werden. Bis dahin, so befürchte ich, wird es letztendlich nur mich als Kommandanten anerkennen.«

Alden sah nicht so aus, als bereite ihm diese Information große Freude. Er argumentierte noch eine Weile, und das mit einem gleichbleibend freundlichen und verbindlichen Thrax, der jede potenzielle Provokation sorgsam vermied. Nach etwa zwanzig Minuten gab der Depositor auf, schloss seinen Koffer und verließ die Interceptor mehr oder weniger unverrichteter Dinge.

Skepz sah Thrax an, nachdem die Männer wieder auf ihren Gleiter zumarschierten. Ihre Augen funkelten amüsiert.

»Wilde Sache, diese Autorisierung«, sagte sie leise. »Vor allem sehr geheim. Wusste gar nicht, dass man solch ein Geheimnis so effektiv bewahren konnte. Ich habe nie davon gehört.«

Thrax sah Skepz an, und er verbarg sein Grinsen nicht gut genug vor ihrem aufmerksamen Blick.

»Ich habe auch noch nie davon gehört, Lieutenant«, sagte er schließlich und schüttelte dann mit wieder ernster Miene den Kopf.

»Das erkauft uns nur ein wenig Zeit, Skepz«, ergänzte er dann. »Alden und seine Leute werden Nachforschungen anstellen und irgendwann auf meine Lügengeschichte nicht länger hereinfallen. Dann wird er nicht mehr so zurückhaltend reagieren, sondern seine Ansprüche durchsetzen wollen.«

»Seine angeblichen Ansprüche.«

Thrax schüttelte seufzend den Kopf.

»Machen wir uns nichts vor. Er hat natürlich absolut recht. Dieses Raumschiff ist nicht unser Privatbesitz. Jetzt kann man sich über die Feinheiten streiten, ob es nun der Erdregierung direkt gehört oder eben den Hondh … aber uns ganz sicher nicht. Ich bin keine Regierung von irgendwas und möchte es auch nicht werden. Natürlich können wir furchtbare Schwierigkeiten machen, aber am Ende werden wir klein beigeben müssen.«

»Dann wären wir wirklich heimatlos«, murmelte Skepz.

Thrax sah sie schief an.

»Du bist auf der Erde.«

»Ich habe nicht das Gefühl, dass hier meine Heimat ist.«

»Wir sind doch noch gar nicht lange genug da, um das erkennen zu können.«

Skepz schüttelte den Kopf.

»Ich weiß genug. Lass uns herausfinden, was es herauszufinden gilt, und dann starten wir und verschwinden. Wir suchen die Exemptor. Wir suchen nach einer Chance, etwas Sinnvolles mit uns und dem Schiff anzustellen. Hier versauern wir in der … Gleichgültigkeit.«

»Alden hat auf mich keinen sonderlich gleichgültigen Eindruck gemacht.«

»Du weißt, was ich meine.«

Thrax wusste es in der Tat.

»Also abhauen.«

»Ich bin dafür, Captain«, hörten sie Carlisles Stimme in ihren Köpfen. »Jederzeit startbereit.«

Thrax nickte.

»Die Ereignisse beschleunigen sich. Wir müssen uns beeilen.«

»Beeilen womit?«

Der Kommandant sah Skepz lange an, ehe er endlich antwortete.

»Mit allem. Mit allem.«

Roarke zog die Jacke etwas fester um seinen Körper. Der Wind war über Nacht kälter geworden und schnitt durch seine Kleidung mit einer Intensität, die gestern noch nicht zu erwarten gewesen war. Er unterdrückte ein Zittern, gab sich aber keine Mühe, nicht allzu genervt auszusehen. Tatsächlich strengte er sich an, einen eher frustrierten Eindruck zu hinterlassen. Intensive Frustration brachte die Menschen dazu, seltsame Dinge zu tun, nur um sich irgendwann einmal besser zu fühlen.

Dem Hondh-Kult beizutreten fiel sicher unter diese Kategorie, obgleich es im Grunde nichts war, was man als besonders seltsam bezeichnen konnte. Die Kirche der Alien-Anbeter hatte viele Millionen Gefolgsleute. Sie gehörte noch nicht zu den Weltreligionen, aber sie war mehr als eine bloße Sekte, die hausierend an den Türen vorbeizog und für ihre seltsamen Vorstellungen eher belächelt wurde. Sie wurde auch von jenen ernst genommen, die ihre Grundsätze nicht teilten. Es war somit eine recht starke Gemeinschaft, die sich nicht zuletzt aufgrund ihrer spezifischen Glaubensinhalte freundlicher Unterstützung durch die Erdregierung erfreute. Sonst hätte sie auch gewiss nicht allerbestes Bauland im Zentrum von Beijing erhalten, um dort ihren großartig-hässlichen Kultbau zu errichten, mitten in einem Park. Roarke hatte die Anweisungen Lachweylers verinnerlicht und versuchte, sich genau daran zu halten. Er hatte die Visualisierungen der Implantatdaten des Mannes intensiv studiert. Sie waren alles mehrfach durchgegangen. Roarke war bei dieser Mission auf sich allein gestellt, denn selbst das einfachste Besatzungsmitglied der Interceptor war dermaßen aufgecybert, dass es von den Aufpassern der Kirche schnell identifiziert und herauskomplimentiert worden wäre.

Roarke war völlig clean. Ihm sollte man den Zugang nicht verwehren. Er musste nur überzeugend »auf der spirituellen Suche« sein, damit man ihm erlaubte, sich langsam dem eigentlichen Ziel seiner Mission entgegenzuarbeiten.

Seine rechte Hand steckte in der Manteltasche und umkrampfte den eiförmigen Gegenstand darin, das einzige, derzeit völlig passive Mitbringsel von der Interceptor. Er wusste nicht genau, worum es sich dabei handelte, aber er war darin instruiert worden, wie es zu benutzen war.

Roarke hatte für kurze Zeit überlegt, ob er einige seiner Freunde im Verein der Freien in die ganze Sache einweihen sollte, sich aber letztlich dagegen entschieden. Es brachte nichts, andere unnötig in eine Sache hineinzuziehen, die gewaltig schiefgehen könnte. Je weniger Leute involviert waren, desto besser für alle. Lachweyler hatte ihm zugestimmt.

Am Ende ihrer Besprechung hatte sich Roarke die Bitte abgerungen. Er hatte sie mit leiser Stimme vorgetragen, fast schüchtern. Wenn alles getan sei, so hatte er gesagt, und die Mannschaft der Interceptor sich entschließe, die Erde zu verlassen, dann könne man ihn doch mitnehmen. Bitte.

Lachweyler hatte nichts versprechen können, dem Kommandanten jedoch die Bitte vortragen wollen. Aber dann, nach kurzem Zögern, hatte er Roarkes Hand ergriffen und ihm zugesichert, alles in seiner Macht Stehende zu tun, um ihm diese Bitte zu erfüllen. Thrax werde wenig dagegen vorbringen können. Wenn dies gelang – selbst wenn es daneben ging! –, stünde man in Roarkes Schuld. Und der Kommandant sei ein ehrenhafter Mann.

Die Hoffnung auf eine positive Antwort gehörte zu den Gefühlen, die Roarke nun antrieben, alles ganz richtig zu machen.

Das wäre dann sein Ticket.

Er betrat die heiligen Hallen mit angemessen bedrückter Miene. Einige Minuten hielt er sich am Infostand im Vorraum auf, ließ sich einen Datenwürfel mit Präsentationen und heiligen Texten geben, Letztere, so wurde reklamiert, direkt durch den derzeit anerkannten Propheten von den Hondh gechannelt. Warum die so schweigsamen und geheimniskrämerischen Aliens ausgerechnet einen menschlichen

Propheten dazu benutzten, mit ihren Untertanen in Kontakt zu treten, obgleich dies doch anders so viel einfacher war, hinterfragte hier offenbar niemand. Auch Roarke hütete sich, allzu kritische Nachfragen zu stellen, und versuchte eher, gehörig beeindruckt auszusehen, ja eifrig und interessiert, ein potenzieller neuer Gläubiger, der seine zögerlichen ersten Schritte auf dem Pfad der Erleuchtung tat. Der Hondhist, der mit ihm sprach, schien jedenfalls überzeugt. Er war von penetranter Freundlichkeit. Sein Lächeln hatte etwas Süßliches, so schlimm, dass Roarke befürchtete, schon vom Anblick Zahnschmerzen zu bekommen. Bald, so wurde ihm mitgeteilt, würde sich die Kongregation zur abendlichen Zeremonie treffen, und wenn er Interesse habe, sei er natürlich herzlich eingeladen. Roarke heuchelte dieses Interesse und damit war der Hondhist zufrieden, wahrscheinlich in der vermeintlichen Sicherheit, der Herde ein neues Schäfchen zugeführt zu haben.

Er betrat den großen Saal. Lachweyler hatte ihn detailreich beschrieben und die Simulationen waren sehr überzeugend gewesen. Roarkes Blick fiel unmittelbar auf die Türen im hinteren Teil, unscheinbar und leicht zu übersehen, dennoch das eigentliche Ziel seiner Mission. Diesem konnte er sich aber nur mit Behutsamkeit nähern. Er wanderte mit andächtiger Miene durch die Sitzreihen und tat, als wolle er die Atmosphäre in sich aufnehmen. Er beobachtete die Anwesenden. Es waren einige wenige Gläubige, die im Gebet versunken waren, und ein Priester, der möglicherweise die angekündigte Zeremonie vorbereitete, da er auf einer Art Altar Gegenstände zurechtrückte, die wahrscheinlich eine Bedeutung für den Ritus hatten. Roarke hatte keinesfalls die Absicht, diesem Hondhdienst beizuwohnen, gleichzeitig aber musste er aufpassen, dass möglichst niemand – vor allem nicht der Priester – ihn im Auge hatte, wenn er versuchen würde, die rückwärtige Tür zu öffnen, die er im Blick hatte. Stimmten die Aufzeichnungen von Lachweylers Implantaten, war sie nicht besonders gesichert. Und wenn, dann würde das kleine Metallei in seiner rechten Hand sich schon darum kümmern, jedenfalls war ihm dies zugesichert worden. Roarke wusste nicht, was er sich genau darunter vorzustellen hatte, aber er war in einem Haus des Glaubens, also tat er, was hier nur zu angemessen war: Er glaubte.

Als er eine der Sitzreihen unweit seines Ziels betreten hatte, setzte er sich hin und bewunderte die große Sternenprojektion mit den seltsamen Symbolen, die diese Halle dominierte. Er konnte sich dem Einfluss dieses geschickt komponierten Bildes nicht entziehen. Wer auch immer dafür verantwortlich war, hatte es vollbracht, Erhabenheit, Größe und gleichzeitig ein Gefühl von Vertrautheit in die Darstellung einzuarbeiten. Wer sich dies ohne jede Überlegung oder kritische Distanz anschaute – etwa jemand, der wirklich auf der Suche nach einem spirituellen Neuanfang war und nicht wie Roarke nur so tat –, würde gehörig beeindruckt sein. Auch Roarke erkannte die Qualität und die Ausstrahlung ohne Weiteres an. Es half ihm, sich auf den letzten Schritt vorzubereiten, denn er konnte aus den Augenwinkeln die Gestalt des Priesters beobachten, der nunmehr mit seinen momentanen Tätigkeiten zum Ende gekommen war und sich abwandte. Ohne auch nur einen Seitenblick auf den verträumt dasitzenden Roarke zu werfen, ging er gemessenen Schrittes an diesem vorbei. Roarke kratzte sich am Hals und drehte dabei den Kopf. Der Priester ging in Richtung Vorraum, möglicherweise, um noch etwas zu holen, dessen er für die anstehende Zeremonie bedurfte.

Roarke vergewisserte sich, dass die wenigen sonst noch Anwesenden in Kontemplation versunken waren, sodass sie seine weiteren Bewegungen aller Wahrscheinlichkeit nach ignorieren würden.

Er kam zu dem Schluss, dass dieser Zeitpunkt der beste wäre, um seinen Plan in die Tat umzusetzen.

Roarke erhob sich, recht langsam, um niemandes Aufmerksamkeit auf sich zu ziehen. Zwei Schritte brachten ihn der Tür näher, und er drückte die Sensorplatte. Ein Vibrieren zeigte, dass er über die falschen Fingerabdrücke verfügte. Ehe er sich etwas überlegen konnte, machte es Klick und die Tür öffnete sich. In seiner Manteltasche vibrierte es ebenfalls kurz. Was auch immer Ingenieur Spoon ihm da mitgegeben hatte, es funktionierte.

Roarke huschte hinein, zog die Tür hinter sich zu. Er stand in einem Aufenthaltsraum, an der Wand befand sich ein Schrank, halb offen, darin Priestertuniken und allerlei Utensilien. Gegenüber hing ein großer Spiegel. Alles sehr schmucklos. Eine weitere Tür führte tiefer ins Gebäude. Roarke zögerte nicht lange, durchmaß den Raum, öffnete den Zugang, diesmal ohne die Hilfe seines Mitbringsels, und wurde durch Dunkelheit begrüßt. Seine Hand tastete die Wand entlang, fand den Sensor, der auf seine Berührung reagierte. Licht. Eine Treppe, die hinabführte, augenscheinlich ein ziemliches Stück weit. Roarke machte den ersten Schritt, lauschte, hörte nichts, dann einen zweiten, begann, die Stufen hinunterzuhuschen, immer wieder innehaltend. Seiner Schätzung nach ging die Treppe gut zehn Meter in die Tiefe, und als er am Fuß angekommen war, stand er vor einer weiteren Tür, diesmal aus Metall, und seitlich davon befand sich die Wölbung einer ganz offensichtlich komplexeren Sicherung.

Was auch immer er hier suchte, er würde es dahinter finden, davon war Roarke überzeugt.

Er holte das Ei hervor, drehte es unschlüssig in den Händen. Eben hatte es automatisch funktioniert. Er hielt es gegen die Wölbung. Keine sichtbare Reaktion, doch fühlte er, wie das Ei seine Kühle verlor und sich aufwärmte. Was auch immer für ein Mechanismus oder Prozessor darin enthalten war, er war beschäftigt. Roarke wappnete sich mit Geduld, hielt das Ei ruhig, immer in der Nähe der Wölbung – ob das nötig war, wusste er auch nicht, aber schaden konnte es nicht –, und wartete. Es dauerte eine gefühlte Ewigkeit, bis die Tür sich mit einem sanften, schmatzenden Geräusch öffnete. Roarke fühlte sich gedrängt, war ungeduldig. Er ahnte instinktiv, dass seine Zeit hier unten begrenzt war und er sich sputen sollte.

Er betrat ein unterirdisches Gewölbe von beachtlichen Ausmaßen. Die Tür führte zu einer Galerie aus Metallgitter, mit einem Geländer, an dem er sich unwillkürlich festhielt, als er weitere gute zwanzig Meter in die Tiefe starrte. Mitten im Gewölbe stand ein großes, konisch geformtes Gerät. Energieleitungen – zumindest hielt Roarke sie dafür – verbanden es mit den Wänden. Er lauschte und vernahm ein sehr, sehr leises Summen. Das Gerät war vollständig verkleidet, fugenlos und von mattgrauer Farbe. Roarke hatte keine technische Ausbildung genossen, aber er war sich ziemlich sicher, so eine Anlage noch nie zuvor gesehen zu haben. Sein suchender Blick fand weder Kontrolltafel noch sonst irgendwelche Armaturen, keine Schirme oder Anzeigen, Betriebslichter, gar nichts. Das Ding, selbst gut acht Meter hoch und im Durchmesser reichlich drei Meter an der dicksten Stelle, stand einfach so da.

Es war auch sonst niemand im Raum, Roarke war allein.

Er wanderte die Galerie entlang, bis er an eine weitere Treppe stieß, die auf den Boden führte. Mit größerem Mut und weniger Vorsicht kletterte er hinab und stand schließlich vor dem Gerät, legte den Kopf in den Nacken und betrachtete es von allen Seiten, ohne dass sich daraus für ihn neue Erkenntnisse ergaben.

Er hatte es einmal umschritten, dann kam er zu dem Schluss, dass er auf diese Art und Weise keine weiteren Einsichten erlangen würde. Er tat das, was man ihm aufgetragen hatte, holte das Ei erneut hervor, fasste es mit beiden Händen an und drehte die eine Hälfte sanft gegen die andere. Es gab ein fast unhörbares Klicken, als sich die Hälften voneinander lösten. Er nahm die eine, suchte eine geeignete, im Schatten liegende Stelle unten am Fuß des Geräts, für den zufälligen Beobachter so gut wie nicht einsehbar, und drückte sie mit der flachen Seite gegen die Oberfläche. Er sah interessiert zu, dass das halbe Ei sofort die Farbe des Dings annahm, mattgrau, und nun mit bloßem Auge nur noch zu erkennen war, wenn man ganz genau wusste, dass es dort angebracht war.

Die andere Hälfte steckte er wieder in die Tasche, wie ihm aufgetragen worden war.

Sein Werk war vollbracht.

Zeit zu gehen.

Roarke ging zurück zur Treppe, stieg zur Galerie empor.

Als er oben angekommen war, öffnete sich die Tür, die hoch zum Gebäude führte.

Roarke blieb wie angewurzelt stehen. Er musste sich nicht umsehen, um zu wissen, dass es für ihn hier kein Versteck gab. Die Wand war fugenlos. Er war kein Superagent, der sich über das Geländer schwingen konnte – mal abgesehen davon, dass man ihn trotzdem gut sehen würde, wie er da albern in der Luft baumelte.

Es war zu spät – und wäre zu laut – die Metalltreppe wieder herunterzurennen und sich hinter dem Ding zu verbergen.

Also holte Roarke tief Luft und blieb einfach stehen.

Aus der Tür trat ein Hondhist, angetan mit seiner Priestertunika. Er schien in Gedanken versunken zu sein, sodass er Roarke auf den ersten Blick gar nicht erkannte. Dann sah er auf, seine Augen weiteten sich vor Erstaunen und Unverständnis und er blieb unvermittelt stehen.

Roarke tat nichts, um den Mann zu provozieren. Er hob lächelnd die Hände, zeigte, dass sie leer waren, er keine Waffe trug. Dann sagte er laut in die Luft:

»Sie haben mich!«

Er fühlte, wie das halbe Ei in seiner Tasche warm wurde und ein Zischen abgab. Diesmal wusste Roarke, was passiert war. Das Gerät verformte sich zu einem nutzlosen Klumpen

Metall, der dabei die Gestalt eines kleinen Tiers annahm, wie ein Talisman oder ein Anhänger. Ein sinnloses Schmuckstück, das jemand aus alter Gewohnheit mit sich trug, vielleicht, weil ein Kind es ihm einst geschenkt hatte, das nunmehr von ihm erwartete, es jederzeit vorzeigen zu können. Was man eben so tat und nicht mehr unterließ.

Roarke hatte das Risiko gekannt und war es sehenden Auges eingegangen.

Der Priester hob einen Kommunikator an seinen Mund.

»Hier ist Tulak. Wir haben einen Eindringling beim Generator. Verständigen Sie das Sicherheitsministerium.«

Roarke vermeinte, eine knappe Bestätigung zu vernehmen. Er blieb abwartend stehen.

Der Priester schaute ihn aus zusammengekniffenen Augen an. Er trug wohl auch keine Waffe, andererseits schien er nicht gewillt, Roarke einfach gehen zu lassen. Ehe dieser eine Entscheidung treffen konnte, wurden weitere Schritte hörbar.

Drei Personen – ein Mann, zwei Frauen – traten auf die Galerie, zwei von ihnen trugen die Uniform eines Sicherheitsdienstes und hielten Schockstäbe in den Händen. Damit war die Sache erledigt.

Roarke entspannte sich und hoffte, er würde nicht allzu viel ausplaudern, ehe die Besatzung der Interceptor die Daten des angeklebten Geräts auswerten konnte. Hoffentlich blieb auch genügend Zeit und Gelegenheit, mit dem Raumschiff zu verschwinden. Es würde nicht lange dauern, bis man die Verbindung zwischen ihm und der Interceptor knüpfte.

Sicherheitsministerium, hatte der Priester gesagt.

Generator.

Roarke schaute auf das Gerät hinab, als ihn die Sicherheitsleute in ihre Mitte nahmen.

Ein Generator?

Ein Generator für das Feld.

Roarke atmete tief ein, als er an den Armen ergriffen wurde. Er schaute hinunter auf das Gerät.

Ein schönes Heiligtum war das.

»Sie haben ihn erwischt«, murmelte Lachweyler, der zusammen mit Thrax und Skepz auf der Brücke saß – Carlisle gehörte zum Inventar, niemand zählte ihn mit – und die Operation verfolgte. »Wenn sie es hochnotpeinlich machen, wird er schnell alles erzählen und dann haben wir die Cops auf der Pelle.«

»Ruhig bleiben«, ordnete Thrax an. »Hast du einen Datenfeed?«

»Ja, klar und deutlich. Es gibt eine leichte Abschirmung, aber die kann gegen unsereins nichts ausrichten. Ich bekomme allerlei wirres Zeugs. Die KI knabbert schon daran.«

»Lass Spoon auch knabbern.«

Ein milder Warnton ertönte.

»Captain, die Interceptor ist startbereit«, kommentierte Carlisle. Trotz des geschäftsmäßigen Tons konnte er eine gewisse freudige Erwartung in seiner Stimme nicht unterdrücken. Carlisle fieberte dem Start förmlich entgegen.

Thrax nickte. Die gesamte Mannschaft hatte sich an Bord eingefunden. Und sie würde auch an Bord bleiben, jedenfalls hatte er nach dem kurzen Briefing diesen Eindruck gewonnen. Das hieß nicht, dass nicht irgendwann noch jemand abspringen würde – draußen, jenseits des Hondh-Raumes, auf einer freundlichen Gastwelt mit vielen menschlichen Kolonisten. Aber hier und jetzt waren alle an Deck, und Thrax empfand dies als ungemein beruhigend.

»Können wir etwas für ihn tun?«, fragte Lachweyler. »Er hat einiges riskiert.«

»Er hat es riskiert, korrekt. Wir haben ihn vorher gewarnt«, erwiderte Skepz. »Er muss selbst zurechtkommen.«

Lachweyler sah sie an, und sein Blick enthielt keine Begeisterung.

»Wir sind nicht im Krieg. Er ist kein vertretbarer Verlust.«

Skepz erwiderte seinen Blick mit Kälte. »Doch, wir sind im Krieg. Machen wir uns nichts vor. Und mit dem, was er gewagt hat, war er ein Kombattant. Ich bin mir ziemlich sicher, dass er das auch gewusst hat.«

Lachweyler entgegnete nichts. Er fragte sich, ob Skepz – die kein Jahr älter war als er – tatsächlich so abgebrüht war oder ob sie auf diese Art und Weise nur damit umging, dass sie gerade ihren einzigen echten Verbündeten auf dieser Welt ins Messer hatten laufen lassen – freiwillig oder nicht.

»Wir behalten den Luftraum und den Raumhafen im Blick«, ordnete Thrax an und warf Lachweyler einen langen Blick zu. »Ich bin unten bei Spoon.«

Er verließ die Brücke und eilte hinunter in den Maschinenraum, wo er Spoon mit den eintreffenden Daten beschäftigt wusste. Als er eintraf, sah der Ingenieur nicht einmal auf, sondern wedelte nur mit einer Hand, um Thrax herbeizurufen.

»Das ist es«, sagte er dann. »Lachweylers Instinkt war goldrichtig. Die Daten sind eindeutig. Ich bin mir über das Prinzip noch nicht ganz im Klaren, aber das Ding da unten ist ein Generator, und ein starker dazu. Die Strahlung, die er aussendet, ist überall nachweisbar. Wenn du mich fragst, werden wir keinen Ort auf der Erde finden, auf dem sie nicht vorkommt, sei es, weil es weitere Generatoren oder Verstärker gibt, oder sei es, weil die Erde selbst nicht abschirmend funktioniert und das generierte Strahlungsfeld sich wie eine Blase ausbreitet und den ganzen Planeten umfasst. Sobald wir starten, werde ich das ausmessen können.«

»Wenn wir starten.«

»Sobald. Verarsch mich nicht!«

Thrax hockte sich neben Spoon an die Kontrollen.

»Was macht dieses Feld?«

»Ich weiß es noch nicht. Aber sie würden nicht so einen Aufwand betreiben und es gleichzeitig so verstecken, wenn es nicht wichtig wäre. Wenn wir Lachweylers Theorie folgen, dann ist diese Strahlung für das seltsame Verhalten der Menschen verantwortlich.«

»Ich will, dass du Shirwa in die Analyse einbindest. Das könnte ihr Fachgebiet betreffen.«

Spoon hob den Kopf und warf Thrax einen etwas verächtlichen Seitenblick zu.

»Würdest du aufpassen, hättest du längst bemerkt, dass sie alles live mitbekommt. Sie sitzt in der Krankenstation und brütet über dieser Scheiße genauso intensiv wie wir alle. Möglicherweise kommen wir sogar zu ordentlichen Ergebnissen, wenn wir nicht dauernd unterbrochen werden.«

Thrax hatte den subtilen Hinweis sofort verstanden und erhob sich. Er verkniff sich den ebenso selbstverständlichen wie rituellen Hinweis darauf, dass man ihn bei Neuigkeiten sofort informieren möge, und marschierte wieder zurück zur Brücke.

»Und?«, fragte er, nachdem er sie wieder betreten hatte.

»Alles ruhig. Sie werden Roarke erst einmal in die Mangel nehmen und dann in Ruhe die nächsten Schritte besprechen. Ein paar Stunden haben wir sicher noch«, meinte Skepz.

»Aber auch dem Raumhafenpersonal wird nicht entgangen sein, dass wir alles hochgefahren haben«, meinte Thrax. »Haben die sich schon gemeldet?«

»Kein Mucks.«

»Keine Anfrage, nichts?«

»Gar nichts.«

Thrax seufzte. »Ich befürchte, die paar Stunden bleiben uns nicht, Skepz. Die wollen uns in Sicherheit wiegen und bereiten irgendeine Sauerei vor. Carlisle, du behältst den Finger auf dem Startknopf.«

»Ich bin jederzeit bereit. Das Mädchen kann losdüsen, sobald du es sagst. Ich möchte das beknackte Polizeiboot sehen, das uns aufhält.«

»Denk dran, dass wir noch ein Päckchen abholen müssen, ehe wir dieses System endgültig verlassen«, erinnerte ihn Thrax. »Ich will nicht nackig verschwinden. Ich will die Waffensysteme zurück. Das kostet uns Zeit.«

Carlisle stieß ein Grunzen aus. Das war etwas, an das er offensichtlich nicht gedacht hatte.

Thrax starrte auf den Monitor, der das Bild der Außenkameras zeigte. Es war später Nachmittag. Der Raumhafen lag da wie ausgestorben. Es war alles verdächtig ruhig.

Thrax fühlte sich unwohl.

So hatte sich Roarke ein Vernehmungszimmer nicht vorgestellt. Er saß auf einer weißen Ledercouch, die sich seinem Körper perfekt anpasste und ein höchst beglückendes Sitzgefühl vermittelte. Auf einem gläsernen Rauchtisch standen Erfrischungen, nichtalkoholische Getränke – der Orangensaft war sogar frisch gepresst und kam garantiert nicht aus einem Nahrungsmittelautomaten. Das große Fenster zeigte ein wunderbares Panorama der City von Beijing. Die Gemälde an der Wand waren auserlesen und geschmackvoll, zumindest soweit Roarke das beurteilen konnte. Der Teppich auf dem Fußboden wob ein interessantes, farbenfrohes Mosaik, in dessen Betrachtung man sich verlieren konnte.

Außerdem trug Roarke keine Fesseln. Man hatte ihn mit einer gewissen Höflichkeit aus dem Gebetszentrum der Hondhisten begleitet, nachdem er von den Sicherheitsleuten einigen Männern in unauffälligen Geschäftsanzügen übergeben worden war. Niemand hatte ein Wort mit ihm gewechselt, was Roarke als beunruhigend empfunden hatte. Tatsächlich war es exakt diese Tatsache, die ihn jetzt immer wieder nervös aufstehen und rastlos das Panoramafenster entlangspazieren ließ. Keine Vorwürfe. Keine Handgreiflichkeiten. Keine Wut. Nichts.

Sie hatten ihn kurz durchsucht, gut. Aber das schien ihm eher eine Formalität gewesen zu sein. Wahrscheinlich hatten diverse Scanner sofort gezeigt, dass er außer seinen wenigen privaten Habseligkeiten – die man ihm auch nicht abgenommen hatte – nur einen kleinen Metalltalisman bei sich trug, aus massivem Metall, völlig ungefährlich und langweilig,

Auch den fühlte er noch in seiner Tasche. Er ertappte sich dabei, wie er ihn bisweilen in die Hand nahm, als ob es wirklich ein Glücksbringer sei.

Roarke war nicht verbittert. Etwas traurig vielleicht, natürlich nervös. Aber er fühlte sich nicht schlecht. Er hatte das Richtige getan. Da unten ging etwas nicht mit rechten Dingen zu, das war klar geworden. Der Einsatz hatte sich gelohnt, wenn die Crew der Interceptor mit seinen Daten etwas anfangen konnte – vor allem wenn die zweite Hälfte des Eis immer noch ihre Arbeit tat.

Natürlich würde man ihn früher oder später verhören. Und er würde, je nach angewandter Methode, irgendwann alles auspacken. Spätestens dann würde man das Gerät finden und unschädlich machen. Hoffentlich zu spät, so spät, dass Lachweyler und Spoon bereits alles erfahren hatten, wonach sie suchten.

Roarke würde zu gerne ihre Schlüsse erfahren, die sie gezogen hatten.

Er bezweifelte, dass er jemals eine Chance bekommen würde, sich diesen Wunsch zu erfüllen.

Er sah auf, als sich die Tür öffnete. Ein Mann trat ein, gedrungen, mit kraftvollen Bewegungen. Sein asiatisch wirkendes Gesicht war ausdruckslos. Roarke würde aus diesem Antlitz keine Rückschlüsse auf sein weiteres Schicksal ziehen können.

Der Mann setzte sich in einen der Sessel, nahm sich ein Glas und goss Orangensaft ein, bis zum Rand. Erst dann sah er Roarke auffordernd an, führte das Glas zum Mund und trank.

Roarke setzte sich.

»Nehmen Sie nichts?«, wurde er gefragt.

»Nein.«

»Kein Durst? Hunger vielleicht? Ich kann Sandwiches bringen lassen.«

»Nein.«

»Hm.«

Der Mann leerte sein Glas in einem letzten Zug und stellte es ab, betrachtete es für einen Moment, wie es da auf dem Rauchtisch stand.

»Mein Name ist Bi Rong.«

Roarke war der Name geläufig. Ein Bi Rong war Mitglied im Direktorium. Sicherheit, wenn er sich recht entsann. Passend also.

»Meinen Namen kennen Sie«, erwiderte er dabei und merkte zu seinem Leidwesen, dass die Antwort etwas zittrig rauskam.

Bi Rong nickte. »Ihren Namen und mehr.«

Roarke begann, seine Hände ineinander zu verschränken und zu kneten. Er wusste nichts zu erwidern.

»Sie machen sich Sorgen«, stellte der Sicherheitsminister fest.

»Sollte ich nicht?«

»Was befürchten Sie?«

»Ich bin einem Geheimnis auf die Spur gekommen.«

»Ah, das.«

Bi Rong gestattete sich ein knappes Lächeln.

»Was genau haben Sie herausgefunden?«

»Da steht ein Gerät unter dem Gebetshaus der Hondhisten. Es ist dafür verantwortlich, dass …«

Bi Rong sah ihn auffordernd an, als seine Stimme versagte. Roarke hatte natürlich seine Vermutungen, was dieses Ding verursachte, aber das war nur sein eigener Schluss

– basierend auf den Vermutungen der Leute von der Interceptor.

»Ja?«

»Für … es verursacht das seltsame Verhalten.«

»Ah. Das seltsame Verhalten.«

»Die … Unterwürfigkeit …«

»Loyalität«, erwiderte Bi Rong. »Loyalität ist das Wort, nach dem Sie suchen.«

»Ja? Ich bin mir nicht sicher.« Roarke fühlte sich jetzt etwas mutiger. Bi Rong schien nicht die Absicht zu haben, ihn sofort in seine Folterkeller zu schicken.

»Ich halte es für den richtigen Begriff. Was an Loyalität ist seltsam?«

»Wenn sie nicht freiwillig ist … und wenn man sich ihrer Quelle nicht bewusst ist … und sich dann um Dinge windet, ganz normale Gesprächsthemen, ohne eigentlich zu wissen, warum … das ist seltsam.«

Bi Rong neigte den Kopf. »Von Ihrer Warte aus verständlich. Aber für mehr als 99 Prozent der Menschheit – und damit meine ich nicht nur die auf dieser Welt – ist es normal. Ich sage Ihnen, wer seltsam ist, Roarke: Sie sind es!«

Keine Antwort. Roarke schwieg. Es war besser so, da er spürte, wie dieses alte, vertraute emotionale Gemisch in ihm wieder aufstieg, Wut und Hilflosigkeit. Er erinnerte sich an schlaflose Nächte, in denen er sich doch genau das gewünscht hatte: normal zu sein, so zu denken und zu handeln wie alle anderen, sobald das Gespräch auf die Hondh kam, die Welt außerhalb ihres Herrschaftsbereiches und die Art ihrer Macht. Dann könnte er sich endlich darauf konzentrieren, ein Leben zu führen, statt ständig diese Zweifel mit sich herumzutragen, die Erkenntnis, dass es etwas falsch war – aber nur was?

Roarke war nicht wie manch anderer aus dem Verein der Freien dem Alkohol verfallen oder anderen Drogen, die halfen, dieses Anderssein eine Weile vergessen zu machen. Er blieb nüchtern. Und oft wach, die ganze Nacht.

»Sie wissen, wovon ich rede, Roarke«, kommentierte Bi Rong, der ihn aufmerksam und nicht einmal unfreundlich beobachtet hatte. »Ich sehe es Ihnen an.«

»Warum?«, brachte Roarke heraus. Er meinte damit nicht Bi Rongs letzte Bemerkung, und es sprach für die Auffassungsgabe und das Einfühlungsvermögen des Ministers, dass er das auch sofort merkte.

»Es rettet unser aller Leben«, erwiderte der Mann. »Wenn wir das Mentalfeld nicht hätten, würden die Hondh eine andere Art von Herrschaft ausüben, gegen die wir uns dann noch mehr auflehnen würden.«

»Mentalfeld?«

»Ja. Die Details sind nicht wichtig. Es erzeugt auf subtile Art Loyalität.« Er hielt inne. »Bei den meisten jedenfalls.«

Bi Rong erhob sich und wanderte zum Panoramafenster, um einen Blick hinauszuwerfen.

»Vor 500 Jahren«, erklärte er, »als die Hondh ihre Herrschaft über die Erde etabliert hatten, errichteten sie den Mentalfeldgenerator. Er wurde seitdem zweimal verlegt, an seinem jetzigen Standort ist er seit gut 220 Jahren. Mit jeder Generation, die unter dem Einfluss des Mentalfeldes aufwuchs, verringerte sich der Anteil jener, die sich als immun erweisen. Heute sind kaum noch welche übrig. Sie sind eine große Ausnahme, Roarke, Sie und Ihre Leidensgenossen.«

Er sah Roarke an.

»Sie leiden doch darunter, oder? Seien Sie ehrlich: Hat es Ihnen Freude und Erfüllung gebracht, frei denken zu können? Wäre Ihr Leben nicht besser verlaufen, wenn Sie wie wir alle gewesen wären?«

Roarke erwiderte nichts.

»Sie arbeiten in einer kleinen Firma als Sachbearbeiter. Außer Ihnen sind da vielleicht noch ein Dutzend Kollegen. Ein intelligenter Mann, der alberne Verwaltungsarbeit für eine mittelmäßige Unternehmung durchführt. Dabei steckt doch mehr in Ihnen. Ihre Noten in der Schule waren ausgezeichnet. Sie hätten studieren können. Doch als Sie so weit waren, war es auch schon zu spät. Selbsterkenntnis kam dazwischen und band Ihre Kräfte. So wurden Sie, was Sie sind – und wissen genau, dass so sehr viel mehr drin gewesen wäre.«

Bi Rong wandte seinen Blick nicht ab.

»Es ist doch so, oder?«

»Was wollen Sie von mir?«, krächzte Roarke unwillig. Er vermied es, den Sicherheitsminister anzusehen. »Sie scheinen alles zu wissen. Was soll mit mir geschehen?«

»Ah ja, natürlich.«

Der Mann kehrte zu seinem Sessel zurück und faltete die Hände.

»Das entscheiden doch Sie, Roarke.«

»Ich entscheide hier noch etwas? Ich bin Ihr Gefangener.«

»Sie haben eine etwas falsche Vorstellung. Welchen Zweck sollten wir denn mit Ihrer dauerhaften Gefangennahme verfolgen? Die Hondhisten könnten Sie des Hausfriedensbruches bezichtigen, was sie aber nicht tun werden. Niemand ist daran interessiert, Aufsehen zu erregen.«

»Die Hondhisten … die gehören zu Ihnen?«

Bi Rong lächelte. »Eigentlich nicht. Wir haben ein sehr altes Arrangement, und das zu unserem beiderseitigen Vorteil. Sie haben ein Artefakt ihrer Götter ganz nahe bei sich und wir einen sicheren und sehr passenden Ort für den Generator. Aber das Sicherheitsministerium ist keine Religion. Ansonsten tun die Hondhisten, was sie für richtig halten. Wir kümmern uns allein um die Integrität des Generators. Und das aus einem großen Egoismus heraus. Wir wollen nämlich nicht, dass sich diese Götter allzu intensiv um uns kümmern. Wir sind froh, dass sie sich zurückhalten. Sind Sie darüber nicht auch froh, Roarke?«

»Was geschieht mit mir?«, insistierte dieser.

»Sie werden befragt. Es wird Ihnen niemand Schmerz zufügen. Und es geht ohnehin nur um Details. Dann werden

Sie entlassen und dürfen Ihr Leben weiterleben. Ich habe den Eindruck, dass das Strafe genug für Sie sein wird. Sie sind ein intelligenter Mann. All dies zu wissen und es letztlich mit niemandem teilen zu können – oder nur mit jenen, die alledem genauso hilflos gegenüberstehen wie Sie –, muss für Sie schrecklich sein.«

Bi Rong sprach, als würde es ihm ehrlich leidtun.

»Sie sind doch offenbar auch frei, sonst könnten Sie nicht über all das so unbefangen reden«, sagte Roarke. »Sie unterwerfen sich also freiwillig.«

»Nein, ich bin loyal.«

»Aus eigenem Antrieb.«

»Ich bin im Mentalfeld aufgewachsen und nicht immun. Ich bin seit meiner Empfängnis loyal. Aber ich weiß um die Zusammenhänge und verfüge über … Modifikationen, die es mir ermöglichen, auf sehr konzentrierte Art Dinge zu diskutieren, denen andere ausweichen.«

»Implantate.«

»Ja, die helfen.«

»Sie könnten die Menschen also schon befreien – oder ihnen zumindest bewusst machen, was um sie herum geschieht.«

»Ja, unter erheblichem Aufwand. Aber wozu?«

Roarke suchte nach Worten. »Um … frei zu sein.«

»Alle sind frei. Unsere Gefängnisse sind leer. Jeder kann tun und lassen, was er will, solange er nicht mordend und brandschatzend durch die Straßen zieht. Welche Freiheit wollen Sie denn noch?«

Roarke schloss seine Augen. Warum führte dieser Mann eine solche Diskussion mit ihm?

»Sie geben mir also die … Freiheit.«

»Ja. Und Sie werden nicht bestraft, zumindest nicht von uns. Was Sie sich selbst antun …« Bi Rong zuckte mit den Schultern. »… ist Ihre Freiheit. Die wollen Sie doch.«

»Sie sagten eben, die Gefängnisse seien leer«, murmelte Roarke. »Aber das stimmt nicht.«

»Nein? Ich habe einen guten Überblick. Ein paar Kriminelle, gut, aber letztlich …«

»Sie verstehen nicht«, unterbrach ihn Roarke. »Das Gefängnis ist bis zum Rand gefüllt.«

Der Sicherheitsminister sah ihn nur fragend an.

»Es ist voll und ich will ausbrechen«, murmelte Roarke. »Dieser ganze verdammte Planet ist ein gigantischer Knast – nur wissen das die meisten Insassen nicht.« Er sah auf. »Nicht einmal die Gefängniswärter.«

Bi Rong starrte ihn an. Dann seufzte er.

»Sie bleiben, Roarke. Ich weiß nicht, was Ihnen die Leute von der Interceptor versprochen haben, aber Sie bleiben. Und Ihre Verbündeten aus der Vergangenheit bleiben auch. Wir wollen nicht, dass Unruhe verbreitet wird. Genauso, wie niemand Ihren Geschichten glauben wird … glauben kann!… wird es mit denen der Leute von diesem Schiff sein. Sie sind eine Obskurität.« Er lächelte Roarke an und nickte ihm zu. »Sie alle sind nur Obskuritäten.«

»Die Interceptor kann Ihnen entkommen«, sagte Roarke und er mochte den verzweifelten Unterton in seiner Stimme nicht. Bi Rong ließ sich nicht anmerken, ob er ihn vernommen hatte. Immerhin, er war niemand, der zu billigen Gesten des Triumphs neigte. Er wirkte sehr geschäftsmäßig und unaufgeregt.

»Nicht mehr lange. Wir haben etwas getan, was wir gerne vermieden hätten. Aber es war unumgänglich. Wir mussten die Hondh auf unser kleines Problem aufmerksam machen. Sie werden Schiffe entsenden. Das ist schon zu unserem eigenen Schutz notwendig. Nur so können wir garantieren, dass sich die Hondh nicht an uns schadlos halten werden, sollte diese Sache aus dem Ruder laufen. Die Schiffe sind bald hier. Wenn die Interceptor zu kämpfen versucht, werden sie das Feuer eröffnen. Ihre Freunde kommen nicht weit, Roarke. Sie werden als obskure Sonderlinge auf der Erde leben … oder gar nicht.«

Bi Rong lächelte.

»Die haben eine Wahl. Sie haben keine. Eine schöne Freiheit, die Sie genießen, mein Freund.«

Roarke sagte nichts.

»Das ist unser Plan«, erklärte Adjukator Merlin und wies auf die grafische Darstellung vor sich. Das dreidimensionale Bild schwebte flimmerfrei vor ihren Augen. Manoldi war die tiefe Zufriedenheit in Merlins Stimme nicht entgangen. Der Adjukator hatte schon sehr früh dafür plädiert, »geeignete« Maßnahmen zu ergreifen. Merlin war jemand, der durchaus bereit war, ein Risiko einzugehen und die ihm zu Gebote stehenden Machtmittel zu nutzen. Leider gab es dafür in der Arbeit eines Adjukators oft nur wenig Gelegenheit, erst recht, wenn man mit einem erfolgsverwöhnten Mediator wie Manoldi kooperierte.

Dieser gönnte ihm daher die Show. Er teilte die Selbstsicherheit des Mannes nicht. Es war nun kaum anzunehmen, dass Thrax und seine Leute warten würden, bis Merlins Einheiten das Schiff eingekreist hatten, um sich dann winselnd auf den Rücken zu legen. Manoldi hatte ein komplettes Psychoprofil des Kommandanten erstellt, und nichts darin ließ darauf schließen, dass er ohne Widerstand klein beigeben würde. Zweimal hatte er dies angemerkt, und zweimal war er vom Adjukator nicht ernst genommen worden. Beide Male vor allem bestärkt von Alden, dem Mann, der direkt Sicherheitsminister Bi Rong berichtete und dessen Abfuhr bei seiner eigenen kleinen Einschüchterungsmission offenbar seine professionelle Sichtweise beeinträchtigte. Er wirkte bei all ihren Besprechungen angepisst. Manoldi konnte es ihm grundsätzlich nicht verübeln – aber es war eine schlechte Basis für die Planung einer Polizeiaktion. Alden und Merlin waren auf eine Trophäe aus, ehe die Hondh auftauchten. Die Wachstationen würden keine große Hilfe sein, denn sie waren stationär und darauf hin konzentriert, Waffen zu orten und die Planeten zu bedrohen, die dafür verantwortlich waren. Sie kämpften nicht gegen Raumschiffe, ihre militärische Stärke lag in der Fähigkeit, die Besiedlungszentren des Systems einäschern zu können. Wenn die Interceptor startete, ehe die versprochenen Hondh-Schiffe eintrafen, dann konnte sie entkommen.

Das wäre peinlich für die Erde.

Alden und Merlin wollten diese Peinlichkeit vermeiden.

Manoldi hatte seine Zweifel, ob ihnen das gelingen würde.

Doch es erwies sich in diesem Stadium der Vorbereitungen als sinnlos, diesen wiederholt Ausdruck zu geben. Natürlich konnte er sich an den Sicherheitsminister wenden, aber da Alden mit der ausdrücklichen Autorisierung Bi Rongs handelte, würde sich dies aller Wahrscheinlichkeit nach gleichfalls als sinnlos herausstellen. Der Mediator war noch nie in einer vergleichbaren Situation gewesen. Sehenden Auges an der Planung einer zum Scheitern verurteilten Aktion teilzunehmen, das hatte etwas sehr Irreales. Er zog keinerlei Befriedigung daraus, nachher dann sagen zu können, er habe es ja gewusst.

Sagen würde er es trotzdem, und sei es nur, um die Reaktion von Alden zu beobachten, dessen Frustration dann ganz sicher ins Endlose steigen würde.

Ein Stadium, das Manoldi ebenfalls auf dem besten Wege war zu erreichen, wenn auch aus anderen Gründen.

»Je eine Hundertschaft Bereitschaftspolizei an den Haupteingängen zum Raumhafen«, erklärte Merlin mit verbissenem Gesicht.

Als ob die Mannschaft der Interceptor so dumm sein würde, zu Fuß über das Hafengelände entkommen zu wollen, dachte Manoldi.

»Zwei Gleiterstaffeln, die den Luftraum bewachen sollen.«

Polizeimaschinen, die gegen ein schwer gepanzertes Kriegsschiff so viel auszurichten vermochten wie ein einzelner Soldat gegen die Hondh-Sphäre.

Manoldi ignorierte die Kopfschmerzen, die sich angesichts dieses Gedankens fast unvermittelt einstellten. Loyalität hin oder her, die Konditionierung ging ihm manchmal mächtig auf die Eier.

»Wir stürmen das Gelände mit den schweren Einsatzwagen von hier … und hier …«

Manoldi unterdrückte ein verzweifeltes Aufstöhnen. Es war so erniedrigend für ihn, mit ansehen zu müssen, wie Amateure einen Angriff auf Profis planten.

»Wenn sie doch zu starten versuchen, dann aktivieren wir Fesselfeldgeneratoren.«

Manoldi seufzte ganz leise. Wenn Thrax den Antrieb der Interceptor auf Volllast schaltete, würde dies die Generatoren in überlastete Ruinen verwandeln.

»Sie haben einen Beitrag, Mediator Manoldi?«, fragte Alden mit eisiger Höflichkeit.

»Aber nein. Machen Sie nur weiter«, erwiderte dieser und rang sich ein fahles Lächeln ab.

»Zum Schluss haben wir noch 24 Polizeiboote zusammengezogen«, beendete Merlin seine Aufzählung.

»Die sind unbewaffnet«, entfuhr es Manoldi dann doch.

Alden bedachte ihn mit einem bösen Blick. »Sie werden die Interceptor rammen.«

»Die Interceptor ist zu schnell und zu wendig. Sie verfügt über Schutzfelder. Die Polizeiboote sind etwas aufgeblasene Hondh-Standardraketen jener Zeit ohne jeden Sprengkopf. Das Schiff mag keine Offensivwaffen haben, aber es verfügt über seine komplette Defensiveinrichtung. Was ist, wenn die KI der Interceptor es schafft, sich in die alberne Steuerelektronik der Boote zu hacken und diese schlicht zu übernehmen? Haben Sie sich darüber mal Gedanken gemacht?«

Aldens Gesichtsausdruck war zu entnehmen, dass er das nicht getan hatte. Merlin blickte immerhin etwas nachdenklich drein.

»Das kann die?«

Manoldi nickte. »Die KI der Interceptor besteht den Turing-Test. Sie hat über 150 Jahre Krieg auf dem Buckel. Der Navigator, Carlisle, ist mit ihr direkt neuronal verbunden. Wir haben überhaupt keine echte Vorstellung mehr davon, was diese Einheiten damals konnten.«

»Sie machen aus diesen alten Helden ja gottgleiche Figuren«, spottete Alden. »Sie haben sich wohl ein wenig zu lange mit ihnen beschäftigt. Das sind damals schon Auslaufmodelle gewesen, die einen verlorenen Krieg gekämpft haben.«

»Einen Krieg, von dessen Härte und Beanspruchung wir alle keine Vorstellung haben. Nicht einmal, wenn wir alle Aufzeichnungen intensiv studieren«, gab Manoldi ruhig zurück. »Das sind keine Sesselpupser gewesen. Diese Leute waren jahrelang im Dauereinsatz, unter schwierigen Bedingungen, und haben über lange Jahrzehnte den Vormarsch der Hondh aufhalten können.«

Der Kopfschmerz wurde schlimmer. Manoldi drückte mit dem Zeigefinger auf eine kleine Erhebung unter der Haut seines Unterarms, um ein leichtes Schmerzmittel in seine Blutbahn zu entlassen.

»Sie scheinen ja große Bewunderung für diese Altvorderen zu empfinden«, entgegnete Alden verächtlich. »Ich sehe in ihnen nur Relikte aus einer fernen Vergangenheit, deren Tod für alle eine Erleichterung wäre – wahrscheinlich sogar für sie selbst.«

»Ah. Ja. Nun gut.« Manoldi massierte sich die Schläfen. Dummheit in so großer Dosis verursachte bei ihm immer intensive körperliche Abwehrreaktionen.

»Sie haben Ihr Pulver damit verschossen, Mediator?«, fragte Alden.

»Ich finde, dass er …«, begann Merlin, doch der Agent des Sicherheitsministeriums unterbrach ihn barsch.

»Das reicht mir jetzt!« Alden schaute auf seine Uhr. »Die Aktion beginnt in einer Stunde. Ich erwarte Disziplin und Einsatzbereitschaft. Alle Offiziere melden mir.«

»Ich bin der zuständige Adjukator!«, begehrte Merlin auf.

»Und ich bin von Direktor Bi Rong eingesetzt«, gab Alden zurück. »Sie haben damit ein Problem? Melden Sie sich bei ihm.«

Merlin biss die Zähne zusammen. Unter diesen Umständen eine weise Reaktion, wie Manoldi fand.

Das hier lag alles nicht mehr in seinen Händen. Auch nicht in denen Merlins.

Und nicht in denen Aldens.

Der wusste es nur noch nicht.

»Okay, das ist lustig. Die tun so, als würden wir das nicht merken«, murmelte Lachweyler und kratzte sich am Kopf. »Da marschieren überall Polizeikräfte auf und meinen wohl, wir wären eine Felshöhle mit Terroristen und kein Raumschiff mit Ortungseinrichtungen.«

»Die Dummheit unserer Gegner ist nichts, womit wir rechnen können«, dozierte Skepz lächelnd. »Aber wir dürfen uns freuen, wenn sie offensichtlich wird.«

»Es ist sinnlos, noch länger zu warten«, entschied Thrax. »Wir verschwinden von hier. Carlisle, du kannst vorglühen.«

»Ich bin so heiß wie Skepz, Captain«, meldete Carlisle, was unmittelbar dazu führte, dass sich alle Blicke auf der Offizierin trafen, die dies ungerührt zur Kenntnis nahm.

»So genau wollte ich es nicht wissen, Navigator«, erwiderte Thrax mit einem strengen Unterton, dem es eine Spur an der Leichtigkeit fehlte, die sie alle eigentlich erwartet hatten. Eine Tatsache, die auch Skepz mit leicht gerunzelter Stirn zur Kenntnis nahm.

Ein sanftes Zittern durchlief den Leib der Interceptor, als ob sie ein Raubtier wäre, das die Muskeln anspannte, um zum großen Sprung anzusetzen. Der Vergleich hinkte nicht einmal, denn ein mächtiger Satz stand in der Tat bevor.

»Ah, man wacht auf. Der Tower meldet sich und fragt scheinheilig, was los ist«, erklärte Skepz.

»Das ignorieren wir. Carlisle, Startenergie.«

»Die Düsen brennen, Captain.«

»Polizeigleiter steigen auf. 24 Einheiten, von Nordost und Südost. Fleißige kleine Bienchen.«

»Aktiviere Schutzfelder«, meldete Lachweyler.

»Carlisle, Startsequenz.«

»Verschlusszustand hergestellt. Alle Kontrollen auf Grün. Ich schiebe am Regler.«

Das Zittern wurde stärker, obgleich die Dämpfer gleichzeitig aktiviert wurden. Die Erfahrung hatte gezeigt, dass eine hundertprozentige Dämpfung der Mannschaft, vor allem dem Navigator, das Gefühl für Richtung und Geschwindigkeit, ja für die ganze Situation nahmen. Daher waren Dämpfer im Regelfalle so programmiert, dass sie sehr sanfte Kräfte durchließen, um der Mannschaft zu signalisieren, dass das, was auf den Schirmen zu erkennen war, tatsächlich geschah.

»Wir heben ab.«

Die Interceptor schüttelte sich ein wenig, dann war eine leichte Aufwärtsbewegung spürbar, wie in einem Lift.

»Die Gleiter kommen näher. Der Tower fordert uns ultimativ zum Abbruch des Starts auf.«

»Ist das so?«, sagte Thrax leise. »Ignorieren.«

»Wir bekommen zwei weitere Anrufe. Einen von diesem Typen, Alden, der uns das Schiff unterm Arsch wegkonfiszieren wollte.«

»Ignorieren.«

»Einen von Manoldi.«

Thrax zögerte für einen Moment. Dann seufzte er.

»Carlisle, du beschleunigst das Schiff und gehst auf volle Kraft, sobald wir die Atmosphäre verlassen haben. Ich weiß nicht, wer und was uns da erwartet, aber wir müssen insbesondere schnell sein. Nimm keinen direkten Kurs auf das

Waffenversteck. Lass Spoon meckern und stöhnen, wir müssen die alte Lady richtig treten.«

»Richtig treten, Captain.«

»Skepz, gib mir Manoldi.«

Sofort erschien das Konterfei des Mediators vor ihm auf dem Schirm. Der Mann sah besorgt aus, wirkte aber weder ausgesprochen überrascht noch sonderlich verärgert.

»Mediator. Ich habe Ihren Anruf erwartet«, erklärte Thrax. »Ich bin gerade beschäftigt. Machen wir es kurz.«

»Ich muss Sie warnen, Thrax. Nicht vor dem, was wir tun können, sondern vor dem, was die Hondh machen werden. Sie schicken Schiffe.«

Thrax nickte. »Sie warnen uns in der Tat. Warum?«

»Sie sind ein Mensch.«

»Wenn ich das Prinzip richtig verstanden habe, das alle Menschen der Erde zu loyalen Anhängern der Hondh macht, müssen Sie gerade eine Menge an Selbstbeherrschung aufbringen.«

»Das ist zutreffend. Mir geht es schlecht. Ich musste es trotzdem fertigbringen. Es wäre unfair.«

»Andere scheinen das nicht so zu sehen.«

»Ich werde Ärger bekommen, weil ich mit Ihnen so spreche, ja. Aber ich bin Mediator, kein Büttel des Direktoriums. Ich stehe zwischen den Parteien, das ist das Prinzip meiner Arbeit.«

Thrax nickte. »Sie nehmen Ihre Pflichten ernst. Ich respektiere das.«

»Wohin gehen Sie?«

»Fort. Weit weg. Wir werden uns so bald nicht wiedersehen.«

»Das ist gut. Es ist das Beste. Ich wünsche Ihnen Glück, Captain. Alles Glück dieses Universums. Finden Sie eine Heimat. Eine richtige.«

Manoldis Gesicht verschwand und Thrax starrte einige Augenblicke auf den nun leeren Schirm. Dann nickte er sich selbst zu. Respekt. Manoldi war in Ordnung, soweit er das sein durfte. An ihm lag all dies nicht.

Er schaute hoch.

Zeit, sich auf das Wesentliche zu konzentrieren.

»Orbit in sieben Minuten!«, meldete Carlisle.

»Die Gleiter geben bereits auf«, sagte Lachweyler mit Amüsement in der Stimme.

»Hat irgendwer auf uns geschossen?«, fragte Thrax.

»Nein, aber sie haben für einen Moment versucht, Fesselfelder zu aktivieren. Wir haben die abgeschüttelt wie Wasser. Da unten raucht und dampft jetzt einiges. Ich weiß nicht, was die sich dabei gedacht haben.«

»Gar nichts«, vermutete Thrax und lehnte sich zurück. »Was haben wir im erdnahen Raum?«

»Polizeiboote, ein ganzes Aufgebot.«

»Da ist niemand an Bord«, sagte Skepz. »Ich empfange Steuersignale von einer bemannten Station. Die wollen möglicherweise rammen und haben nicht genug Arsch in der Hose, die Boote zu besetzen.«

»Gut. Lachweyler, elektronische Kampfmittel.«

»Ich aktiviere die KI dafür, die kann das am besten.«

Thrax nickte. »KI für elektronische Kampfmittel freigeben.«

»Ziele?«

»Lenk die Boote einfach nur ab. Keine unnötigen Beschädigungen.«

»Aber …«

Thrax wandte sich um und schaute Lachweyler zwingend an.

»Das sind nicht unsere Feinde, Lieutenant!«

Der Waffenoffizier presste die Lippen aufeinander und nickte.

»Flugbahnmanipulation, bestätige.«

Thrax widmete sich wieder ganz der Darstellung des erdnahen Raums. Es war alles viel zu einfach. Die Erdbehörden hatten alles verlernt, was einen taktischen Angriff im Orbit anging. Und ihre Technik konnte gegen die alte Lady nichts ausrichten. Sie waren ihnen um Längen überlegen.

Eine bittere Erkenntnis, sowenig sie ihnen im Augenblick auch nützte.

»Polizeiboote abgelenkt«, meldete Lachweyler. Thrax schaltete die Ortungsbilder auf seinen Schirm. Die Erdschiffe trudelten in einem höheren Orbit umher, feuerten ihre Steuerdüsen und würden später leicht eingesammelt werden können, sobald die KI der Interceptor ihren Griff auf deren Steuerhirne losgelassen hatte. Thrax wusste nicht, ob diese Nachricht bei seinen Gegnern angekommen war. Er war kein blindwütiger Gewaltmensch, der um sich schlug, weil er sich betrogen fühlte. Er wollte den Menschen der Erde nichts Böses. Sie waren für ihre Handlungen nicht gänzlich verantwortlich, jedenfalls die meisten nicht. Bei der Führungselite war er sich nicht ganz so sicher.

»Was haben wir noch?«

»Die Wachstationen der Hondh haben uns erfasst. Keine Waffenaktivierung.«

»Wundert mich nicht. Sie sind nicht für den Raumkampf eingerichtet. Sie können große Bomben auf stationäre Ziele werfen, das ist alles«, kommentierte Skepz. »Und wir haben keine Waffen an Bord.«

»Noch nicht.«

Carlisle ließ die Interceptor noch einmal erzittern, als er den Antrieb auf volle Last schaltete. Der Abfangkreuzer schoss mit hohen Werten von der Erde fort, die in der optischen Darstellung sichtlich kleiner wurde.

»ETA bei unserem kleinen Versteck ab hier?«

»Zwei Wochen, drei Tage, siebzehn Stunden bei gleichbleibender Beschleunigung.«

Thrax nickte. Der relativistische Flug war eine nervtötende und langwierige Angelegenheit, die auch einem Gegner viel Zeit ließ, sich auf eine neue Gefahr einzustellen. Aber ein

Schiff mit den Beschleunigungswerten der Interceptor im freien Raum effektiv zu jagen, erforderte eine Triangulation der Angreifer aus verschiedenen Richtungen und langwierige Brems- und Beschleunigungsmanöver. Da bis jetzt noch kein Verfolger aufgetaucht war, blieb Thrax gelassen.

»Carlisle, ich will erst später einen Kurswechsel zum Wrack der Tanaka. Setze einen Kurs, der den nächstmöglichen Menger-Sprung ermöglicht. Dahin eine Stunde beschleunigen. Alle Lichter an, sie sollen uns sehen.«

»Bestätige.«

»Sobald wir die notwendige Grundgeschwindigkeit erreicht haben, schalten wir auf leisen Modus, Skepz«, ordnete er an. »Ich möchte, dass wir alles außer Carlisle und der Lebenserhaltung abschalten und den Großteil der Reise im freien Fall absolvieren. Carlisle, du benutzt die chemischen Notdüsen, um uns dann langsam auf den Kurs zu unserem Versteck zu bringen. Wir haben genug Zeit, also mach es ganz behutsam und mit schwachem Einsatz. Wenn die Hondh auftauchen, wollen wir es ihnen so schwer wie möglich machen, uns zu finden. Sie sollen denken, wir sind ganz woandershin unterwegs, nur raus hier. Lachweyler, ab jetzt Passivsensoren.«

»Die KI hat bei der Manipulation der Polizeiboote die Kommunikationsprotokolle der Erdbehörden kopiert«, sagte dieser. »Wir können in die Ortungsstationen des Systems reinhorchen, ohne selbst aktiv zu scannen. Das sollte uns sagen, von wo die Hondh kommen und wohin sie gehen.«

»Perfekt. Halten wir die Ohren offen. Sonst noch etwas?«

Skepz zuckte mit den Schultern. »Wir warten.«

Thrax erhob sich. »Ich bin bei Shirwa. Ich will wissen, was sie über unsere Entdeckung denkt. Wenn was ist …«

Skepz winkte ab.

»Spoon und ich haben es uns lange überlegt, und es fehlen uns ganz sicher noch ordentliche Daten über eine längere Zeitreihe. Auch müsste ich zur Sicherheit physiologische und psychologische Studien anstellen, wofür es mir aber derzeit an Probanden mangelt.«

»Die Probanden schmeißen mit Polizeibooten nach uns«, kommentierte Thrax und hockte sich in den Sessel neben das Haupttterminal der Krankenstation. Shirwa sah müde aus, aber das auf eine sehr zufriedene Art und Weise, wie jemand, der die Zeit gut genutzt hatte und zu respektablen Ergebnissen gekommen war.

»Ja, das wundert mich nicht. Also, ich kann letztlich vor allem unsere Vermutungen bestätigen: Das Ding ist ein Generator, der etwas erzeugt, das die Menschen der Erde auf sehr subtile Art unter Kontrolle hält. Es interagiert mit Gehirnfunktionen, aber das nicht offen manipulativ, zudem auf einer sehr langfristigen Basis. Obgleich wir dieser Strahlung ebenfalls ausgesetzt waren, sind wir nicht von der Wirkung betroffen. Wahrscheinlich würden es auch nur unsere Kinder sein, wenn wir sie auf der Erde zeugen und aufwachsen lassen würden.«

Thrax dachte für einen winzigen Moment über die absurde Vorstellung nach, ein Vater zu sein. Wären die Umstände ihrer Rückkehr anders gewesen, hätte sich dies zu einem weniger absurden Gedanken entwickelt? Und hätte die einzige Kandidatin, die er sich ernsthaft …

Thrax fuhr sich mit der Hand übers Haar und unterbrach diesen Gedankengang, der auf einen verbotenen Pfad führte, den zu betreten er sich strengstens untersagt hatte.

Shirwa hatte wohl nichts davon gemerkt, denn sie fuhr munter mit ihrer Darstellung fort.

»Es ist eine geniale Erfindung, ich muss den Hondh wirklich Respekt zollen. Man benötigt keine Polizeikräfte, keinen ›evil overlord‹, man kann die eroberten Völker ganz sich selbst überlassen, man fördert die positiven Aspekte eines freien

Lebens – sie dürfen sich selbst organisieren, fühlen sich nicht unterdrückt, können ihr privates Leben planen, wie sie es für nötig halten, geben sich selbst Regeln und Gesetze. Aber niemals sind sie in der Lage, gegenüber den Hondh illoyal zu handeln oder sich auch nur aktiv mit diesem Gedanken zu befassen. Dann fährt auch kein Blitz vom Himmel herab und es ist nicht so, dass die Gedankenpolizei an der Tür klingelt und einen ins Umerziehungslager verschleppt. Man hat einfach keine Lust, fühlt sich etwas unwohl, bekommt leichtes Kopfweh, und je länger man sich mit diesem Thema befasst, desto schlechter fühlst man sich, wie eine Magenverstimmung, eine leichte Infektion. Und wechselt man das Thema, geht es einem gleich besser: welch Erleichterung! Eine wunderbare Konditionierung, von der nur die wenigen Immunen befreit sind, die es auf der Erde nach 500 Jahren noch gibt. Und auch die werden im Verlaufe der kommenden Generationen aussterben, so ist meine Vermutung.«

Shirwa schüttelte lächelnd den Kopf. »Wirklich, Thrax, ich bin beeindruckt. Wenig Aufwand, keine offene Unterdrückung, größtmögliche Freiheit und gleichzeitig andauernde, tief verwurzelte Loyalität, beständig aufrechterhalten durch das Mentalfeld, das dieser Generator unablässig über den gesamten Planeten ausbreitet. Ich gehe davon aus, dass es überall im Hondh-Imperium so ist. Eine sanfte Herrschaft, fast behutsam. Das macht die Hondh beinahe sympathisch.«

»Die Wachstationen …«

»… sind sozusagen die Versicherung, dass nicht doch etwas schieflaufen könnte. Denn diese Freiheit gibt den Unterdrückten auch die Möglichkeit, gegeneinander aktiv zu werden. Konflikte werden nicht untergebuttert, solange es dabei nicht um die Hondh geht. Das verstärkt die Illusion von Freiheit. Die Hondh hindern ihre Subjekte nicht daran, sich gegenseitig umzubringen, solange sie eine rote Linie nicht überschreiten: keine raumgestützten Waffen, keine für den

Raumkampf nutzbaren Systeme, keine Massenvernichtung. In dem Falle drohen sie selbst mit dem Overkill.«

»Das erklärt die wichtige Rolle, die die Mediatoren – Leute wie Manoldi – innezuhaben scheinen. Die Erdregierung muss über all das gut Bescheid wissen und hat sich bewusst in diesem System eingerichtet. Anstatt auf große Armeen und Polizeikräfte zu bauen, die Konflikte gewaltsam lösen, gibt es den Imperativ der Aushandlung von Auseinandersetzungen, um jeden Anschein, man werde das Interdikt der Hondh infrage stellen, zu vermeiden. Es darf für niemanden einen Anreiz geben, Waffen herzustellen, die potenziell gegen die Hondh verwendet werden könnten – auch wenn sie von der Intention eher dazu dienen sollen, sich gegenseitig umzubringen. Ich verstehe. Das ergibt Sinn. Es ist erschreckend.«

Shirwa nickte. »Es gibt aber schlimmere Formen der Herrschaft. Ich hätte den Hondh diese Art der Subtilität, ja der … Menschlichkeit nach unseren Erfahrungen im Krieg nicht zugetraut. Dort agierten sie rücksichtslos und berechnend, oft brutal effizient. Aber es scheint, dass sie, haben sie ihre Herrschaft erst einmal gesichert, bereit sind, sich auf einige wenige Herrschaftsprinzipien zurückzuziehen und die von ihnen eroberten Völker letztlich weitgehend in Ruhe zu lassen. Ich verstehe diesen Gegensatz nicht. Ich würde darüber gerne mit einem Hondh reden.«

Thrax seufzte.

»Möchten wir das nicht alle?«

»Vielleicht haben wir einmal die Chance.«

»Ich bin mir nicht sicher, ob dieser Hondh dann so begeistert wäre, unsere Fragen zu beantworten.«

Shirwa lächelte freudlos. »Lass mich seine Physiologie untersuchen. Dann fällt mir sicher eine passende Methode ein.«

Thrax hob die Hände in gespieltem Entsetzen, wurde dann aber unvermittelt wieder ernst.

»Ich danke dir für die Analyse. Mal schauen, was wir daraus machen.«

»Es wäre schön, wenn wir etwas damit anfangen könnten, Thrax.« Shirwa biss sich auf die Unterlippe, ehe sie fortfuhr. »Wir fliehen von der Erde. Unsere Brüder und Schwestern dort wollen mit uns nichts mehr zu tun haben. Sie sind nicht mehr wie wir. Ich frage mich, ob wir es schaffen, irgendwo eine neue Heimat zu finden.«

»Ich bin an einer neuen Heimat nicht interessiert.«

»Nein? Woran dann?«

Thrax erhob sich.

»Ich habe eine Pflicht zu erfüllen. Mag sein, dass es keine Hegemonie mehr gibt, aber die Erkenntnisse der letzten Wochen haben mir gezeigt, dass meine Pflicht nicht erloschen ist. Dies ist ein Schiff der Flotte. Wir stellen uns dem Unheil in den Weg, das die Menschen bedroht, das ist unser Job. Und es gibt noch viele Menschen da draußen – all jene, die vor der Invasion rechtzeitig geflohen sind. Auch ihnen droht Unheil, denn ich bin mir sicher, dass die Hondh noch nicht fertig sind mit dem, was sie vorhaben.«

Er holte tief Luft.

»Die Menschheit wird noch immer bedroht, Shirwa. Und es ist meine Pflicht, dagegen etwas zu tun. Dafür habe ich mein ganzes Leben gekämpft, und ich werde nicht aufgeben, hier nicht und jetzt nicht und nicht in Zukunft.«

Er lächelte auf sie hinab.

Shirwa sah bekümmert drein.

»Was ist?«, fragte er sanft. »Hattest du auf einen angenehmen Ruhestand gehofft?«

Sie schüttelte den Kopf.

»Nein, Thrax. Ich bin nur traurig darüber, dass mir noch nichts eingefallen ist, womit wir den Hondh so richtig in den Arsch treten können.«

Thrax grinste. »Ich bringe dir einen, Shirwa. Und dem stellst du deine Fragen.«

Die Ärztin nickte langsam. In ihren Augen lag ein gefährlicher Schimmer.

»Darauf kannst du dich verlassen.«

Die Interceptor erreichte den Schiffsfriedhof ohne jegliche Verzögerungen. Es schien, als hätten die Erdbehörden die Spur des Schiffes verloren. Der abgehörte Funkverkehr jedenfalls, so zeitverzögert er mittlerweile auch aufgefangen wurde, ließ darauf schließen. Das letzte große Ereignis war die Ankunft von zwei Hondh-Kreuzern gewesen, die jenseits der Plutobahn aus dem Menger-Raum gekommen waren und mit gemächlicher Geschwindigkeit auf die Erde zuhielten. Lachweyler hörte immer noch passiv die Ortungsdaten der Erdregierung ab und konnte sich daher über den Flug der Schiffe informieren, ohne selbst aktiv die Ortungsanlagen der Interceptor nutzen zu müssen.

Sie fanden ihr Versteck wieder und begannen mit der Reinstallation der Waffensysteme. Lachweyler war in seinem Element und überwachte das Einsetzen der Module mit akribischer Sorgfalt. Thrax nutzte die Zeit, um dem toten Kommandanten der Hideki Tanaka einen zweiten und letzten Besuch abzustatten. Seines Akademieringes entblößt, lag die vertrocknete Mumie immer noch da, in den Resten ihres Flaggschiffs, als ob sie nur auf ihre Rückkehr gewartet hätte.

Dies war der Ort, an dem Skepz ihren Kommandanten auch vorfand, als die Verladearbeiten zum Abschluss gekommen waren und die Interceptor somit bereit, ihre Reise – wohin auch immer – aufzunehmen.

Sie stellte sich für einen Moment schweigend neben ihn und gemeinsam starrten sie auf den seit Jahrhunderten toten Mann hinab, der sie anschaute, als erwarte er eine Ansprache oder zumindest irgendeinen Kommentar von ihm.

»Ich glaube«, murmelte Skepz dann leise, »er fragt uns gerade, was zum Teufel wir hier noch treiben und warum wir uns nicht längst auf die Suche nach der Exemptor gemacht haben.«

Thrax blinzelte und sah aus, als sei er aus einem tiefen Schlaf erwacht. Er nickte langsam. »Eine berechtigte Frage, wenn alle Arbeiten erledigt wurden.«

»Lachweyler meint, dass die Systeme installiert und initialisiert seien. Es gibt nichts mehr, was unseren Aufenthalt hier noch länger rechtfertigt.«

Thrax deutete auf die Leiche vor ihnen.

»Sollten wir ihn irgendwie beerdigen? Eine Zeremonie?«

»Die wäre mehr für uns als für ihn. Dieser Kamerad hat ein Schicksal gewählt, hier draußen, weil er meinte, es sei seine Pflicht, nicht zu kapitulieren. Es war ein Akt des Widerstandes, den die Hondh entweder nicht verstanden haben oder den sie schlicht nicht wichtig nahmen.«

»Was ist mit den Menschen der Erde? Sollten sie nicht wissen, was hier zu finden ist?«

Skepz zuckte mit den Schultern.

»Noch ein paar obskure Kuriositäten aus der fernen Vergangenheit, deren damalige Beweggründe ihnen so fremd sind wie die unseren? Wir sind doch die Einzigen, die anerkennen können, was hier geschehen ist. Und wir haben den Hinweis des Kommandanten gefunden. Seine Mission ist erfüllt. Lassen wir ihn in Frieden in seinem Schiff ruhen. In einer fernen Zukunft, wenn die Hondh nicht mehr herrschen, können wir aus diesem Stück der Tanaka ein Mausoleum, ein Denkmal machen. Es wird bis dahin unbehelligt und unverändert bleiben.«

Thrax seufzte. »Gut. Und du meinst das ernst?«

»Was?«

»Dass es eine Zeit geben wird, in der die Hondh nicht mehr herrschen werden?«

»Wenn ich das nicht glauben würde, warum setze ich mich dann nicht auf der Erde zur Ruhe, anstatt dir auf der Jagd nach einem uralten, mythischen Superschlachtschiff zu folgen, das, falls es existiert, auch nur noch ein Haufen Raumschrott sein könnte?«

»Das wird nicht unsere einzige Mission sein«, meinte Thrax. »Wir müssen Kontakt zu den Nachfahren der Flüchtlinge herstellen. Wir müssen wissen, ob außerhalb der Hondh jemand für die Befreiung der Erde kämpft oder sich auf den nächsten Krieg vorbereitet. Egal was wir vorhaben, wir brauchen Verbündete.«

»Das stimmt. Und je länger wir hier verharren, desto mehr Zeit verschwenden wir.«

»Ja.«

Thrax schaute auf die Leiche vor ihm hinab. Dann straffte sich sein Körper. Er ging in Habachtstellung und mit einer fließenden Bewegung salutierte er. Skepz tat es ihm gleich.

Für einige Sekunden standen sie so da, die Blicke starr nach vorne gerichtet.

Sie taten es für sich selbst.

Dann wandten sie sich abrupt ab und verließen die Halle, kehrten zur Interceptor zurück, in deren Zentrale Lachweyler und Carlisle bereits erwartungsvoll auf sie warteten.

»Ich habe die Koordinaten aus dem Ring des –«, begann Carlisle.

»Nein«, unterbrach Thrax und setzte sich auf seinen Sessel.

»Nein?«, echote Skepz.

»Wir sind hier noch nicht fertig.«

Stille senkte sich über die Brücke. Lachweyler holte vernehmlich Luft, und da lag Erwartungsfreude in seiner Stimme, als er sagte:

»Wir erwarten Ihre Befehle, Kommandant!«

Thrax presste die Lippen aufeinander. Er drückte eine Taste. Der sanfte Ton erklang, der den Rundruf in alle Bereiche des Schiffes aktivierte.

»Schiff in Gefechtsbereitschaft, Stufe Gelb!«, befahl Thrax mit fester Stimme. Bestätigungsmeldungen trafen ein, sekundenschnell, wie nicht anders zu erwarten war.

»Carlisle, die Triebwerke aktivieren. Du hast einen Kurs.«

Thrax drückte eine Taste. Auf dem dreidimensionalen Plot vor ihrer aller Augen flimmerte eine direkte Flugbahn. Das Ziel war klar.

Dann: »Wir nehmen Kurs auf die Erde. Unterlichtantrieb auf Volllast.«

»Eine Minute bis zur Volllast«, meldete Carlisle mechanisch.

»Aber …« Das war Skepz' Stimme, voller Unglauben.

»Lachweyler, alle Sensoren. Ich möchte alles wissen, jetzt und in Zukunft.«

»Alle Sensoren, Captain.«

»Geben Sie mir ein Gefahrenprofil.«

»Keine Bedrohung im Umkreis. Zwei bekannte Bogies. Die werden uns gleich bemerken.«

Skepz sah Thrax immer noch ungläubig an. Er erwiderte ihren Blick, und es lag keine Wärme in ihm.

»Erde«, sagte er leise. »Wir können zwei Hondh-Schiffe ausmanövrieren. Aber wir haben eine Pflicht zu erfüllen. Für einen Moment nur, bloß für kurze Zeit, wird die Interceptor die Menschheit vor sich selbst retten. Wir müssen Olson und uns selbst daran erinnern, wer wir alle sind. Keine Sklaven. Freie Menschen.«

Lachweyler grinste breit. Skepz nickte langsam.

»Dreißig Sekunden bis zum vollen Boost«, meldete Carlisle.

Thrax sah Skepz an. Sie wirkte immer noch voller Zweifel.

»Doch«, flüsterte der alte Held. »Wir zerstören diesen verdammten Generator.«

Art Thoddler war Flüchtling der dritten Generation, was bedeutete, dass er ein alter Mann war. Geboren und aufgewachsen auf Sisyphos, einer der ersten Fluchtwelten, hatte er ein hartes und entbehrungsreiches Leben erfolgreich gemeistert. In jungen Jahren gehörte er zu einer Handvoll junger Leute, die in den Genuss einer Pilotenausbildung gekommen waren, und er hatte seine graue und kalte Heimatwelt verlassen, um etwas aus sich zu machen. Gut siebzig Jahre war er als kommerzieller Pilot unterwegs gewesen und hatte für fünf verschiedene Transportfirmen gearbeitet, seinen Beitrag dazu geleistet, dass die Ökonomie der Fluchtwelten sich mit der benachbarter Spezies verband und man trotz aller Konflikte und Streitigkeiten ein gemeinsames Bewusstsein für die Grenzlage und die damit – potenziell – verbundene Gefahr entwickelte. Sisyphos gehörte seit fünf Jahren zur Spin-Konföderation, in der sich einige benachbarte Fluchtwelten sowie das Volk der Adhari vereint hatten, um gemeinsam eine politische und ökonomische Zukunft direkt an der Grenze zur Hondh-Sphäre zu entwickeln. Für Art war das ein guter Anlass gewesen, seine zwischenzeitlich gegründete Kurierfirma an seinen Sohn abzugeben – der kein guter Pilot, aber ein ausgezeichneter Geschäftsmann war. Thoddler Interstellar unterhielt mittlerweile acht moderne und schnelle Kurierboote, die besonders wichtige Waren oder sehr vertrauliche Nachrichten, die man dem leicht infiltrierbaren Hypernetz nicht anvertrauen wollte, zwischen den Welten der Konföderation transportierten – und darüber hinaus.

Einmal im Jahr erwachte Thoddler aus seinem Ruhestand und übernahm das Steuer der Rosinante, des ältesten der Kurierboote, eine Maschine, die er selbst noch gekauft und ausgestattet hatte. Er übernahm den Standardflug von Sisyphos nach Elmorante, ein Flüchtlingshabitat, das gleichfalls an der Grenze zum Hondh-Raum um eine rote Riesensonne kreiste und von den seltenen Mineralien lebte, die auf diversen Monden und Asteroiden schlummerten und den gut 25 000 Einwohnern der großen Station ein einigermaßen auskömmliches Leben bescherten. Die Tatsache, dass Thoddler sich diese meist langweilige Tour immer noch antat, obgleich sie normalerweise die Aufgabe eines Juniorpiloten war, der Flugstunden abreißen musste, um für das nächste Examen zugelassen zu werden, hatte nichts mit Nostalgie zu tun.

Obgleich Thoddler Pilot aus Leidenschaft war, hielt er sich für einen sehr pragmatischen und realistischen Menschen. Er war alt. Es gab bessere Piloten, und es gab für ihn genug andere Dinge zu tun, als auf der engen Brücke eines Kurierbootes der KI dabei zuzusehen, wie sie das Schiff sicher durch den Menger-Raum steuerte oder den wochenlangen Anflug auf das endgültige Ziel in relativistischer Geschwindigkeit absolvierte.

Er musste dies nicht tun, um sich zu beweisen, dass er es noch draufhatte. Sein Leben war erfolgreich gewesen und er hatte viel erreicht. Auf Sisyphos gehörte er dem Ältestenrat an, der die Verwaltung seit Gründung der Kolonie beriet. Er hatte sieben Kinder und dreiundreißig Enkel, und alle erfüllten seinen Ruhestand mit mehr Arbeit und Ansprüchen, als er in seinem Alter überhaupt noch bewältigen konnte.

Trotzdem: Einmal im Jahr hockte er sich in die enge Rosinante, ließ die altvertrauten und unveränderlichen Checklisten ablaufen und begnügte sich für einen insgesamt fast zwei Monate dauernden Flug mit dem, was der kleine Nahrungsmanufaktor fertigbrachte, und das war in all den Jahren nicht schmackhafter und abwechslungsreicher geworden.

Es ging Art Thoddler nicht um den Botenflug an sich. Es ging ihm darum, dass er diesen regelmäßig unterbrach, weil er für jemand anderen einen Blick zu werfen hatte. Es bedeutete nur eine unwesentliche Verzögerung, anstatt direkt nach Elmorante einen kleinen Umweg zu fliegen. Die Rosinante hatte einige Reserven, die er damals für nötig hielt – für den Fall der Fälle. Deswegen hatte er die Maschine seinerzeit gekauft. Einmal im Jahr prügelte er das alte Mädchen zu ungeahnten Höchstleistungen, was dazu führte, dass er fast pünktlich in Elmorante ankam, obgleich er einige Tage … woanders weilte.

Die Erde war nicht weit.

Es war seltsam, dass er diesen Planeten nie besucht hatte. Sein Großvater war als kleiner Junge von Dorado geflohen, einer Kolonialwelt der alten Hegemonie, und hatte auch niemals Gelegenheit gehabt, die Ursprungswelt der Menschheit zu besuchen. Es war ein nahezu mythischer Ort gewesen, bis Thoddler den Auftrag des Den-Haag-Instituts angenommen hatte, doch einmal im Jahr nahe genug an das irdische Sonnensystem zu fliegen, um aktuelle Ortungsdaten aufzufangen und damit zu überwachen, was sich dort so tat. Die Rosinante hatte zu diesem Zweck einige interessante Upgrades erhalten, vor allem bezüglich ihrer Sensorsuite, und dies hatte Thoddler gezeigt, dass die Leute vom Institut ihre Arbeit ernst nahmen – und ausreichend Kleingeld besaßen, um sich das Beste leisten zu können. Seine Assoziation mit dem Institut kam nicht von ungefähr. Sein eigener Vater hatte als Ältester von Sisyphos zu jenen gehört, die dafür gestimmt hatten, die damals neu gegründete Forschungseinrichtung mit einem kleinen Teil des ewig engen planetaren Budgets zu unterstützen. Sie waren nicht die Einzigen. Das Institut hatte viele Gönner, regelmäßige und unregelmäßige, und nicht alle Unterstützung war materiell. Thoddler behielt sein Geld bei sich, aber er spendete seine Lebenszeit und die Dienste der Rosinante, um die gewonnenen Daten dann direkt an das Institut zu übermitteln, in der Hoffnung, dass sie einen Beitrag dazu leisten mochten, irgendwas Neues über die Hondh sowie das Schicksal der von ihnen regierten Menschheit zu erfahren.

Er machte dies seit fünf Jahren, und soweit er es sehen konnte, war es ein langweiliger und letztlich sinnloser Job. Es war nicht so, dass die Hondh den Einflug in ihre Sphäre verbaten – sie ignorierten jedes unbewaffnete Schiff, und die Rosinante hatte außer einem Meteoritenschild nichts aufzuweisen. Es war nur so, dass die Grenzwelten mit der Hondh-Sphäre lediglich sporadischen Kontakt hielten, weil die Bewohner dieses rätselhaften Imperiums irgendwie … nicht wollten.

Sie wollten einfach nicht.

Man konnte dort landen, aber man fand kaum Leute, die sich mehr als bloß oberflächlich mit einem auseinandersetzen wollten. Man konnte attraktive Handelsgüter mit sich führen – es gab nicht die geringsten offiziellen Handelsrestriktionen – und fand keinen Käufer. Es war so, als würde jeder, der von außerhalb des Hondh-Gebietes kam, einen sehr unangenehmen Körpergeruch verbreiten, dem man sich nicht länger als unbedingt nötig aussetzen wollte. So war über die Jahrhunderte der normale Grenzverkehr, also vor allem der Handel, fast vollständig zum Erliegen gekommen. Auch politische Kontakte fanden nur höchst sporadisch statt. Die Kolonialwelten der Hondh-Sphäre konnten zwar Verträge abschließen – aber sie schienen gar kein Interesse daran zu haben. Auch die Sternenstaaten außerhalb hielten sich sehr zurück, da Unklarheit darüber bestand, ob solche Verträge überhaupt Gültigkeit hatten. Die Hondh selbst redeten nämlich weiterhin mit niemandem, von irgendwelchen Verhandlungen einmal ganz zu schweigen.

Die einzige signifikante Ausnahme waren die Anhänger der diversen Hondh-Religionen, die die Aliens als Erlöser oder Heilsbringer oder Vorboten des sehnlichst erwarteten Armageddon anbeteten und zu diesem Zwecke regelmäßig in den Hondh-Raum hineinpilgerten, um sich mit ihren Glaubensbrüdern auszutauschen. Dass auch diese Besuche nur relativ selten stattfanden, sprach dafür, dass selbst das Band des gemeinsamen religiösen Wahnsinns die unsichtbare Barriere, die da irgendwo existierte, nicht richtig überwinden konnte.

Besucher aus dem Hondh-Raum zu den Grenzwelten gab es nie. Das konnte Thoddler mit Sicherheit sagen, denn er war viel in der Gegend herumgekommen. Wenn es Reisen gab, dann immer nur in eine Richtung.

Und weil man so nur sehr wenig über die Zustände auf der Erde erfuhr, flog Thoddler einmal im Jahr für das Den-Haag-Institut einen kleinen Umweg, schwebte einige Tage in der Nähe Terras im Weltall, lauschte, zeichnete auf und verschwand wieder, völlig ungestört und unbehelligt. Das Institut zu unterstützen, war gerade in den Grenzwelten Ehrensache. Wenn irgendjemand alle Informationen über die Hondh und die Lage in dem von ihnen okkupierten Gebiet zusammentrug und möglicherweise daraus Schlüsse zu ziehen vermochte, die ihnen helfen konnten, sollten die rätselhaften Aliens sich eines Tages anschicken, erneut zu expandieren, dann waren es die Leute vom Institut, die fest angestellten Wissenschaftler und Datenanalytiker sowie die endlose Zahl von Ehrenamtlichen wie Thoddler. Das Institut fand sich auf allen Grenzwelten und in vielen weiter entfernten Sternenstaaten und es gab überall viele Unterstützer, manche offiziell, andere weniger. Es war unpolitisch – obgleich es immer wieder Begehrlichkeiten gab – und neutral, es stellte seine Informationen jedem zur Verfügung und finanzierte selbst Forschungsmissionen. Thoddler wusste, dass die Fortschritte sehr klein waren. Die Hegemonie hatte im langen Krieg wenig über die Hondh und ihre Motivation herausgefunden, und das Institut war nicht viel schlauer als die Hegemonieregierung damals. Und mit jedem Jahrzehnt ließ die Motivation nach, sich darum zu kümmern, weil viele glaubten, dass die Sache mit den Hondh ausgestanden sei.

Thoddler war nicht dieser Auffassung.

Er spürte es in seinen alten Knochen.

Früher oder später würde ein Hondh vor den Toren von Sisyphos stehen, und er wollte davon nicht überrascht werden.

Und so tat er das Seine, um die Überraschung zu vermeiden.

Als die Rosinante aus dem Menger-Raum fiel, glitt das Kurierboot mit geringer Eigengeschwindigkeit senkrecht zur Ekliptik dem irdischen Sonnensystem entgegen. Die hochsensible – und sündhaft teure – Sensorensuite sprang sofort an und begann, ihre gierigen Finger nach jedem Fitzelchen Daten auszustrecken, das sie auffangen konnte, auf jedem Frequenzband und Strahlenspektrum, alles, was es gab und eindeutig seinen Ursprung im System hatte. Im Regelfalle war dies langweiliges Zeug: Funkverkehr, Daten aus dem System-Internet, allerlei Sicherheitsprotokolle, Flugpläne und Flugdaten, alles, was die Nachrichtensender so von sich gaben. Die KI der Rosinante hatte einen kostenpflichtigen Account, finanziert durch das Den-Haag-Institut, das aus irgendwelchen Gründen über Erdcredits verfügte, und lud sich Nachrichtenpakete und Archive herunter, die regelmäßig für sie angelegt wurden. Sich einmal im Jahr auf den neuesten Stand zu bringen, war gemeinhin mehr als ausreichend. Das Institut würde die Datenmenge durchkauen – oder vielmehr durch die eigenen KIs durchkauen lassen – und irgendwann sehr dürre Zusammenfassungen publizieren, die, soweit Thoddler sich erinnerte, immer zu einem Satz führten: Es war mal wieder nichts los.

Während der wenigen Tage, die Thoddler den Datenstaubsauger spielte, vertrieb er sich zumeist die Zeit damit, die aktuellen Nachrichten der Erde zu verfolgen oder für den privaten Gebrauch 3D-Abenteuer runterzuladen – Hondh oder nicht, die Unterhaltungsindustrie auf der Erde funktionierte hervorragend und produzierte weiterhin zahlreiche erfolgreiche Schmonzetten, für die Thoddlers Ehefrau eine besondere Begeisterung zu entwickeln imstande war. Der jährlich heruntergeladene Romantikvorrat reichte normalerweise ziemlich genau bis zur nächsten Reise und, dafür war Thoddler dankbar, sorgte für viele ruhige Stunden im eigenen Haus.

Als die Rosinante aus dem Menger-Raum austrat, ging eigentlich alles ganz automatisch. Die Routinen waren vor Jahren programmiert worden und hatten sich seitdem nicht verändert. Obgleich Thoddlers Schiff immer in einem gebührenden Abstand außerhalb des Sonnensystems zum Vorschein kam, wusste der Pilot, dass es eigentlich keinen Grund zur Sorge gab. Er konnte sogar auf einem der terranischen Raumhäfen landen, wenn er dazu Lust hatte, und es würde ihm nichts geschehen. Dafür war aber ein sehr langer relativistischer Flug notwendig, da niemand in der Nähe von Schwerkraftfeldern aus dem Menger-Raum austrat. Das Langwierigste und Langweiligste an der überlichtschnellen Raumfahrt war nicht diese selbst, sondern der Weg, bis man sie antreten konnte.

Thoddler schaute auf seine Anzeigen. Weit und breit nichts und niemand. Er sah, dass die Institutssoftware bereits alles im Griff hatte, und stellte sicher, dass sein kleiner, privater Download ebenfalls beginnen würde, sobald die Verbindung etabliert war. Dann schaltete er einen Monitor ein, den er sonst nicht oft verwendete, und begann, die Nachrichtensendungen zu durchforsten. Viele wurden nur mit normalen Funkwellen übertragen, was angesichts seiner derzeitigen Position bedeutete, dass die Dinge, die er auffing, einige Tage veraltet waren. Datendownloads liefen zum Glück über die Hyperfunkverbindungen, in dicht komprimierten Paketen, die wenig Bandbreite benötigten. So plünderte die Institutssoftware die angelegten Informationsarchive. Thoddler war egal, ob die Nachrichten etwas älter waren oder nicht. Für ihn war auf seinem derzeitigen Stand alles neu.

Erst schaute er sich die Übertragungen nur mit mäßigem Interesse an. Doch dann häuften sich die Hinweise auf ein Schiff, ein besonderes Raumschiff, das vor Kurzem gelandet sei. Thoddler beugte sich unvermittelt nach vorne, als er eine Abbildung dieses Schiffs auf dem Schirm erblickte. Es war ein klassisches Hegemonie-Design, das auf vielen Flüchtlingswelten in Ermangelung einer besseren Alternative selbst für Neubauten noch verwendet wurde. Wahrscheinlich war die Ähnlichkeit nur eine äußerliche. Es flogen zwar noch ein paar uralte Trampfrachter herum, die aus demilitarisierten alten Flotteneinheiten bestanden, und es gab immer wieder Meldungen über Piratenclans, die in der dritten oder vierten Generation ein altes Hegemoniekampfschiff dazu benutzten, ihrem illegalen Gewerbe nachzugehen. Die Schiffe, das wusste jeder, waren extrem stabil gebaut, mit einer fast narrensicheren Technik, sorgsam gewartet von KIs. Solche Schiffe wurden heute nicht mehr konstruiert. Alte Hegemonietechnik brachte gute Preise ein – außerhalb der Hondh-Sphäre. Thoddler glaubte nicht, dass sich auf Terra noch jemand für die Technologie der Vergangenheit interessierte, selbst wenn sie besser war als die der Gegenwart.

Aber das hier war etwas Besonderes, denn nicht nur das Schiff stammte aus der fernen Vergangenheit – auch die Besatzung.

Thoddler war hellwach.

Seine Finger flogen über die Kontrollen. Er suchte nun gezielt nach Sendungen und Infopaketen über dieses Schiff und seine Crew. Informationen prasselten auf ihn ein. Es war schwer, die Spreu vom Weizen zu trennen. Eine Talkshow jagte die nächste, und wie immer wurde bei den meisten nur dummes Zeug geredet. Es gab einige interessante und gut recherchierte historische Sendungen, Analysen von Historikern, gewitzte Spekulationen von Journalisten, die nicht ganz so verblödet waren wie der Rest ihrer Zunft. Er stieß auf ein Interview mit einem heruntergekommen wirkenden Gebrauchtwarenhändler namens Arn Roesler, der mit der plötzlichen medialen Aufmerksamkeit offenbar Geld verdienen wollte. Er hatte wohl einem der Mannschaftsmitglieder des Schiffes – es trug den Namen Interceptor – etwas verkauft und nutzte seine lebhafte Fantasie nun, um auf dieser Basis eine galaktische Verschwörungstheorie zu spinnen, die man offenbar nur sendete, weil sich der Mann damit ganz freiwillig zum Hanswurst machte.

Thoddler hielt inne.

Wenn …

Er drehte sich in seinem Sessel um und griff in die Kontrollen der Ortungssuite. Er aktivierte alle aktiven Scans. Die Rosinante leuchtete auf den Schirmen der Erdkontrolle jetzt wie ein Christbaum, aber erfahrungsgemäß war das völlig irrelevant, solange er sich außerhalb der üblichen Routen befand und sein Schiff sich als unbewaffnet erwies. Thoddler hatte nichts zu befürchten außer dem Unwillen des Instituts, da er die Vorgaben ihres Protokolls gebrochen hatte.

Scheiß auf das Protokoll!, dachte der alte Mann.

Erst einmal: Es waren Hondh-Schiffe im System. Das war nichts grundsätzlich Ungewöhnliches, denn es kamen ja regelmäßig die Tributschiffe an, die die Ökonomie der Erde auszuplündern pflegten. Aber das waren große Transporter, die auf festgelegten Routen flogen und nichts weiter taten, als geduldig einzuladen und abzufliegen. Die beiden Kreuzer, die sich auf Thoddlers Schirmen abzeichneten, leuchteten im hyperfrequenten Bereich und waren relativ einfach zu identifizieren: Es waren Kampfeinheiten von mittlerer Größe. Thoddler schickte eine Anfrage an das Infoarchiv des Instituts, dessen aktuelle Version er sich vor dem Abflug heruntergeladen hatte. Seine vage Erinnerung wurde bestätigt: Der letzte nachgewiesene Besuch eines Hondh-Kampfschiffes im terranischen Heimatsystem lag über 130 Jahre zurück.

Es war also etwas im Busch.

Und dann tauchte ein glühender Punkt auf den Schirmen Thoddlers auf, der sich mit hoher Geschwindigkeit der Erde näherte. Er hatte etwas sehr Entschlossenes an sich, und die Beschleunigungswerte waren beeindruckend. Die Rosinante verfügte über starke Triebwerke, denn es war ihr Job, schnell zu sein. Aber dieser Blip dort rannte auch dem Kurierboot davon.

Das musste die Interceptor sein.

An diesem Anflug – wieso überhaupt Anflug, war der Kreuzer nicht mehr auf der Erde? – war nichts Verborgenes oder Geheimnisvolles. Die beiden Hondh-Kreuzer versuchten offenbar, die Interceptor abzufangen, aber wenn sich die Trajektorien der drei Schiffe nicht mehr veränderten, würden sie die Interceptor erst erreichen, wenn diese bei der Erde angekommen war … und genügend Zeit haben würde, um …

Ja.

Um was zu tun?

Thoddler war nicht auf dem aktuellen Stand. Aber er war sich verdammt sicher, dass das Institut an seinen Beobachtungen großes Interesse entwickeln würde. Möglicherweise würde es sich lohnen, den Aufenthalt im Sonnensystem etwas zu verlängern.

Die Umgebungsscanner der Rosinante blieben stumm. Kein Schiff weit und breit, niemand schien sich für das Kurierboot zu interessieren. Thoddler traf eine Entscheidung. Er aktivierte den relativistischen Antrieb, programmierte einen Kurs, der ihn näher an den Ort des Geschehens bringen würde, und schob den Beschleunigungshebel mit großer Entschiedenheit nach vorne. Die Rosinante erzitterte gehorsam und begann, auf die Erde zuzugaloppieren. Je näher sie kam, desto besser würden die Ortungsergebnisse sein, und bald würden auch die lichtschnellen Signale ohne große Verzögerung aufzufangen sein.

Thoddler wollte unbedingt wissen, was da vor sich ging. Das Jagdfieber hatte den alten Mann gepackt. Noch während die Rosinante Fahrt aufnahm und auf das System zustürzte, saß er bereits wieder über den Ortungsschirmen und sichtete die Datendownloads. Offenbar gab es viel Aufregung. Die Erdregierung hatte die Interceptor gejagt, war aber an ihr gescheitert. Die Hondh waren um Hilfe gerufen worden. Eine sehr seltsame Konstellation. Aber warum floh das alte Schiff nicht und suchte woanders Schutz und Hilfe? Warum steuerte es trotz der Hondh-Präsenz offen und mit stetig wachsender Geschwindigkeit auf die Erde zu?

Thoddler war verwirrt. Aber er zeichnete alles auf.

Was er nicht verstand, mochten andere nachvollziehen können.

Er war jetzt erst einmal nicht mehr als ein Zeuge.

Der alte Mann holte sich einen Kaffee, versicherte sich der Tatsache, dass trotz der ganzen Aufregung der Download der Schmonzetten weiterhin ungestört lief – es gab schließlich auch ein Leben nach dieser Aktion –, und richtete sich auf eine lange und nicht uninteressante Wache ein.

»Hondh auf Abfangkurs. Die sind ein wenig schneller als unsere damals.«

»Dann haben sie auch Raketen, die ein wenig schneller sind und mehr Bums haben.«

Thrax hob eine Hand. »Nicht ablenken lassen. Wenn wir das hier sauber spielen, sind wir weg, ehe die Hondh in Schussreichweite kommen.«

Lachweyler kauerte über seinen Kontrollen. Die Interceptor vibrierte stark. Spoon hatte ihnen alles gegeben, was die Maschinen schaffen konnten, und wahrscheinlich noch ein wenig mehr. Die Wachstationen waren nun alle aktiv. Im Orbit um Terra kreisten drei davon, die großen Rohre ihrer Werfer auf die Erde gerichtet, um sie bestrafen zu können, wenn die Hondh es für richtig hielten. Sie hatten nicht auf die Interceptor gefeuert, als diese gestartet war, und erst jetzt rotierten sie in Position, schwerfällig und behäbig. Mit Kanonen auf Spatzen. Thrax wusste aus all den vorliegenden Daten, dass die Stationen für einen Raumkampf nicht geeignet waren, sondern vor allem als Ortungseinrichtungen dienten sowie als Doomsday-Maschinen für die planetare Bevölkerung. Die Hondh mussten für Fälle wie diesen eine mobile Einsatzreserve irgendwo in der Nähe stationiert haben, jedenfalls waren die beiden Kreuzer recht schnell aufgetaucht. Doch die Stationen hatten Planetenkiller an Bord. Vielleicht hofften sie darauf, die Interceptor damit einschüchtern zu können.

Thrax fühlte sich nicht eingeschüchtert.

Thrax hatte keine Angst um die Erde. Die Regierung hatte ihre Herren um Hilfe gebeten und sie sicher bereits im Detail über die bösen alten Helden informiert. Die Hondh waren weder nachtragend noch dumm. Sie würden die Erde nicht für etwas bestrafen, was gar nicht in ihrer Verantwortung lag.

Aber die Interceptor in Schutt und Asche legen, davor würden sie keinesfalls zurückschrecken.

Der Kommandant erhob sich, spürte, wie das künstliche Hüftgelenk leichte Schmerzwellen ausstrahlte. Er hätte längst eine Generalüberholung verdient. Aber er war auf der Erde zu beschäftigt – und abgelenkt – gewesen und jetzt wusste er nicht, wann er jemals wieder dazu kommen würde. Shirwa würde das Möglichste tun, um seinen zusammengeflickten Körper am Leben zu erhalten, aber die Mittel der kleinen Krankenstation waren begrenzt. Thrax machte sich keine Illusionen. Seine körperliche Leistungsfähigkeit würde in den kommenden Monaten kontinuierlich abnehmen. Die Schmerzen würden stärker werden. Er hielt einiges aus, aber irgendwann war der Zeitpunkt gekommen, wo er sich in Expertenhände begeben oder das Kommando an Skepz abgeben musste. Vielleicht war es dann am sinnvollsten, ihn einfach auf irgendeiner Welt da draußen außerhalb des Hondh-Raumes abzusetzen und langsam auseinanderfallen zu lassen.

Ah, der alte Bekannte.

Selbstmitleid!

Thrax schüttelte sich und trat neben Lachweyler, der ihn erwartungsvoll ansah.

»Du musst dich selbst übertreffen«, sagte Thrax.

»Ich habe die Koordinaten und ich habe die Rakete«, erwiderte der Waffenoffizier selbstsicher und eifrig. Als er von Thrax' Plan gehört hatte, war er sofort Feuer und Flamme gewesen. Dinge zerstören, das war seine Leidenschaft. Und er wuchs mit seinen Aufgaben. So etwas hatte er noch nie versucht, also war er begeistert.

»Es sind Raum-Raum-Raketen, Lachweyler. Du musst mit einer Atmosphäre arbeiten und die Explosion muss räumlich eng begrenzt sein. Und unsere Gegner bekommen Vorwarnzeit, um das Gebiet zu evakuieren. Die haben sicher keine Raketenabwehrstellungen mehr, aber wir dürfen elektronische Gegenmaßnahmen erwarten.«

»Wenn die auf dem gleichen Niveau operieren wie diese gammeligen Polizeiboote, habe ich keine Angst davor.«

Thrax schüttelte den Kopf und wackelte warnend mit einem Zeigefinger.

»Dein Enthusiasmus in allen Ehren, aber die kleinste Abweichung und wir äschern alles Mögliche ein, bloß nicht unser Ziel.«

»Ich habe mich darauf vorbereitet, Thrax. Der Sprengkopf wird nicht per Aufschlagzünder hochgehen, sondern durch die KI aktiviert. Wenn wir merken, dass der Kurs nicht stimmt, bleibt die Rakete stumm und knallt einfach nur mächtig in den Boden. Den Antrieb schalten wir vorher ab. Es wird ein ordentliches Loch geben, aber keine Explosion. Minimaler Schaden.«

Thrax nickte. »Das klingt vernünftig. Du musst selber aber auch einen Blick auf die Sache haben. Ich will, dass du aufpasst.«

»Ich habe alles im Griff. Die Rakete wird in den Generator einschlagen und ihn vernichten. Ich werde genau treffen und mich von nichts ablenken lassen.«

»Die Wachstationen?«

Lachweyler zuckte mit den Achseln. »Die tragen die ganz großen Böller, Planetenknacker und so was. Schwerfällige Monster. Die pflücke ich aus dem Orbit. Da gibt es dann ein lustiges Feuerwerk, das war's aber auch schon. Das kann die KI erledigen, ohne auch nur einen Moment ihr ewiges Schachspiel mit Spoon unterbrechen zu müssen.«

Thrax grinste. »Das hört sich gut an. Aber sei nicht zu selbstsicher. Unsere letzte Analyse der Hondh-Armierung ist

500 Jahre alt. Die sind nicht die schnellsten, aber das ist eine lange Zeit. Die beiden Kreuzer sind ein gutes Stückchen besser als das, was wir kennen. Sei also auf Überraschungen gefasst.«

»Ich halte die Augen offen. Bring du mich zum Ziel. Den Rest erledige ich. Ich verspreche es.«

Lachweylers Tonfall war voller heiligem Ernst. Thrax glaubte ihm. Es blieb ihm auch gar nichts anderes übrig. Sie hatten diesen einen Schuss und das war es. Entweder es klappte – auch wenn es dann nur eine Geste des Trotzes war – oder sie rannten einfach nur mit eingezogenem Schwanz davon, um irgendwo da draußen Unterschlupf zu finden.

Oder die Exemptor.

Auch so ein Gedanke, an dem sich Thrax noch festhielt.

Thrax wusste, dass er das nunmehr notwendige Gespräch nicht länger hinauszögern konnte. Er fühlte sich unwohl bei dem Gedanken, mit den Behörden der Erde Kontakt herstellen zu müssen. Er wusste nun zwei Dinge: Die Menschen der Erde waren loyal, und das nicht aus freien Stücken. Und die Erdregierung wusste, woran das lag, und tat nichts dagegen – aus Angst, aus Bequemlichkeit oder aus Überzeugung.

Er aktivierte die Funkverbindung. Die KIs der Polizeiboote hatten die gesicherten und codierten Frequenzen, die derzeit im Gebrauch waren, ohne großen Widerstand ausgespuckt, und es sagte einiges über die Professionalität der Akteure dort unten aus, dass sie diese noch nicht geändert hatten. Es dauerte nicht lange, da tauchte das Gesicht eines Mannes auf, mit dem zu reden Thrax allerdings nicht gerechnet hätte. Es war der Chef der Erdregierung, Direktor Olson, der dermaßen gewinnend in die Kamera lächelte, als wolle er einen Wahlkampfspot aufzeichnen.

»Herr Direktor –«, begann Thrax, nur, um sofort unterbrochen zu werden.

»Commander!«, dröhnte Olson. »Ich bin so froh, dass Sie sich melden! Lassen Sie uns gemeinsam versuchen, eine Katastrophe zu verhindern!«

»Das liegt sehr in meinem Interesse«, erwiderte Thrax. »Aber wir sind uns wahrscheinlich nicht darüber einig, worin die Katastrophe überhaupt besteht.«

Olson verzog unmerklich das Gesicht.

»Sie werden es wohl gemerkt haben, aber die Wachstationen sind aktiv geworden und zwei Hondh-Kreuzer halten auf die Erde zu. Entspricht das unserer gemeinsamen Definition oder haben Sie eine andere Sichtweise auf die Dinge?«

»Sie haben die Hondh gerufen, wenn ich mich nicht irre.«

»Es blieb mir doch nichts anderes übrig. Denken Sie, ich bin da in meinen Entscheidungen gänzlich frei? Ich muss die Erde beschützen. Sie sollten von uns allen am besten wissen, dass die Hondh hart durchgreifen, wenn ihnen was nicht passt. Das würde ich gerne vermeiden.«

»Sie sind in Ihren Entscheidungen freier als der Rest der Menschheit, scheint mir.«

»Sie überschätzen meine Autonomie.«

»Nein, ich glaube, ich habe eine ganz realistische Vorstellung.«

Olson runzelte die Stirn, ehe er sprach, als könne er das nicht recht glauben.

»Landen Sie auf dem Raumhafen, Thrax. Übergeben Sie uns Ihr Schiff. Sie haben nichts zu befürchten. Ihr Kreuzer ist das Problem, vor allem jetzt, wo er wieder bewaffnet ist. Sie und die Crew erhalten eine volle Amnestie und können ein friedliches Leben auf der Erde verbringen. Aber dass Sie Ihr Schiff wieder mit Waffen bestückt haben, die unter dem Interdikt der Hondh stehen – das war eine ausgesprochene Dummheit. Was haben Sie sich dabei gedacht? Wen wollen Sie angreifen? Führen Sie jetzt eine Art Privatkrieg? Wer oder was gibt Ihnen das Recht zu einer solchen irren Aktion?«

Thrax holte tief Luft. Olson hatte sich ein wenig in Rage geredet, aber die Frage war mehr als berechtigt und er konnte sie nicht einfach abtun. Er wusste aber auch, dass der Direktor seine Antwort nicht schätzen würde. Thrax war nicht einmal sicher, ob ihm selbst die eigene Sichtweise so klar und eindeutig vor Augen stand.

»Ich führe keinen Privatkrieg. Tatsächlich glaube ich, dass wir die Interessen der Menschheit besser vertreten, als Sie es tun.«

»Was für eine Anmaßung!«

»Sie maßen sich auch an, die Menschheit sehenden Auges unter der Knute der Hondh zu halten, obgleich Sie genau wissen, wie die Menschen auf der Erde kontrolliert und manipuliert werden.«

»Ich bin gewählter und damit legitimierter Regierungschef.«

»Gewählt von Leuten, die gar nicht wissen, was um sie herum passiert.«

»Sie waren 500 Jahre nicht da. Sie wissen doch erst recht nicht, wie wir hier leben. Sie sind ein Relikt. Halten Sie sich aus Dingen heraus, die Sie nicht verstehen. Sie richten nur Unheil an. Unschuldige werden sterben, wenn Sie nicht einlenken. Wollen Sie das auf Ihr Gewissen laden?«

Thrax seufzte.

»Nein, Direktor, das will ich natürlich nicht. Daher warne ich Sie ja auch rechtzeitig.«

»Warnen? Wovor?«

»Lassen Sie das Gebiet um den Mentalfeld-Generator evakuieren. Wir werden ihn zerstören.«

Olsons Gesicht verzerrte sich.

»Sie sind doch total wahnsinnig, Thrax! Was wollen Sie damit erreichen?«

»Ich will den Generator zerstören.«

»Sie wissen nicht, was Sie damit anrichten!«

»Die Menschen werden möglicherweise langsam anfangen, frei zu denken. Nicht sofort vielleicht, aber mit der Zeit.«

Olson lachte auf.

»Frei zu denken? Sie Irrer! Das wäre absolut fatal! Was wollen Sie provozieren? Dass die Menschheit die Herrschaft der Hondh zu hinterfragen beginnt? Mit welcher Konsequenz? Möchten Sie einen Aufstand? Sie wissen doch, wie sinnlos das wäre.«

»Es gibt sicher andere Wege als den direkten, den gewalttätigen.«

»Blödsinn! Meinen Sie, wir könnten so was kontrollieren? Sie haben ja keine Ahnung! Ich sage Ihnen, was passieren wird: Es wird ein Chaos ausbrechen, es werden Unschuldige zu Schaden kommen und der Frieden, den wir uns mühsam erarbeitet haben, gerät in große Gefahr! Sie können das nicht wollen.«

»Es ist besser, als alle weiter im Dornröschenschlaf zu halten als unwissende und unwillentliche Sklaven einer fremden Macht.«

»Romantiker! Sie sind ein gefährlicher Romantiker! Ich muss es ausbaden, Ihr nobles Gefasel von Freiheit und eigenständigem Denken!«

Thrax wurde des Gespräches müde.

»Evakuieren Sie! Wir sind im Anflug. Das haben Sie ja gemerkt. Nennen Sie es eine trotzige Geste, wenn Sie so wollen. Es ist wohl alles, wozu wir noch fähig sind. Wir haben es sehr eilig. Wir wünschen keine Raumschlacht. Fangen Sie an, die Befehle zu geben. Jetzt!«

Olson starrte Thrax an und schwieg für einen Moment. Es schien ihm zu dämmern, dass er den Kommandanten der Interceptor nicht mehr umstimmen würde.

»Sie meinen das ernst, ja?«, fragte er dann unnötigerweise.

»Absolut. Evakuieren Sie. Wir werden nicht abbremsen. Wir sind unterwegs.«

»Ich habe die Nachricht weitergegeben. Meine Leute kümmern sich darum. Wir können nicht garantieren, dass wir –«

Thrax machte eine wegwischende Handbewegung.

»Sie haben noch gut drei Stunden, Olson. Da sollte einiges möglich sein. Wir werden sehr präzise arbeiten. Sie müssen nicht die ganze Stadt leer räumen. Ein Umkreis von drei Kilometern genügt völlig.«

Olson schaltete ab.

Thrax starrte für eine Sekunde auf den leeren Bildschirm und fragte sich, ob das jetzt ein Triumph seinerseits war oder das endgültige Eingeständnis seines Gesprächspartners, es hier mit einem Irren zu tun zu haben, mit dem zu reden nur Zeitverschwendung war. Der Kommandant beschloss, diesen Gedankengang nicht weiterzuverfolgen. Möglicherweise würde er die Richtung, in die er führte, nicht besonders mögen.

»Wir sind auf Kurs«, murmelte er dann, mehr zu sich selbst. »Wir bleiben auf Kurs.«

Du bist ein störrischer alter Mann, sagte er in Gedanken zu sich selbst.

Das war immerhin keine neue Erkenntnis.

Manche Dinge änderten sich eben nicht.

Roarke verließ seine Wohnung und starrte in Richtung des Stadtzentrums. Die Sirenen heulten seit einer halben Stunde und eine Unmenge an Polizeikräften war auf den Straßen zu sehen. Es wurde auf allen Kanälen eine Katastrophenwarnung ausgegeben, ohne dass allzu spezifisch auf den Grund dieser Katastrophe eingegangen wurde. Gleiter schossen von allen Seiten heran, um die befohlene Evakuierung zu unterstützen. Das Gebiet, um das es ging, legte einen konzentrischen Kreis um den Park mit dem Hondh-Gebäude.

Das waren schon Idioten, dachte Roarke bei sich. Die Leute von der Interceptor hatten sicher die Regierung vorgewarnt und waren nun auf dem Rückweg, um den Generator zu zerstören. Dagegen war grundsätzlich natürlich nichts einzuwenden. Aber wenn man es nun schaffen würde, innerhalb der noch verbliebenen Zeit die Büros im Stadtzentrum zu leeren – Wohnbevölkerung gab es dort kaum –, dann war es doch sicher auch möglich, den Generator abzumontieren und ebenfalls in Sicherheit zu bringen. Der Angriff der Interceptor würde einen schönen Park einäschern, vielleicht noch ein paar umstehende Gebäude in Mitleidenschaft ziehen, aber letztlich gar keinen Schaden anrichten, der nennenswert war.

Oder man hatte sich auf eine solche Eventualität gar nicht vorbereitet und keine Möglichkeit vorgesehen, den Generator schnell vor einer Bedrohung in Sicherheit zu bringen. Je länger Roarke darüber nachdachte, desto wahrscheinlicher erschien ihm diese Variante. Das passierte wohl, wenn man sich 500 Jahre auf die Allmacht der Hondh verließ und jede eigene Initiative verlor. Man rechnete nicht mehr mit dem Unwahrscheinlichen – und wenn es eintraf, war niemand da, der in der Lage war, die richtigen Entscheidungen zu treffen.

Roarke seufzte. Seit man ihn aus der Haft entlassen hatte – ohne weitere Strafandrohung und ohne irgendwelche Repressalien, einfach so –, fühlte er eine starke Resignation in sich. Bi Rongs Worte waren keinesfalls ohne Wirkung auf ihn geblieben. Er und die Seinen waren tatsächlich dermaßen irrelevant, da lohnte es sich einfach nicht, einen großen Aufwand ihretwegen zu betreiben. Und dennoch fühlte Roarke in sich noch ein wenig Verantwortung und nicht zuletzt Neugierde. All dies hatte schließlich auch etwas mit ihm zu tun, und zwar in nicht unerheblichem Maße. Er wollte wissen, wie es ausging.

Roarke beschloss, sich die Sache aus der Nähe anzusehen. Und er wusste auch einen sehr guten Ort, von dem aus er den Vorgang beobachten konnte. Sein eigenes Büro, gelegen in einem Hochhaus, lag außerhalb der Evakuierungszone. Er würde heute, trotz eingereichten Urlaubs, zur Arbeit gehen. Auf dem Dach gab es eine Cafeteria, die einen wunderbaren Ausblick ermöglichte. Er würde dort auch sehr gut beobachten können, ob die Regierung es schaffte, den Generator zu bergen, wie er insgeheim annahm.

Es dauerte eine Weile, bis er sich durch den Verkehr gekämpft hatte. Die meisten versuchten eher, in die entgegengesetzte Richtung zu reisen. Auch die Bewohner außerhalb der Zone schienen es für vernünftiger zu halten, einen größeren Abstand zwischen sich und der »Katastrophe« zu bringen, woraus auch immer diese bestehen mochte. Die Straßen waren voll, der Himmel hing voller Gleiter, die es glücklicherweise schafften, den erwarteten Andrang zu bewältigen. Transportfahrzeuge wurden eingesetzt, Polizeibusse, und das ganz gut organisiert. Roarke sah Angst und Verwunderung, manchmal ein wenig Entsetzen oder Anflüge von Panik bei den besonders Ängstlichen, aber es waren dermaßen viele Sicherheitskräfte unterwegs, dass die ganze Aktion mit dem notwendigen Mindestmaß an Besonnenheit ablief.

Als Roarke das Bürogebäude betraf, fand er im Stockwerk seiner Firma nur noch eine Handvoll Kollegen vor. Sheila, die Unentwegte, ein kalter Fisch von einer Frau, die noch an ihrem Tisch sitzen würde, wenn sich alle um sie herum bereits in von Alien-Viren verseuchte Zombies verwandelt hätten. Sie warf Roarke einen seltsamen Blick zu – er gehörte normalerweise nicht zu jenen, die eine Gelegenheit auf Arbeitsniederlegung verstreichen ließen. Dann war da sein Abteilungsleiter, ein junger Typ, der außer seiner Karriere nichts im Sinn hatte und Tag und Nacht schuftete. Auch er würde sein Büro erst verlassen, wenn es in Flammen stand. Möglicherweise selbst dann nicht.

Niemand achtete weiter auf ihn, sodass er nicht einmal so tat, als wolle er sein eigenes Kubikel betreten. Stattdessen führte ihn der Weg sofort die breite Wendeltreppe empor in die Cafeteria, wo er, wie er feststellen durfte, nicht der Einzige Schaulustige zu sein schien. Die drei Männer und Frauen, die auf die Szenerie hinabstarrten und diese mit knappen Worten kommentierten, waren ihm nicht bekannt. Aber das Gebäude wurde intensiv genutzt, er konnte hier nicht jedem begegnet sein. Ihm wurde nur kurz zugenickt, damit war er in die kleine Gemeinschaft der Beobachter aufgenommen.

So standen sie eine Weile da und starrten auf die Kolonnen, die sich zu Land und in der Luft vom Gebiet entfernten, in dessen Zentrum der kleine Park mit dem Gebäude der Hondhisten und dem Generator lag. Alles war sehr gut von hier zu erkennen, das Wetter war klar und die Sonne schien. Roarke holte sein Telefon hervor, skalierte die Optik und benutzte es als Fernglas. Die Fenster der Cafeteria waren frisch geputzt worden und erlaubten einen scharfen Blick.

Es waren weit und breit keine Vorbereitungen für einen Abbau des Generators zu erkennen. Roarke vermutete, dass die tiefe Kaverne nicht sonderlich leicht zugänglich war und die Zeit nicht genügte, um den Generator abzumontieren. Vielleicht hätte es gereicht, wenn die Absichten der Interceptor gleich klarer gewesen wären, aber so schien die Erdregierung eher darauf bedacht zu sein, den Kollateralschaden weitgehend zu begrenzen.

Roarke ahnte, dass niemand – die Regierung nicht und die Hondh gleichfalls nicht – jemals damit gerechnet hätte, dass jemand den Generator von außen ausfindig machen würde, um ihn dann wie ein Wilder anzugreifen und zu zerstören. Die mangelnden Sicherheitsvorrichtungen wiesen darauf hin, dass die Hondh solche Attacken nicht gewohnt waren oder dass sie furchtbar selten vorkamen. Ein Loyalist wäre niemals auf die Idee gekommen. Jemand, der die Loyalität mit Implantaten unterdrückte, wäre entdeckt worden. Und wenn es doch einige wenige Immune gab, so waren diese wohl im Regelfalle keine Bedrohung. Roarke seufzte leise. Was auch stimmte. Alleine hätte er nichts ausrichten können. Er hätte nicht einmal gewusst, wo er hätte suchen sollen.

Dumm wäre er gestorben. Nicht nur machtlos und resigniert wie jetzt, sondern auch noch dumm. So gesehen hatte sich seine Situation verbessert.

Für einen Moment überlegte er, ob er seinen drei Mitbeobachtern ein wenig die Hintergründe dieses Vorfalls erläutern sollte. Die Mutmaßungen der drei reichten von einem Leitungsleck bis zu einem Angriff religiöser Fanatiker auf andere religiöse Fanatiker – oder dass eines der Regierungsgebäude in der Nähe das eigentliche Ziel sei. Roarke entschied sich dagegen. Er würde auf Unverständnis und Unglauben stoßen, vor allem aber würde der unheilvolle Einfluss des Generators dazu führen, dass sie sich gar nicht offensiv mit diesem Thema würden auseinandersetzen können.

Andererseits … wenn der Generator zerstört wurde …

Roarke lächelte.

Es gab vielleicht eine gute Möglichkeit, die Wirkung der Zerstörung am lebenden Objekt zu überprüfen. Er rechnete nicht damit, dass diese sofort eintrat – möglicherweise wirkte die Konditionierung tiefer und gründlicher und würde erst nach einiger Zeit nachlassen. Aber wenn es ihm gelang, die Saat des Zweifels zu säen … Es würde ja bereits genügen, wenn er nach dem Ende des Generators in der Lage war, seine »absurde« Theorie zu verbreiten, ohne dass alle gleich instinktiv davor zurückwichen.

»Ich hole mir einen Kaffee«, meinte er. »Will noch jemand was?«

Die drei anderen Menschen nickten freundlich und gaben ihre Bestellungen auf. Roarke lächelte weiter, als er, immer wieder einen Blick durch das Fenster werfend, die Getränke von der automatischen Bar holte. Als sie alle versorgt waren, machten sie es sich gemütlich, zogen Stühle heran und lehnten sich zurück. Roarke schaute auf die Uhr. Jemand hatte das Radio laufen lassen, durch das die offiziellen Ankündigungen der Regierung zu hören waren. Die Evakuierung musste in einer Stunde abgeschlossen sein, was bedeutete, einen kleinen Sicherheitsspielraum einkalkuliert, dass dann die Interceptor nahe genug sein musste, um zu tun, was auch immer sie im Einzelnen vorhatte.

Sie saßen da und warteten. Der Verkehr wurde spärlicher, bis er ganz erstarb. Eine nahezu unheimliche Bewegungslosigkeit lag über der Szenerie, nur unterbrochen vom gelegentlichen Vogel, der durch die Lüfte strich. Es gab keine Sicherheitskräfte mehr im ganzen Areal, als die Zeitgrenze überschritten worden war, wenngleich alle Medien weiterhin lauthals ihre Warnungen in den Äther riefen. Wer es jetzt nicht mitbekommen hatte, würde es möglicherweise nicht mehr rechtzeitig erfahren. Da aber gerade im Stadtzentrum alle Straßen, Plätze und fast alle Gebäude mit Überwachungskameras gespickt waren, hielt Roarke die Wahrscheinlichkeit, dass sich noch jemand im Evakuierungsbezirk aufhielt, für ausgesprochen gering.

Roarke ertappte sich dabei, wie er immer wieder auf die Uhr schaute. Die Zeit verging dadurch nicht schneller, eher im Gegenteil. Jedes Gespräch war erstorben. Bei einem der Beobachter machte sich Angst bemerkbar. Etwa 15 Minuten vor Ablauf des von der Regierung gesetzten Zeitrahmens für die »Katastrophe« verschwand er mit einem verlegenen Grinsen. Er würde sich zumindest in die Tiefgarage zurückziehen, dessen war sich Roarke sicher. Von dort aus hatte man ihnen hier oben mitgeteilt, dass sich die im Gebäude verbliebenen Personen verschanzt hatten und dass man sie einlud, sich rechtzeitig zu ihnen zu gesellen.

Doch weder Roarke noch die beiden verbliebenen Neugierigen hatten die Absicht, so schnell aufzugeben. Die beiden anderen waren dabei mutiger als der Immune. Sie kannten die Crew der Interceptor nicht und hatten keine Ahnung davon, welch ausgereifte Militärtechnologie das Schiff mit sich trug. Roarke war sich sicher, dass Thrax und die Seinen nichts tun würden, was nicht kalkulierbar war oder außer Kontrolle geraten konnte. Er wusste nicht, woher er diese Gewissheit hatte. Eigentlich fehlten ihm dafür die notwendigen Informationen. Seine Kontakte mit den Leuten aus der Vergangenheit waren doch eher sporadisch gewesen. Es war eine reine Gefühlssache, und sie gab ihm eine Art von Gelassenheit, die seine beiden Kameraden in der Cafeteria wahrscheinlich als eine besondere Abgebrühtheit interpretierten.

Roarke sagte nichts. Wenn es vorbei war, würde er über seine Erlebnisse reden, wenn man ihm zuhören wollte. Aber jetzt … egal wie es ausgehen würde, dies war ein historischer Moment. Der erste Akt des Widerstands gegen die Hondh nach 500 Jahren. Er war dankbar, dass er ihn miterleben durfte. Er war stolz, dazu beigetragen zu haben.

Da.

Alle richteten sich auf, senkten die Telefone mit den Vergrößerungsoptiken, blinzelten in den Himmel hinein. Etwas flog hinab, zog einen Schweif hinter sich her. Es musste sich um eine Rakete handeln. Sie war deutlich vor dem tiefblauen Hintergrund des wolkenlosen Himmels zu erkennen und sie war schnell.

Verdammt schnell.

Als sie näher kam, rückte einer den Stuhl unwillkürlich nach hinten.

Er würde es nicht einmal mehr in die Tiefgarage schaffen.

Roarke beobachtete, wie die Rakete, kaum noch mit bloßem Auge zu erkennen, am Firmament hinunterzuckte. Dann ein Blitz, nicht halb so grell, wie er befürchtet hatte. Roarke sah eine Feuerblume aufsteigen, hörte das dumpfe Röhren einer Explosion. Die Fenster zitterten ein wenig unter der Druckwelle, aber zu keinem Zeitpunkt wirkte es für sie gefährlich.

Maßarbeit, dachte Roarke stolz. Das hat gesessen. Er hob sein Telefon, zoomte die Einschlagstelle heran. Ein kleiner Lavasee hatte sich gebildet, über ihm waberte die Luft vor Hitze. Aber der See war klein, war exakt dort entstanden, wo sich das Gebetshaus der Hondhisten befunden hatte. Die Rakete musste erst einige Meter durch Beton und Erdreich eingedrungen sein, ehe sie gezündet worden war. Dadurch war sie sehr gründlich, aber in ihrer Wirkung auch örtlich sehr begrenzt gewesen.

Ein nahezu chirurgischer Eingriff.

Alle stießen sie unwillkürlich die Luft aus, sagten irgendwas Aufgeregtes.

Roarke beobachtete seine beiden Begleiter. Nein, es war keinesfalls zu erwarten, dass die Vernichtung des Generators eine sofortige Wirkung zeitigte. Er hatte die Menschen seit endlosen Jahrhunderten indoktriniert. Diese hier waren seit ihrer Geburt, seit ihrer Empfängnis dem Einfluss der Maschine ausgesetzt gewesen. Es war sehr, sehr unwahrscheinlich, dass sie sich so schnell von einem Einfluss würden lösen können, dessen sie sich nicht einmal bewusst waren.

Sie starrten auf den kleinen Lavasee und man konnte ihm beinahe dabei zusehen, wie er wieder zu erkalten begann. Das Wabern der Luft hatte bereits merklich nachgelassen. Es war Sirenengeheul zu hören, als die Sicherheitskräfte sich wieder vorwagten und auf den Park zurasten. Bäume und Büsche brannten dort lichterloh, durch die Explosion in Brand gesetzt, und die Feuerwehr traf ebenfalls ein. Es dauerte keine zehn Minuten, dann hatten die Chemikalien jede Flamme erstickt. Auch der Einschlagort selbst war mit einer weißen Schaummasse bedeckt.

Die Medien wiesen darauf hin, dass die Evakuierungszone innerhalb von zwei Stunden wieder betreten werden durfte, dass der Einschlagort aber trotzdem weitflächig abgesperrt blieb, da man dort »Untersuchungen« anstellen müsse. Roarke konnte sich recht genau vorstellen, welcher Art diese waren. Sie wollten herausfinden, ob der Generator wirklich zerstört worden war. Das wollte er auch gerne wissen, aber es gab für ihn nur eine Möglichkeit, selbst Gewissheit zu erlangen.

Er schaute hoch in den Himmel. Natürlich war nichts mehr zu sehen. Die Interceptor würde sich aus dem Staub gemacht haben, irgendwohin außerhalb des Hondh-Raumes, wo sie alle so waren wie Roarke. Er beneidete sie darum und wäre so gerne mitgeflogen.

Er empfand Trauer, aber keine Bitterkeit. Er erwartete nicht, dass die Besatzung des Schiffes nur für ihn ein Risiko einging. Er gönnte ihnen die Freiheit. Doch das hieß nicht, dass seine Wehmut nicht stark war und dass sie ihn nicht sein ganzes, armseliges, eingeengtes Leben begleiten würde.

Er senkte den Blick wieder und räusperte sich.

Er wandte sich den anderen zu, die immer noch verwirrt nach einer Erklärung suchten und sich weiterhin in abstrusen Mutmaßungen ergingen.

»Wenn Sie wissen wollen, was hinter der Sache für eine Geschichte steckt … ich habe da eine wilde Sache erlebt!«

Sie wandten sich ihm zu, wirkten interessiert – der Anblick des schaumbedeckten Parks wurde nun zunehmend langweilig und selbst die Tiefgarage hatte sich bereits geleert – und sahen ihn halb belustigt, halb erwartungsvoll an.

Roarke lächelte.

Dann begann er zu erzählen.

»Hondh-Kreuzer im roten Bereich. Die wollen es wirklich wissen.«

Lachweylers Stimme klang ausgesprochen gelassen, und er hatte allen Grund dazu. Nicht nur, dass seine Rakete treffsicher das Ziel vernichtet hatte, sie war auch nicht in der Atmosphäre verglüht. Er hatte vorausschauend eine panzerbrechende Abwehrrakete ausgewählt, die gegen besonders große Projektile der Hondh Einsatz fanden, deren Schutzmaßnahmen zu durchbrechen eine Aufgabe für sich darstellte. Der Eintritt in die irdische Atmosphäre war dagegen ein Kinderspiel gewesen und die Sprengkraft ohnehin nicht besonders stark, da die Wirkung sich normalerweise erst nach dem Knacken einer Panzerung entfaltete. So hatten sie tatsächlich nicht sehr viel mehr getan, als ein Hondh-Gotteshaus sowie den umliegenden Park einzuäschern. Der Datenfeed aus den diversen Beobachtungssatelliten, in die sich die Bord-KI mit spielerischer Leichtigkeit eingeklinkt hatte, sprach eine deutliche Sprache. Es hätte natürlich schiefgehen können.

War es aber nicht.

Lachweyler war daher guter Laune. Ebenso deswegen, weil die Hondh immer noch viel zu weit weg waren, um sie vor dem Eintritt in den Menger-Raum einholen zu können.

Zwei der Beobachtungsstationen hatten in einer sinnlosen Geste Planetenkiller abgefeuert, große, klobige und viel zu langsame Projektile. Die Interceptor hatte nicht einmal den Kurs ändern müssen, um ihnen zu entkommen. Die mächtigen Geschosse waren träge, sollten sie doch nicht viel mehr tun, als einen Schwerkraftschacht hinabstürzen und den Eingeborenen das Gesetz der Hondh verdeutlichen. Für den Raumkampf waren sie tatsächlich nicht geeignet. Als klar war, dass der Abwehrkreuzer uneinholbar war, hatten die Stationen die Selbstzerstörung der Geschosse ausgelöst. Ein buntes Feuerwerk, das man sicher auch vom Erdboden aus bewundern konnte.

Thrax wusste, dass die Hondh zur Veränderung und Anpassung von Strategie und Taktik durchaus in der Lage waren. Würde ihre Aktion nun dazu führen, dass man die Beobachtungsstationen in den okkupierten Systemen umbaute? Würden jene, die nach ihnen kamen – falls das überhaupt einmal jemand sein würde –, sich auf eine härtere Gegenwehr einstellen müssen?

Und kümmerte das überhaupt noch jemanden?

Sie flogen fort und sie hatten einen Kurs gesetzt. Aufgrund der Informationen, die sie auf der Erde gesammelt hatten, wussten sie, wo das Hondh-Imperium aufhörte, und sie hatten auch allerlei Koordinaten von Welten außerhalb gesammelt, von denen hin und wieder – und immer seltener – Besuch gekommen war. Es gab einige, die offensichtlich von irdischen Flüchtlingen besiedelt wurden. Die Interceptor steuerte eine in unmittelbarer Nähe an.

Würden die Hondh sie dorthin verfolgen?

Um diese Frage zu beantworten, führte sie ihr Kurs nicht direkt zu ihrem Zielort. Die Interceptor würde im Leerraum einen Zwischenstopp machen, um zu sehen, ob die Hondh sie aufspüren und verfolgen würden. Erst wenn sie sich einigermaßen sicher waren, dass die Aliens kein Interesse mehr an ihnen hatten, sobald sie deren Raum verließen, würden sie die Reise fortsetzen.

Das langfristige Ziel waren die Koordinaten, unter denen sie die Exemptor zu finden hofften. Doch der Weg dorthin war weit und erst war es notwendig, mehr über die Zustände im freien Teil der Galaxis zu erfahren.

Thrax war nicht auf der Brücke. Der Kommandant hatte die Zerstörung des Generators mit einer tiefen Zufriedenheit zur Kenntnis genommen, ein schönes Gefühl, das offenbar schnell wieder vergangen war. Lachweyler erinnerte sich daran, wie sich die Gesichtszüge des Offiziers danach wieder verdüstert hatten. Vielleicht dachte er an das, was nun vor ihnen lag. Oder er fragte sich, ob all dies überhaupt den Aufwand wert war.

Lachweyler runzelte die Stirn. Der Waffenoffizier hatte diesbezüglich eine sehr einfache Einstellung. Hondh umbringen war eine feine Sache. Wenn er die Gelegenheit bekam, es wieder selbst zu tun oder zu helfen, damit viele sich dieser Tätigkeit hingaben, und das möglichst effektiv, war er mit seinem Leben bereits sehr zufrieden. Er hatte aber das Gefühl, dass Thrax nicht ganz dieser Ansicht war … oder zumindest die Befürchtung, dass die Herausforderungen, denen sie gegenüberstanden, so gigantisch waren, dass es kaum möglich sein würde, sie zu bewältigen.

Lachweyler war da Optimist.

Die Sache auf der Erde war doch ganz ordentlich gelaufen.

Dennoch …

Er drehte sich um und sah Skepz an, die derzeit auf der Brücke das Kommando führte.

»Was hat er?«

Die Frau sah auf, ihr Blick wirkte für einen Moment etwas verschleiert, als müsse sie die Antwort irgendwo in weiter Ferne suchen.

»Er ist sich nicht sicher, ob er das Richtige tut.«

Lachweyler zuckte mit den Achseln.

»Es war gut, den Generator zu zerstören, und sei es auch nur, um ein Zeichen zu setzen.«

»Für wen?«

»Die Hondh. Die freien Menschen. Wir haben noch nicht aufgegeben.«

»Ich glaube, das ist sein Problem. Ob er nicht lieber aufgeben sollte.«

Lachweyler schüttelte den Kopf.

»Ich denke nicht, dass das sein Problem ist. Klar, wir sind alle ein wenig am Rande unserer Auffassungsgabe angelangt und wissen nicht genau, wie es weitergehen soll. Aber Thrax ist jemand, der seine Pflicht kennt, und sei es auch nur, dass sie für ihn gilt.«

»Er kann es nicht allein.«

Lachweyler überlegte sich, ob er sagen sollte, was ihm jetzt auf der Zunge lag. Es verstieß gegen alle Regeln und Dienstordnungen und gegen die Traditionen der Flotte dazu. Andererseits bestand die gesamte Flotte nur noch aus der Interceptor. Es blieb also allein in ihrer Zuständigkeit zu definieren, was Tradition war und was nicht. Und Thrax als Oberkommandierender der … Flotte konnte sogar neue Regeln aufstellen. Er hatte es ja bereits getan, mehrmals bekräftigt, dass jeder die Interceptor aus freien Stücken verlassen durfte, der ein neues Leben beginnen wollte. Das wäre früher undenkbar gewesen.

»Du willst mir etwas sagen?« Vor Skepz konnte man nichts verbergen. Lachweyler warf einen Blick auf die Waffenschirme und sah, dass sich an der beruhigenden Entfernung zu den Hondh nichts geändert hatte. Die Alienkreuzer bemühten sich redlich, aber die Distanz war viel zu groß. Sie hatten nichts zu befürchten.

Dann wandte er sich wieder Skepz zu.

»Du hast gesagt, dass er es nicht allein kann.«

»Er möchte weiterkämpfen, Wege finden, die Hondh zu besiegen«, erläuterte sie. »Er muss dabei Hilfe bekommen, hier an Bord und außerhalb. Sonst ist es wirklich ein völlig sinnloses Unterfangen. Oder was meinst du?«

»Oh, ich stimme völlig mit dir überein«, beeilte sich Lachweyler zu sagen. »Und du weißt, wie ich dazu stehe. Ich bin dabei. Hondh wegmetzeln ist mein Liebstes. Aber ich habe das so eigentlich gar nicht gemeint.«

Skepz sah ihn forschend an.

»Was denn dann?«

Lachweyler stand vor einem Abgrund und musste sich überlegen, ob er den einen Schritt tat, der ihn entweder auf die andere Seite führte oder sehr, sehr tief fallen ließ.

Er räusperte sich.

»Sag mal, Theresa …«, verwendete er ihren Vornamen, was an Bord eher selten vorkam, da es bei allen irgendwie als cool galt, sich gegenseitig mit Nachnamen anzusprechen. »Ich weiß ja, dass ihr beide immer mächtig beschäftigt seid und finstere Pläne schmiedet, das Universum zu retten und derlei … aber merkst du nicht manchmal diesen verträumten Blick, den der alte Mann dir zuwirft? Und ich meine nicht erst seit Neuestem. Ich meine, seit … du an Bord gekommen bist.«

Skepz starrte Lachweyler mit leicht geweiteten Augen an. Dieser bereute nun fast schon seinen Entschluss, das Maul aufgerissen zu haben – aber jetzt war es raus. Er musste die nun folgende Diskussion, in der es aller Wahrscheinlichkeit nach um Gefühle, Vertrauen, Beziehungen (unter anderem die zum eigenen Vater, das schien für Frauen sehr wichtig zu sein) und andere ermüdende und unerhebliche Sensibilitäten ging, mannhaft durchstehen, denn dies war der Dschungel, durch den ein jeder hindurchmusste, wenn er einer Frau an die Wäsche wollte – oder dafür sorgen wollte, dass ein guter Freund diese Gelegenheit erhielt.

Es war eine harte Schule, und viele scheiterten daran. Aber Lachweyler war bereit, diese Schlacht zu schlagen, denn er diente damit einem größeren Ziel.

»Thrax ist ein dummes Arschloch«, erklärte Skepz. »Er hätte mich schon zehn Mal bumsen können, wenn er nur gewollt hätte.«

Lachweyler öffnete und schloss seinen Mund mehrmals und versuchte, seine Gesprächsstrategie neu zu überdenken, bis Skepz ihm die harte Arbeit abnahm, indem sie weitersprach.

»Er darf nicht, aber das interessiert doch schon seit Jahren niemanden mehr. Wir haben die Dienstverordnungen bereits in der Akademie gefickt, da muss er sie nicht wie einen Popanz vor sich hertragen.«

»Äh, ich …«

»Und er meint wahrscheinlich, er wäre zu alt für mich. Die Hälfte seiner Ersatzteile ist jünger! Das Argument gilt also nicht.«

»Ja, sicher, aber …«

»Und er meint wohl, als Kommandant würde ihn das in eine prekäre Situation bringen. Ich zeig dem mal, was eine prekäre Situation ist, wenn ich auf so einer bepissten Standardliege auf ihm sitze!«

Lachweyler blinzelte. Skepz schien sich richtig in Fahrt zu reden. Vielleicht war es tatsächlich nicht so dumm gewesen, einfach mal darauf hinzuweisen. So, wie es aus ihr raussprudelte, musste sich da einiges an Frustration angestaut haben. Und trotz ihrer harten Worte war auch klar, dass sie selbst ebenfalls nie den Mund aufbekommen hatte, um Thrax gegenüber zumindest einmal anzudeuten, dass ihr die Dienstanweisung völlig egal war.

Lachweyler fand, dass beide, Skepz und Thrax, ein höchst dysfunktionales Verhalten an den Tag legten. Er feierte sich selbst in Gedanken als psychologisch versierten Freund, dessen Einfluss nun dazu führen würde …

»Aber Thrax hat am Ende natürlich recht«, sagte Skepz nun nachdenklich und Lachweylers frühem Triumph wurde damit unvermittelt die Luft abgelassen. »Wir können uns so was nicht leisten. Wenn die Mannschaft funktionieren soll und wir weiter einen Beitrag im Kampf gegen die Hondh leisten wollen – nein, es geht nicht. Wir müssen die persönlichen Bedürfnisse hintanstellen und –«

»Bullshit!«, stieß Lachweyler hervor. »Glaubst du, ich würde regelmäßig vor einem 3D-Porno die Hand an mich legen, wenn ich eine Alternative hätte?«

Skepz sah ihn kritisch an. »Ich bin mir nicht sicher, ob ich diese Information jetzt haben wollte.«

»Ich bin mir nicht sicher, ob du dir darüber im Klaren bist, dass es euch irgendwann zerfrisst, wenn ihr tatsächlich etwas füreinander empfindet, es aber nicht deutlich ausdrückt.«

Lachweyler wischte sich verstohlen mit dem Handrücken über den Mund. Dass ihm einmal ein Satz wie aus einer zweitklassigen Romanze herausrutschen würde, hätte er sich auch nicht gedacht. Ob eine ordentliche Mundspülung nachher helfen würde, den süßlichen Geschmack von seiner Zunge zu bekommen?

Skepz jedenfalls sah ihn mit profunder Überraschung an. Wahrscheinlich hatte auch sie nicht erwartet, dass der Waffenoffizier zu derartigen Überlegungen in der Lage war.

»Ich entdecke ganz neue Seiten an dir«, meinte sie mit einem sanften Lächeln, das Lachweyler einen kalten Schauer den Rücken hinunterlaufen ließ.

»Behalte das lieber für dich«, murrte er. Glücklicherweise war die Brücke derzeit nur von ihnen beiden besetzt. Und Carlisle. Aber der zählte nicht.

»Hm, ich finde, alle sollten wissen, was für ein sensibler Mensch du sein kannst«, erklärte Skepz mit gespielter Ernsthaftigkeit.

»Du lenkst ab, Theresa«, mahnte Lachweyler. »Du weichst der eigentlichen Frage aus.«

Skepz schloss ihren Mund und nickte. »Seit mehreren Jahren, wie du so richtig bemerkt hast, mein Freund.« Sie seufzte. »Und das wird auch noch eine Weile so weitergehen. Thrax ist ein komplizierterer Mensch, als du es dir vorstellst.«

»Du meinst seine ganzen Ersatzteile.«

Skepz ging auf den schwachen Witz nicht ein.

»Ich will, dass du dich da raushältst, Lachweyler«, sagte sie mit tiefem Ernst und der leisesten Drohung in der Stimme. Keiner, der sie schon länger kannte, würde diese Drohung nicht ernst nehmen. Auch Lachweyler war niemand, der hier ein größeres Risiko einzugehen bereit war.

»Ich habe die vergangenen Jahre nichts gesagt, ich kann es aushalten«, murmelte er also und versuchte, dabei nicht allzu unterwürfig zu wirken, ein Versuch, der wahrscheinlich recht kläglich scheiterte.

»Das ist gut«, erwiderte Skepz bedeutungsvoll.

Lachweyler schwieg und schaute auf den Schirm. Die Hondh waren weit, weit weg.

Die Bedrohung durch eine erboste Theresa Skepz war als weitaus größer einzuschätzen.

Er sammelte sich und wollte dann doch noch etwas sagen, als ihm der Satz auf den Lippen liegen blieb.

»Skepz«, murmelte er leise.

»Was?«

»Ruf Thrax. Wir werden gerufen.«

»Gerufen? Von der Erde?«

Lachweyler schüttelte den Kopf.

»Von ganz weit draußen.«

Direktor Olson beugte sich zur Seite, legte den Arm auf die Lehne und drückte seine Stirn gegen das Plastikglas der Kanzel. Der Pilot hatte seine Bewegung aus den Augenwinkeln bemerkt und zog den Gleiter in eine passende Schleife, damit der Regierungschef genau betrachten konnte, was zu begutachten sie hierher gekommen waren. Bi Rong saß vorne neben dem Piloten und schien nicht halb so interessiert zu sein wie sein Vorgesetzter, warf nur gelegentlich einen Blick nach draußen. Ansonsten war er mit dem Pad auf seinen Knien beschäftigt und scrollte durch allerlei Berichte und Darstellungen. Bi Rong hätte sich die Inhalte dieser Dokumente auch über seine Implantate direkt in sein Gehirn projizieren lassen können, doch diese altmodische Beschäftigungstherapie gehörte zu den wenigen Marotten des Mannes, und sie half ihm, so normal zu wirken wie alle seine Mitarbeiter, die nicht über die Gnade der Aufrüstung verfügten.

Man ging mit dieser Gnade sehr, sehr spärlich um, und das hing nicht nur mit den Kosten zusammen. Implantate regten in der Hondh-Sphäre zu selbständigem Denken an. Und unter ihnen war evident geworden, was zu viel davon anrichten konnte.

Das Loch war mit Bauschutt gefüllt worden, und Planierraupen hatten die Reste des Parks geglättet. Frische Erde wurde aufgetragen. Ein Architekt hatte bereits einen Entwurf für ein Mahnmal vorgelegt und die Stadtverwaltung würde den Park wieder herrichten, sobald es die Witterung zuließ. Erstaunlicher für viele war die Tatsache, dass die Hondhisten an diesem Ort kein neues Haus bauen lassen wollten, sondern sich ein anderes Grundstück hatten zuweisen lassen.

Olson und Bi Rong gehörten nicht zu denen, die darüber erstaunt waren. Auch das neue große Gotteshaus, das auf den Resten eines älteren Bürogebäudes etwa zwei Kilometer von hier errichtet werden würde, bekam bereits eine tiefe Kaverne – noch tiefer als die hier verwendete – und der neue Generator würde in Kürze von den Hondh geliefert werden. Nachdem diese die Interceptor aus dem Sonnensystem vertrieben hatten, war es zu einer kurzen und gehaltvollen Kommunikation gekommen. Hondh hielten sich nicht mit langen Präliminarien auf. Sie hatten offensichtlich die Aufzeichnungen ihrer Beobachtungsstationen sowie die Berichte der Regierung zur Kenntnis genommen und waren zu dem Urteil gekommen, dass Olson und die Seinen sich nichts hatten zuschulden kommen lassen. Von einer Strafaktion war daraufhin abgesehen worden. Stattdessen wurde die Lieferung eines Ersatzgenerators avisiert. Olson hoffte, dass der Antrag seiner Regierung auf einen Ersatz, der gleich als Erstes formuliert worden war, die Anstrengungen der Terraner im rechten Licht erscheinen lassen würde. Man war den Hondh getreulich untertan und tat alles, um dies auch unter Beweis zu stellen. Das Bauwerk für den neuen Generator würde rechtzeitig fertig sein, besser geschützt, tiefer, und erneut unter der besonderen Obhut der Hondhisten, die versprachen, diesmal besser aufzupassen.

Bi Rong hatte auch Maßnahmen angekündigt und Olson war eher bereit, diesen Vertrauen entgegenzubringen als den Beteuerungen der Kultisten, so sympathisch, ja naiv-eifrig er ihre Bemühungen auch fand.

Olson schüttelte den Kopf. Er wusste nicht, was sich Thrax durch diese sinnlose Geste versprochen hatte? War er der Ansicht gewesen, mit der Zerstörung des Generators würden sofort alle Menschen befreit sein und den Aufstand gegen die Hondh ausrufen? Was für eine absurde und alberne Vorstellung. Niemand außerhalb der Regierung wusste überhaupt von der Existenz dieses Geräts, und diese war ausgesprochen bestrebt, es so schnell wie möglich zu ersetzen. Es galt als sicher – hier hielten sich die Hondh mit Spezifikationen allerdings ausgesprochen bedeckt –, dass die Mentalfeldstrahlung erst bei jahrelangem Ausfall ihre Wirkung verlieren würde. Außerdem waren die Menschen auch ohne Mentalfeld daran gewöhnt, über bestimmte Dinge nicht zu reden. Bis die ersten merken konnten, dass nichts sie mehr daran hinderte, über die Hondh, den Krieg und die Welt jenseits des Imperiums zu spekulieren, würde es bereits zu spät sein. Selbst wenn, würde die Wirkung anfangs nur daraus bestehen, dass man gewisse Themen freier diskutieren konnte. Von da bis zu einem organisierten, möglicherweise sogar bewaffneten Aufstand war es ein sehr weiter Weg. Und es würde keinesfalls zu einem so langen Ausfall des Generators kommen. Der Zeitplan sah vor, die neue Installation binnen vier Monaten abgeschlossen zu haben.

Nichts würde geschehen. Absolut gar nichts.

Olson musste sich das immer wieder selbst sagen. Er hatte anfangs beinahe Angst bekommen, als ihm die Pläne des alten Mannes deutlich geworden waren. Doch Bi Rong, der immer gut informiert war, hatte ihn beruhigen können. Trotzdem. Die Hondh waren unberechenbar, auch nach 500 Jahren. Oder zumindest redete sich Olson das ein. Tatsächlich hatten sie sehr klar und logisch reagiert und nicht den Fehler gemacht, die Menschen für etwas zu bestrafen, was man als Laune der Natur bezeichnen konnte. Olson war insgeheim sogar der Auffassung, dass es letztlich die Schuld der Hondh war, dass es so weit hatte kommen können. Hätten sie damals ordentliche Arbeit geleistet und wirklich alle Schiffe aus Thrax' Geschwader vernichtet, wäre ihnen dieses Durcheinander heute erspart geblieben.

Vielleicht wussten die Hondh das und verhielten sich deswegen so konziliant?

Wie immer war die Konversation mit ihren außerirdischen Overlords wenig erhellend gewesen, was die Hondh selbst anbetraf. Es hatte natürlich keine Bildübertragung gegeben und es war eher so gewesen, als hätte man mit einer KI oder einem simplen Kommunikationsprogramm geredet. Er war verstanden worden – Olson hatte nach seiner wortreichen Erklärung der Sachlage mehrmals nachgefragt, um nur ja sicherzugehen – und die Antwort der Hondh war ebenso beruhigend wie simpel gewesen. Doch hatte er tatsächlich mit jemandem aus der Besatzung der beiden Schiffe geredet? Saßen eigentlich Hondh in den Beobachtungsstationen? Niemand hatte je eine Hondh-Installation betreten, und sei es auch nur ein Beiboot. Direktor Olson war hier keinesfalls privilegierter als jeder andere Mensch, von dem er Kenntnis hatte.

Er schob den Gedanken beiseite. Er rechnete nicht mehr damit, zu seinen Lebzeiten mehr über diese uralten Fragen zu erfahren. Sie waren letztlich auch nicht wichtig. Es ging darum, dass die Menschheit den Zorn der Hondh nicht auf sich zog, und es war seine Pflicht als Regierungschef, genau das zu erreichen. Alles andere war nebensächlich. Wenn all das vorbei war – wenn der Generator wieder stand und alles seine Ordnung hatte –, würde er sich entspannen und den normalen Regierungsgeschäften widmen können.

»Noch einmal die neue Baustelle, Herr Direktor?«, fragte der Pilot.

»Ja, bitte.«

Wenn der Mann angenervt war von Olsons beinahe schon pathologischem Interesse am Fortgang der Bauarbeiten an einem Hondh-Gotteshaus, dann zeigte er es nicht. Er zog den Gleiter herum und das Fahrzeug legte die Distanz in wenigen Sekunden zurück. Wieder flog er eine Kurve, sodass Olson aus dem Seitenfenster einen guten Blick auf die Baustelle hatte. Es wurde gearbeitet, und es war alles so, wie es sein sollte. Wie immer beruhigte ihn dieser Anblick ein klein wenig. Für einige Augenblicke fand er Ruhe in der Gewissheit, dass die größte Gefahr abgewendet war und er auch gar nichts mehr tun konnte, um den … Heilungsprozess zu beschleunigen.

Olson wusste, dass dieses Gefühl nicht allzu lange anhalten würde, wenn sie erst wieder den Kurs auf den Regierungspalast gesetzt hatten. Spätestens in zwei Tagen saß er wieder in einem Gleiter, um sich der Tatsache zu vergewissern, dass sie alle noch am Leben waren und am Leben bleiben würden.

Er betrachtete noch einmal das im Werden begriffene Hondhistenhaus, ließ den Piloten eine zweite Runde fliegen, dann nahm der Gleiter wieder Kurs auf den Sitz der Erdregierung. Olson wandte sich an Bi Rong, der seinem Ritual diesmal beigewohnt hatte.

»Der wichtige Bericht, mein Freund.«

Rong deutete eine Verbeugung an und hob sein Pad.

»Wenn wir im Büro sind«, erwiderte er mit Blick auf den Piloten. Der war solche Bemerkungen gewöhnt und verzog keine Miene. Wahrscheinlich freute er sich einfach nur auf eine lange Mittagspause in der Cafeteria der Flugbereitschaft. Olson hatte diese Momente, an denen er einfache Männer wie den Piloten um ihr einfaches Leben beneidete. Was auch immer der Sicherheitsminister auf dem Herzen hatte, es war wichtig genug, um einen persönlichen Vortrag notwendig zu machen. Eigentlich war Olson die schlechten Nachrichten leid, und es war nicht anzunehmen, dass Rong tatsächlich mit guten kommen würde.

Dessen Mimik war wie immer nichts zu entnehmen.

Olson wappnete sich in Geduld.

Rund fünfzehn Minuten später standen sie gemeinsam in seinem Büro, nebeneinander vor dem Panoramafenster mit dem schönen Ausblick über Beijing, und Olson fühlte, wie die Rastlosigkeit in ihm wieder stärker wurde. Er beherrschte sich und rief die automatisch aktualisierten Fortschrittsberichte des Baustellenteams nicht mit einem seiner Kom-Implantate auf. Stattdessen sah er Bi Rong zwingend an, sammelte Autorität und Selbstbewusstsein und fragte: »Was ist nun so wichtig?«

Bi Rong, der immer noch sein Tab in der Hand hielt, winkte damit. »Meine Kontakte auf anderen ehemaligen Welten der Hegemonie haben sich gestern mit ihren monatlichen Berichten gemeldet.«

Olson runzelte die Stirn. Rong unterhielt ein Agentennetz auf allen ehemaligen irdischen Kolonialwelten – wohl als eine Art Hobby, glaubte Olson. Andererseits hatte er ein gutes Gefühl dabei, auf dem aktuellen Stand zu bleiben, auch wenn das meist keine konkreten Auswirkungen hatte.

»Was hier vorgefallen ist, kann sich dort noch nicht so weit verbreitet haben, um irgendeine Auswirkung zu haben«, erklärte er verwirrt.

»Meine Berichte haben nichts mit der Interceptor zu tun«, sagte Bi Rong. »Setzen wir uns?«

Sie setzten sich genau dorthin, wo sie noch vor einigen Tagen den Immunen Roarke gesprochen hatten, der sein sinnloses Leben als freier Mann irgendwo in Beijing weiterführte, wahrscheinlich unter intensiver Beobachtung von Bi Rongs Leuten. Da dieser bisher nichts über den Mann berichtet hatte, ging Olson davon aus, dass Roarke kein Problem darstellte – und wenn, dann nur ein so kleines, dass der Sicherheitsminister ihn mit diesem nicht weiter behelligen wollte.

»Also gut, raus damit«, forderte der Chef der Erdregierung. Er hatte ein ungutes Gefühl. Weitere Schwierigkeiten konnte er nicht gebrauchen. Aber er war auch nicht Direktor geworden in der Erwartung, einen ruhigen Lenz zu schieben.

Bi Rong kam, wie man es von ihm gewohnt war, schnell zur Sache.

»Wir haben Hinweise auf Veränderungen im Tribut. Sie korrelieren mit den Anforderungen der Hondh aus dem letzten Quartal. Unsere Experten haben da mal eins und eins zusammengezählt und kommen zu der Auffassung, dass die Hondh umfassende Ausbesserungsarbeiten an ihrer Flotte durchführen oder sogar mit Neubauten befasst sind. Ich habe jetzt unsere Wirtschaftskontakte auf den fernen Welten – die nicht von den Menschen bewohnt werden – aktiviert und auch die Forschungsexpeditionen mit einem besonderen Beobachtungsauftrag konfrontiert. Wenn diese berichten

– was eine Weile dauern dürfte –, sollten wir ein klareres Bild haben.«

Olson runzelte die Stirn. »Was soll uns das sagen? Dass die Hondh eine militärische Expedition vorhaben?«

Bi Rong schüttelte den Kopf. »Wir haben in den letzten 500 Jahren sorgfältige Aufzeichnungen über Art und Umfang des Tributs geführt. Gut, sie sind für die Bereiche außerhalb Terras manchmal mit Lücken behaftet und sinken in der Qualität, wenn wir die Alien-Spezies im Hondh-Raum, zu denen wir oberflächliche Kontakte haben, noch hinzunehmen, aber wir haben ein ganz ordentliches Gesamtbild. Veränderungen, wie sie sich derzeit abzeichnen, haben wir vorher noch nicht gehabt. Es geht um mehr als um eine Überholungsphase, dessen bin ich mir sicher.«

Olson beugte sich nach vorne. Er verschwendete keinen Gedanken mehr an die Baustelle.

»Seit wann?«

»Wenn wir die Daten rückwirkend analysieren, hat der Prozess schon vor einem Jahr begonnen, wenngleich nur mit leichten Änderungen in Frachtrate und Zusammensetzung. Die Modifikationen sind aber nun signifikant.«

»Ihre Interpretation?«

»Es ist noch zu früh –«

»Verdammt, halten Sie mich nicht mit so einem Scheiß hin! Was ist Ihre Meinung?«

Der Sicherheitsminister machte eine Pause und legte sich seine Worte zurecht. Olson nahm ihm das nicht ab. Bi Rong kannte ihn. Dieses Herumreden um den heißen Brei hatte der Regierungschef noch nie gemocht. Das Gespräch musste darauf hinauslaufen, die Karten auf den Tisch zu legen.

»Es gibt unter meinen Leuten solche, die der Ansicht sind, dass diese Entwicklung, wenn sie so weitergeht, auf eine neue Expansion hindeutet.«

Olson wurde etwas kalt zumute. Er schloss die Augen. »Eine erneute Expansion?«, fragte er mit schwacher Stimme.

»Nun, wir wissen es natürlich nicht, da wir nur eine erlebt haben – diejenige, die die Hegemonie geschluckt hat. Wir wissen nicht einmal, die wievielte es eigentlich gewesen ist. Die dritte? Die siebte? Die neunte? Die hundertsechzigste? Aber einige meiner Analysten sind der Auffassung, dass die Daten nur so interpretiert werden könnten.«

»Einige? Nicht alle?«

»Andere warnen vor voreiligen Schlüssen.«

»Sie nicht?«

»Doch, ja. Andererseits hielt ich es für angebracht, Sie darüber in Kenntnis zu setzen. Ich möchte mir nicht vorhalten lassen, die Zeichen nicht gesehen zu haben. Wenn ich mich irre, ist mir das nur recht.«

»Mir auch«, hauchte Olson und starrte für einen Moment ins Leere.

Er rappelte sich auf und fokussierte seinen Blick wieder auf den geduldig wartenden Sicherheitsminister.

»Wenn stimmt, was Sie sagen, was tun wir?«

Bi Rong zuckte mit den Schultern.

»Nichts. Wir zahlen unseren Tribut. Ich halte es für möglich, dass die Hondh ihn dann erhöhen werden. Wir wissen aus eigener Erfahrung, dass so ein Krieg lange dauern kann.«

»Aber wir wissen auch, dass in allen uns bekannten Richtungen kein Gegner zu finden ist, der der alten Hegemonie gleichkäme«, erwiderte Olson. »Wir waren damals ein übel großer und sehr hartnäckiger Brocken.«

»Wir haben aber nur Kenntnis über unsere Gegend der Milchstraße. Wir wissen nicht, ob woanders nicht auch noch harte Brocken warten. Also wäre ich da nicht zu optimistisch.«

Olson holte tief Luft.

»Aber was heißt das genau? Müssen wir für die Hondh in einem solchen Fall in den Krieg ziehen?«

Bi Rong fummelte auf seinem Tab herum.

»Ich habe mir die Aufzeichnungen eines Besuchs des Volkes der Toklon Meka angeschaut, die vor rund 300 Jahren eine Forschungsexpedition in unsere Richtung geschickt und auch die Erde untersucht haben.«

»Von denen habe ich noch nie gehört.«

»Sie sind seitdem auch nicht wieder hier aufgetaucht.«

»Was wollten sie?«

»Sich über die Neuerwerbungen der Hondh informieren, denke ich mal. Jedenfalls waren sie durchaus gesprächig. Wie sich herausstellte, gehören die Toklon Meka zu einem Gebiet, das vor dem letzten Krieg okkupiert wurde. Sie wussten zwar auch nicht, die wievielte Expansionswelle sie darstellten, aber sie konnten darüber berichten, dass die Hondh all ihre Untertanen per Interdikt von der Frontzone isoliert hatten. Keines ihrer Schiffe durfte auch nur in die Nähe von Kampfhandlungen kommen. Die Hegemonie hat nie erfahren, dass im Hondh-Raum noch jemand anders lebt als die Hondh, und unsere gnädigen Herren haben streng darauf geachtet, ihren Krieg auf jeden Fall ganz alleine zu führen.«

Olson benetzte seine Lippen. »Das ist gut, oder?«

»Es dürfte uns zumindest eine Sorge nehmen, wenn sich die Praxis der Hondh seitdem nicht geändert hat.«

»Gibt es dafür Anzeichen?«

»Nein. Wir wissen, dass die Hondh in ihren Verhaltensweisen extrem konsistent und berechenbar sind. Sie sind keine Freunde großer Veränderung.«

»Wenn man die schrittweise Eroberung der Galaxis einmal außen vor lässt.«

»Das scheint bei ihnen eher unter Berechenbarkeit zu fallen.«

Olson seufzte.

»Ich möchte, dass nichts davon an die Öffentlichkeit gerät, vor allem nicht, solange der neue Generator nicht steht. Ehe wir nicht definitiv wissen, was los ist, halten wir uns bedeckt. Wenn es tatsächlich irgendwann dazu kommen sollte, haben wir ohnehin ein Problem, denn Terra ist Grenzgebiet und es kann sein, dass wir uns der besonderen Aufmerksamkeit der Hondh erfreuen werden. Möglicherweise wird es hier sogar eine militärische Basis geben.«

»Das ist nicht auszuschließen.«

»Dann müssen wir zwar nicht kämpfen, ein legitimes Ziel könnten wir aber werden.«

»Wie gesagt: Es gibt in unserer Gegend keine harten Brocken. Selbst die Hegemonie war die ganze Zeit des Krieges über in der Defensive. Es ist nie gelungen, effektiv in den Hondh-Raum einzudringen. Ich glaube nicht, dass wir solche Befürchtungen hegen sollten.«

»Bleibt die Frage: Wenn es zu einer erneuten Expansion kommt – wie lange müssen wir noch warten, bis sie beginnt?«

Bi Rong machte eine Geste der Ratlosigkeit.

»Jahre. Jahrzehnte. Ich weiß es nicht. Unsere Analysten können die Hondh genauso wenig ›lesen‹ wie Sie und ich. Wir werden uns überraschen lassen müssen.«

»Ich wurde in letzter Zeit ausreichend überrascht. Mein Bedarf ist gedeckt.«

»Wenn alles gut geht, werden wir den Beginn von Feindseligkeiten – so sie überhaupt stattfinden werden – nicht mehr erleben – zumindest nicht in unserer Amtszeit.«

»Das soll mich beruhigen?«

Bi Rong schaute Olson leidenschaftslos an. »Mehr kann ich nicht anbieten.«

»Ja … es ist gut. Danke.«

Der Sicherheitsminister erhob sich und verließ mit einem knappen Gruß den Raum. Olson blieb für einen Moment still sitzen, versuchte, seiner Gefühle Herr zu werden, und stieß dann einen Seufzer aus, der einen Hondh zum Weinen gebracht hätte. Er sah auf die Uhr. Der Tag war noch jung. Er zögerte kurz, dann stellte er eine Verbindung zur Flugbereitschaft her. Es würde nicht schaden, sich noch einmal die Baustelle anzusehen.

Roarke saß an der Bar und fragte sich, warum der Alkohol einfach nicht wirken wollte. Seine Schritte hatten ihn in das Etablissement geführt, hinter dem er Thrax das erste Mal begegnet war, eine scheinbare Ewigkeit war das her. Es war eine Reminiszenz, wenn man so wollte, etwas Wehmut über eine Begebenheit, die ihn damals mit großer Hoffnung erfüllt und die sich letztlich als Reinfall entpuppt hatte.

Er hatte viel geredet.

Der Mund war ihm fusselig geworden. Er spürte fast so etwas wie Heiserkeit, so intensiv hatte er von seinen Stimmbändern Gebrauch gemacht. Eindringlich hatte er argumentiert, sorgfältig formuliert, und versucht, dabei nicht wie ein Verrückter zu wirken, wie einer dieser Typen, die sich in der U-Bahn immer unweigerlich neben einen setzen, um von der Weltverschwörung dieser oder jener zu reden. Er wollte ernst genommen werden, seriös auftreten, kein Prophet sein, kein Besessener, dem man nur zuhörte, wenn man ihm nicht entkommen konnte.

Er hatte sich wirklich angestrengt.

Ausgehend von jenen, mit denen er sich zur Beobachtung des Einschlags im Bürotower getroffen hatte, bis zu seinen Kollegen, zu Bekannten und Verwandten, jedem, der ihm zuhörte, weil er irgendwie mit ihm zu tun hatte. Er hatte tagelang versucht, seine Argumente vorzubringen, die Story zu erzählen, das Erlebte zu vermitteln, und es war alles völlig sinnlos gewesen.

Die Menschen hatten reagiert wie immer. Sie hatten abgewehrt, waren gegangen, hatten sich unwohl gefühlt. Es war nicht einmal so, dass sie ihm nicht hatten glauben wollen – sie konnten es einfach nicht. Den Generator zu zerstören, zu dem Schluss war Roarke schnell gekommen, hatte schlicht nicht ausgereicht. Seine Wirkung war zu tief in der Psyche der allermeisten Menschen verankert.

Roarke hatte dann aufgegeben.

Schließlich war da diese Baustelle gewesen, ein neues Haus für die Hondhisten, und dessen Fundament war sehr, sehr tief gegraben worden, eine Tatsache, die die meisten gar nicht zur Kenntnis genommen hatten. Aber Roarke wusste, wozu dies diente. Die Hondh würden einen neuen Generator liefern, und das würde nicht lange auf sich warten lassen.

Es war alles umsonst gewesen.

Roarke wünschte sich schon seit langer Zeit, die Erde … oder vielmehr den Hondh-Raum … verlassen zu dürfen. Er führte sicher kein schlechtes Leben. Man hatte ihn ja für seine revolutionäre Tat nicht einmal bestraft. Aber er fühlte sich eingeengt wie nie, und die Tatsache, dass alles sinnlos gewesen war, bestärkte diesen Eindruck nur noch. Er wollte fort von hier. Hinaus in jenen Teil der Galaxis, in dem keine Generatoren Mentalfelder erzeugten, die Intelligenzwesen loyal werden ließen, ohne dass sie es merkten oder gar abschütteln konnten, wenn sie es wollten.

Roarke wollte dieses Leben nicht fortsetzen. Wie so oft hatte er sich nach Flügen erkundigt, doch ihm war nur das angeboten worden, was er schon immer hätte bekommen können. Linienflüge zu den nahe gelegenen irdischen Kolonialwelten. Passagier auf einem Frachter, unregelmäßig und unvorhersehbar, zu einer der weiter entfernten Welten der ehemaligen Hegemonie. Aber in die Richtung zur Grenze … nichts. Gar nichts. Wozu auch? Es war ja alles so schön, so friedlich, stabil und … kontinuierlich hier im Gebiet der Hondh. Es nützte nichts, sich mit dem zu befassen, was außerhalb lag.

Es war auch zu anstrengend.

Man bekam davon Kopfschmerzen.

Roarke wollte auch welche. Deswegen saß er hier in einem der schlechteren Viertel der Stadt und trank sich durch die Auswahl der nicht viel besseren Spirituosen. Der Barkeeper ließ ihn in Ruhe – er kannte diese Art von Kunden, die sich stumm und in sich gekehrt langsam volllaufen ließen – und goss nach, wenn er das Zeichen erhielt. Roarke zahlte und zwar sofort, alles andere war weitgehend irrelevant. Er hätte in dieser Gegend auch Zugriff auf einige andere interessante Drogen gehabt, von denen er die meisten noch nie in seinem Leben ausprobiert hatte, aber Roarke war Traditionalist. Ihm ging es schlecht, er wollte es vergessen, und er wollte, dass es ihm danach noch schlechter ging, weil es ihn daran erinnerte, dass es immer noch tiefer hinabging. Das hielt einen irgendwie am Leben, fand er.

Sein Blick wanderte hoch zur Wand. Dort hatte der Wirt allerlei Fotos angeklebt, die meisten von Sternchen, die es nach irgendeiner Feier aus Versehen hierher getrieben hatte und deren Abbilder nun die Ruhmestafel der Bar zierten. Die meisten zeigten ein gekünsteltes, manchmal peinlich berührtes Lächeln, manche strahlten in die Kamera, offenbar schon weitgehend betrunken. Roarkes Blick blieb an einem Foto hängen, das wohl neueren Datums war. Es zeigte Thrax, bevor er hinausgetorkelt und in der Gasse in der Pfütze gelandet war, wie er an der Bar saß, angetan mit der festlichen Kleidung, die er beim Empfang der Regierung getragen hatte. Er saß da exakt so wie Roarke jetzt, in sich gekehrt, mit einem Glas vor sich auf der Theke, seine Umwelt bewusst ignorierend und er wirkte auf seltsam anrührende Art verloren dabei.

Roarke schloss die Augen.

Er war sich sicher, dass er selbst kein anrührendes, sondern eher ein erbärmliches Bild abgab.

Er öffnete die Augen wieder und gab sich einen Ruck. Er schlug mit der flachen Hand auf die Theke, erntete ein schläfriges Nicken des Barkeepers und erhob sich vom Hocker.

Augenblicke später ließ er sich die kühle Nachtluft um die Nase wehen. Gelächter war zu hören. Jemand sang laut und schräg, aber es klang nahezu fröhlich. Roarke hörte einen Moment zu, bis sich der erwartete Kopfschmerz einstellte.

Es war eine Sache, sich in Selbstmitleid zu versenken und verpassten Chancen nachzutrauern.

Es war eine ganz andere, dabei wie ein erbärmliches Stück Scheiße auszusehen.

Roarke raffte alle Selbstachtung zusammen, die er noch hatte. Er holte tief Luft, füllte die Lungen mit angenehmer, erregender Kälte. Er war ein Immuner. Nur wenige glaubten ihm? Kaum jemand wollte ihm zuhören?

Auch gut.

Roarke ging los, langsam, etwas unsicher, aber mit einem klaren Orientierungssinn. Der Taxistand war nicht weit. Er wollte nach Hause und würde duschen und schlafen und aufstehen und weiterleben.

Es gab keinen Grund, ganz die Würde zu verlieren.

Dann hätten die Hondh nämlich endgültig gewonnen.

Art Thoddler sah das Schiff auf seinem Ortungsgerät und fand, dass es für so eine alte Kiste ganz gut erhalten war. Als die Interceptor auf seinen Schirmen erschienen war, hatte er nicht lange gezögert und den Kreuzer angefunkt, offen und ehrlich. Anstatt in den Menger-Raum vorzudringen, hatte das Schiff einfach weiter im relativistischen Flug Abstand zwischen sich und die verfolgenden Hondh gebracht, bis die beiden Alien-Schiffe die Verfolgung abgebrochen und einen Patrouillenkurs senkrecht zur Ekliptik auf Höhe Terras eingeleitet hatten. Die Interceptor war für sie unerreichbar gewesen und das kleine Kurierboot, das nun mit hochgedrehten Triebwerken auf den Kreuzer zuhielt, nahmen sie möglicherweise gar nicht wahr. Eine Bedrohung waren sie alle beide nicht: Vor einer Stunde waren drei weitere Hondh-Kreuzer in das Sonnensystem eingetreten, zwei zusätzliche Kampfschiffe sowie eine Einheit, bei der es sich eher um einen Frachter handelte. Der stetig davoneilenden Interceptor schienen sie keine größere Bedeutung mehr beizumessen, und sollte sie vom Wahnsinn getrieben umkehren und die Erde wieder anfliegen, würde sie sich einer überwältigenden Übermacht gegenübersehen.

Diese Absicht bestand nicht.

Hoffentlich.

In den vergangenen 24 Stunden war der Abstand zwischen dem Kurierboot und der Interceptor so weit geschrumpft, dass eine Konversation mit einer Verzögerung von 3 bis 4 Minuten möglich war. Beide benutzten keinen Hyperfunk – er wäre durch die Systeme der Erdregierung wie auch der Hondh leicht abzuhören und Thoddler verfügte über keine Verschlüsselungsalgorithmen, die der Rede wert waren. Der normale, lichtschnelle Funk jedoch verlief sehr zielgerichtet und gebündelt, es musste ein Wunder geschehen, wenn jemand hineinlauschen konnte.

Thoddler fühlte sich da sicher.

Weniger Sicherheit empfand er, als sie ernsthaft mit dem Gespräch begannen, nicht zuletzt deswegen, weil die schlichte Tatsache, es mit Veteranen eines historischen Krieges zu tun zu haben, auch bei einem alten und gewitzten Mann wie Thoddler unwillkürlich Ehrfurcht und Befangenheit auslöste.

Doch als das Gesicht des Kommandanten auf dem Bildschirm zu sehen war – eines Mannes, der an biologischen Jahren sicher noch etwas jünger als Thoddler war –, sah er in seinen Augen nur freundliches Interesse, und seine ganze Erscheinung wirkte vielleicht etwas antiquiert, das aber wohl auch nur deswegen, weil Thoddler eine solche erwartete und bewusst nach entsprechenden Anzeichen gesucht hatte.

»Mr. Thoddler, ich danke Ihnen für die Kontaktaufnahme«, hörte er ein bewusst akzentuiertes Standard, das vom Tonfall her tatsächlich etwas ungewöhnlich klang. Aber die Verkehrssprache der Menschen hatte sich überall in unterschiedliche Richtungen weiterentwickelt, daher war ein Reisender wie der Kurierpilot erhebliche Variationen gewöhnt.

»Ich danke Ihnen, dass Sie dafür Ihren Fluchtkurs verändert haben«, erwiderte er und lächelte zurück. Es war ein mühseliges Unterfangen, immer minutenlang auf Antwort warten zu müssen, doch die Schiffe strebten weiterhin aufeinander zu und mit jeder weiteren Stunde wurde die Konversation um einige Sekunden schneller.

Und es war ja nicht so, dass Thoddler ansonsten allzu viel zu tun hatte – außer vielleicht, sich eine passende Ausrede auszudenken, warum seine Kurierfracht diesmal nicht übermäßig pünktlich eintreffen würde.

»Sie wollten uns ein Angebot machen«, erklärte Thrax. »Ich vermute, dass Sie vorher einige Fragen haben.«

Thoddler hob die Schultern.

»Viele meiner Fragen wurden durch die Medienberichte von der Erde beantwortet, soweit diese den Tatsachen entsprechen.«

Thrax lächelte.

»Sie zeichnen ein nicht falsches, aber möglicherweise etwas einseitiges Bild.«

»Ich verstehe. Aber Sie sind, wer Sie sind – und auf Terra wollen Sie wohl nicht bleiben.«

»Das ist korrekt.«

»Dann ist die zentrale Frage: Wie sehen Ihre Pläne aus?«

Thrax zögerte einen Moment.

»Wir haben ein Ziel, das relativ weit entfernt ist. Nicht mehr im grenznahen Raum, möglicherweise nicht einmal von Menschen besiedelt.«

Thoddler grinste. »Sie werden sich wundern, wo überall Sie auf Nachfahren der Flüchtlinge treffen werden. Wir haben unsere Heimat verloren, und das hat uns sehr erfindungsreich und anpassungsfähig gemacht. Ich lade Sie nach Sisyphos ein, um sich selbst darüber ein Bild zu verschaffen.«

»Sisyphos?«

»Ich übermittle Ihnen die Koordinaten, sie sind kein Geheimnis. Eine der ersten Welten, die von Flüchtlingen besiedelt wurde. Es ist kein angenehmer Planet, am Rande der habitablen Zone, zu kalt, um es dort richtig schön zu finden – zumindest gilt das für die meisten Besucher. Mir gefällt es dort ganz gut.«

»Sie sind auf Sisyphos aufgewachsen?«

»Geboren, aufgewachsen, wie mein Vater und wie meine Kinder. Ich bin ein Ältester, das heißt, Mitglied eines Gremiums, das die Regierung berät und … gewissen informellen Einfluss hat. Sisyphos ist relativ dünn besiedelt, keine 100 Millionen Einwohner, aber wir sind nach all den Jahren nicht ohne Wohlstand und sind an das galaktische Informationsnetz zahlreicher anderer Sternenstaaten in der Umgebung angeschlossen. Was aber viel wichtiger ist: Auf Sisyphos finden Sie ein Büro des Den-Haag-Instituts.«

Thrax runzelte die Stirn. »Das ist wichtig?«

»Das ist sehr wichtig. Ich kann nicht für das Institut sprechen, aber ich eröffne Ihnen folgende Möglichkeit: Wenn Sie dem Institut helfen, wird dieses Ihnen helfen. Sie benötigen ganz banale Dinge, Commander. Da wäre erst einmal ein Konto bei einer der interstellaren Schiffsbanken – sonst können Sie nirgends landen und die Gebühren entrichten. Sie müssen Vorräte und Ersatzteile erwerben, wenn Sie Ihr Schiff flott halten wollen. Es könnte sein, dass sich Ihre Ziele mit denen des Instituts decken. Nach dem, was Sie auf Terra angestellt haben, gehe ich sogar davon aus, dass eine … eher abenteuerlustige Abteilung des Instituts sich für Ihr weiteres Vorgehen interessieren könnte, wenn Sie gewisse Verpflichtungen erfüllen.«

Thrax sah misstrauisch drein.

»Verpflichtungen? Was für Verpflichtungen?«

Thoddler hob begütigend die Hände.

»Ich spreche nicht für das Institut, wie schon gesagt. Machen Sie sich selbst ein Bild. Kommen Sie mit mir nach Sisyphos. Ich biete Ihnen meine Gastfreundschaft an. Meine Firma unterhält ein eigenes Landefeld, ich biete der Interceptor Asyl an, bis Sie und Ihre Leute sich orientiert haben. Ich arrangiere ein Gespräch mit dem Institut. Dann können Sie entscheiden, was Sie machen. Aber ich glaube nicht im Ernst, dass Sie es als einsamer Wolf allzu lange werden aushalten können. Der besiedelte, bekannte Teil der Galaxis, der außerhalb der Hondh-Sphäre liegt, ist sicher dreimal so groß wie die alte Hegemonie. Er ist unterteilt in Hunderte von Sternenstaaten, über die ich absolut keinen Überblick habe, obgleich ich in meiner Jugend ganz gut herumgekommen bin. Es ist ein wildes Durcheinander. Es gibt Konflikte und Kriege. Und jeder hat seine eigene Meinung, was die Hondh angeht. Sie werden da untergehen, wenn Sie keine Stütze haben. Glauben Sie ja nicht, dass alle Menschen Sie mit offenen Armen empfangen werden. Wenn ich da alleine an die Hondhisten denke …«

»Die gibt es auch außerhalb?«

Thoddler lachte freudlos auf.

»Aber was dachten Sie denn? Es gibt hier jede Verrücktheit, die Sie sich vorstellen können. Sisyphos wird sie darauf nicht gut vorbereiten, wir sind Provinz, langweilig, genügsam, nahezu uniform in unserer Gesellschaft. Und wir sind wenige. Besuchen Sie die Selpok-Konföderation. Auf Selpok Prime wohnen alleine auf dem Planeten und den Habitaten zusammen 17 Milliarden Wesen höchst unterschiedlicher Herkunft. Der Schwebende Palast des Heiligen Hetmans soll ein echtes Wunderwerk sein. Oder die Sieben Ordenswelten. Ein Haufen religiöser Fanatiker, die der Ansicht sind, das Ende des Universums durch Menschenopfer aufhalten zu können. Sie sollten sich von dort fernhalten, sonst finden Sie sich schnell im Mittelpunkt einer sehr unangenehmen Zeremonie. Und es gibt noch viel mehr. Sie werden Kopfschmerzen bekommen oder einfach nur furchtbare Angst.«

Thrax schüttelte den Kopf. »Ich habe keine Furcht. Die Hegemonie hatte vor dem Krieg Kontakt mit vielen Alien-Nationen, und es war meist ein friedlicher.«

»Die meisten können hier ganz vernünftig sein, das stimmt«, erwiderte Thoddler. »Sisyphos hat jetzt 500 Jahre Frieden gehabt. Wir haben nicht mal eine ordentliche Flotte. Aber wir sind Provinz.« Er lächelte. »Ein guter Startpunkt, wenn Sie mich fragen.«

Thrax nickte langsam.

»Ich glaube, wir können Ihr Angebot annehmen. Ihr Argument mit dem Geld überzeugt mich. Wir sind keine Piraten.«

Thoddler lachte erneut, diesmal mit Amüsement in der Stimme. »Geht alles. In den Asteroidengürteln von Londor werden Sie einige Piratenbasen finden, die Sie gerne aufnehmen werden. Ihr Schiff wäre gut geeignet. Nur könnte Ihr Leben dann kürzer werden als erwartet. Es sind ständig von irgendwem Strafexpeditionen dorthin unterwegs, und irgendjemanden erwischen sie immer.«

»Ah … nein. Dann ist mir die Provinz doch lieber.«

»Dann sind Sie willkommen, Thrax. Ich habe die Daten bereits übermittelt.«

»Sie sind angekommen. Sie fliegen mit uns?«

»Es ist besser, wenn ich Sie ankündige. Ich möchte keine unnötige Nervosität auslösen. Wie gesagt: Sisyphos ist ein eher beschaulicher Planet. Wir sind Überraschungen nicht gewöhnt. Ich bin für Ihre Entscheidung richtiggehend dankbar. Es wird Zeit, dass wir ein wenig aus unserer Kontemplation gerissen werden. Ich lade Sie und Ihre Mannschaft schon jetzt bei mir zum Abendessen ein. Es gibt selbst gemachte Thark-Rouladen, die Spezialität meiner Frau. Thark müssen Sie probieren.«

Thrax lächelte und erstmals in ihrem Gespräch stand echte menschliche Wärme und Freude in seinem Ausdruck. Die simple und unprätentiöse Einladung zum Essen hatte das Eis gebrochen. Kein großer Empfang, dachte Thoddler zufrieden, konnte einfache, familiäre Gastfreundschaft übertreffen.

Und die Rouladen waren wirklich absolut unübertroffen.

»Das ist ein Angebot, dass ich wirklich kaum ausschlagen kann. Ich hoffe, dass unsere Tischmanieren ausreichend sein werden.«

Thoddler schüttelte den Kopf. Thrax ahnte gar nicht, wie berechtigt seine Sorgen waren. Seine Ehefrau führte diesbezüglich ein strenges Regiment, daran bestand gar kein Zweifel. Aber gleichzeitig war sie neugierig auf die Zeit vor 500 Jahren. Wenn auch nur einer aus der Crew einige saftige Geschichten aus der High Society jener Zeit zum Besten geben konnte, war der Abend gerettet.

Thoddler beschloss, dieses Thema vor dem Ereignis dezent anzusprechen.

»Jetzt habe ich noch eine andere Frage«, sagte der Kommandant der Interceptor und sein Gesicht wurde ernst. »Wir haben ein ganz spezielles Problem, das wir nicht mehr haben lösen können. Vielleicht können Sie – oder das Institut – uns behilflich sein. Es geht dabei gar nicht einmal so sehr um uns selbst, sondern um einen … Freund.«

»Sprechen Sie«, forderte Thoddler ihn auf.

»Wir haben jemanden auf der Erde zurückgelassen, dem wir eigentlich versprochen haben, dass wir ihn mitnehmen. Er hat uns geholfen. Wenn Sie so wollen, eines der ganz wenigen Mitglieder eines sehr hinhaltenden Widerstands gegen die Hondh. Die Dinge entwickelten sich nicht so wie geplant und wir haben unser Versprechen nicht einhalten können. Wir wissen nicht, was aus ihm geworden ist, und … soweit mir bekannt ist, dürfen Schiffe von außerhalb unbehelligt auf der Erde landen und man darf sich frei bewegen.«

»Besucher sind nicht gerne gesehen, aber ich habe noch nie gehört, dass es Übergriffe oder Behinderungen gegeben hätte«, bestätigte Thoddler. »Wenn man jemanden findet, dessen Geldgier größer ist als seine Scheu vor den Leuten von draußen, kann man sogar ein kleines Geschäft machen.« Er hob eine Hand, ehe Thrax weitersprechen konnte. »Sie wünschen, dass jemand für Sie herausfindet, was aus Ihrem Freund geworden ist – und ob man ihm ein Ticket nach draußen verschaffen kann.«

Thrax nickte. »Eine große Bitte – aber es lastet etwas auf meinem Gewissen.«

Thoddler lächelte. Er war beruhigt, dass der massive Mann vor ihm, der ein Mordwerkzeug steuerte, dem ganz Sisyphos nichts würde entgegensetzen können, noch so etwas wie ein Gewissen hatte. Sein Instinkt schien ihn nicht getäuscht zu haben.

»Ich schlage vor, dass wir das mit dem Institut diskutieren, wenn wir auf meiner Welt angekommen sind. Ich bin mir sicher, dass man etwas wird arrangieren können. Das Institut könnte einen Freiwilligen für eine kleine Reise suchen. Vielleicht werden dadurch sogar zusätzliche Erkenntnisse erworben.«

Thrax wirkte erleichtert.

»Das würde mich wirklich sehr freuen.«

»Dann sollten wir uns jetzt auf den Weg machen. Oder haben Sie noch drängende Anliegen?«

»Nein, Mr. Thoddler. Wir fliegen los. Ich danke Ihnen.«

Thoddler nickte.

»Danken Sie mir nicht zu früh. Die größte Herausforderung Ihres Lebens steht Ihnen noch bevor.«

»Was meinen Sie?«

»Sie müssen sich eine neue Heimat schaffen, Thrax. Passen Sie auf, dass Sie nicht zum Vagabunden werden. Das wird sie irgendwann auffressen.«

Damit schaltete Thoddler ab.

Die große Nachdenklichkeit in den Augen des Kommandanten war ihm aber nicht entgangen.

Epilog

Roarke hatte einen klebrigen Geschmack im Mund gehabt, als er aufgestanden war, und weder intensives Zähneputzen noch der starke Kaffee zum Frühstück hatten daran etwas geändert. Er war zu dem Schluss gekommen, dass die Kündigung, die man ihm am Freitag, kurz vor dem Wochenende, überreicht hatte, seine innere Balance doch etwas mehr beeinträchtigt hatte als erwartet. Es war nicht so, dass er jetzt in ein soziales Nichts fiel – die staatlichen Leistungen, die er nun erhalten würde, reichten völlig aus, um ihn am Leben zu halten –, deprimierend war eher die Tatsache, dass er nicht wusste, was er mit seinem Leben anfangen sollte. Würde aus ihm einer dieser Verrückten werden, die sich irgendwo an den – tatsächlichen oder virtuellen – Straßenrand stellten, um Verschwörungstheorien zu verkünden, die niemand hören wollte? Das war schließlich auch die Ursache für seine Kündigung gewesen: Kollegen fühlten sich von ihm belästigt, weil er ihnen dauernd die »Wahrheit« sagen wollte. Roarke nahm es ihnen nicht übel. Sie konnten nichts dafür, dass sie dermaßen allergisch auf seine Themen reagierten, und sie konnten auch nichts dafür, dass er es einfach nicht schaffte, von diesen abzulassen.

Gestern war die Einweihungsfeier des neuen Hondhistenhauses gewesen. Roarke besaß eine richterliche Verfügung, die es ihm verbot, sich näher als bis auf 100 Meter einer Hondh-Kultstätte zu nähern. Er hatte das Ereignis am Bildschirm verfolgt. Mehrfach war in weihevollen Worten vom neuen »Allerheiligsten« die Rede gewesen, das »in das Herz des Gebäudes und damit in die Herzen der Gemeinde« eingepflanzt worden sei. Niemand hatte es offenbar beobachten können, aber für Roarke stand außer Zweifel, dass in diesen Tagen ein neuer Generator seine Tätigkeit auf der Erde aufgenommen hatte. Es war alles wieder wie vorher.

Und in der Zwischenzeit hatte sich nichts verändert.

Die Frustration darüber hatte Roarke zu verzweifelten Ansprachen auch vor seinen Kollegen geführt, in der unrealistischen Hoffnung, doch noch irgendeine Reaktion zu entdecken, ein Stirnrunzeln weniger, ein ablehnender Kommentar, der jemandem dann doch im Halse stecken blieb, ein nachdenklicher Blick, wenn er den Raum verließ. Nichts von alledem war eingetreten. Stattdessen hatte man ihn entlassen.

Und hier saß er nun.

Den Vormittag über fand er nicht einmal die Kraft, sich den Pyjama auszuziehen. Er hockte auf seinem Sofa und ging in rascher Reihenfolge durch die rund 200 Kanäle des Fernsehens, überlegte einen Moment, ob er bei einer Call-in-Show anrufen und seine »Wahrheit« zum Besten geben sollte, befürchtete aber, bereits an der Redaktion in der Vorauswahl zu scheitern, eher er auch nur eine Chance bekam, durchgestellt zu werden. Er schaute sich für einen Moment einen alten 2D-Film aus der fernen Vergangenheit an, in dem eine Invasion von Außerirdischen mit kreisförmigen Raumschiffen, die dauernd um sich selbst rotierten, gezeigt wurde. Primitive Erdenmenschen in lustigen Uniformen bemühten sich, gegen die mächtigen Todesstrahlen eine Abwehr zu finden. Roarke seufzte. Wenn es nur so einfach wäre. Ja, auch die Hondh hatten mächtige Todesstrahlen, aber die waren derzeit einfach nicht das Problem.

Das Problem gab es ohnehin nur für ihn und die wenigen, die wie er waren.

Dann sah er mit leichtem Entsetzen eine Modeshow, in der Variationen der Uniformen der Interceptor-Crew plötzlich zum letzten Schrei der kommenden Saison erklärt wurden. Roarke konnte darüber nur den Kopf schütteln. Es gab offenbar immer noch Abgründe, in die er nicht gestarrt hatte.

Gegen Mittag hatte er sich umgezogen und aufgerafft, einen Plan zu machen, Optionen zu erwägen, was sein Leben anging. Er brütete eine Weile darüber nach und kam zu keinem Ergebnis. Vielleicht war es dafür auch noch zu früh, musste er erst einmal – erneut – alles überschlafen.

Dann, am späten Nachmittag eines sinn- und ereignislosen Tages, der erneut drohte in einer Nacht zu enden, die wiederum zu einem klebrigen Gefühl im Mund führen würde, klingelte es an der Tür.

Roarke erwartete nichts und niemanden. Er riss sich aber zusammen, drückte sein Kreuz durch und öffnete. Der Mann, der vor ihm stand, war ihm völlig unbekannt. Er war deutlich älter als Roarke, hatte ein zerknittertes, leicht gerötetes Gesicht, aus dem ihm ein freundliches Lächeln entgegenschien. Er trug eine Kombination, die Roarke noch nie zuvor gesehen hatte, nicht richtig eine Uniform, aber auch keine typische Freizeitkleidung.

Er war nicht von hier.

Ganz und gar nicht von hier.

»Sie sind Roarke?«, fragte der alte Mann und hielt ihm die Hand entgegen, die Roarke automatisch ergriff.

»Der bin ich«, antwortete er unsicher. Der Alte grinste noch breiter als vorher.

»Mein Name ist Thoddler, Art Thoddler. Ich komme nicht von der Erde.«

Roarkes Herz machte einen Sprung.

»Ich … Sie … bitte, treten Sie ein.«

»Danke.« Thoddler folgte Roarke über die Türschwelle und sah sich nur kurz um, ehe er das Gespräch wieder aufnahm.

»Ich darf Ihnen Grüße von Commander Thrax übermitteln.«

Roarkes Herz brach in ein Stakkato aus.

»Thrax! Wie …«

»Er befindet sich mit seiner Crew auf meiner Heimatwelt, Sisyphos. Schon davon gehört?«

Roarke hatte in der Tat von Sisyphos gehört, immer wieder alle zugänglichen Informationen über das verschlungen, was jenseits der Grenze lag, recht nahe, aber doch bisher unerreichbar für ihn.

Bisher!

Roarke hatte größte Hoffnungen!

»Es geht den Frauen und Männern der Interceptor sehr gut«, beantwortete Thoddler die unausgesprochene Frage. »Man wird aber nicht mehr lange vor Ort bleiben. Thrax scheint Pläne zu haben.«

»Das ist gut.«

»Er sagte mir, er habe eine Schuld Ihnen gegenüber abzutragen.«

Roarke wusste darauf nichts zu sagen.

»Ich bin hier auf der Erde gelandet, um einige Dinge zu erledigen«, meinte Thoddler in einem Tonfall, der recht deutlich zeigte, dass er zumindest vorerst nicht zu erläutern gedachte, um was genau es sich dabei handelte. »Doch ich soll auch zu Ihnen kommen und Ihnen ein Angebot unterbreiten.«

Roarke spürte plötzliche Trockenheit im Hals und räusperte sich nur unsicher. Thoddler schien das nicht weiter zu stören, denn er redete einfach weiter.

»Und zwar biete ich Ihnen an, die Zelte hier abzubrechen und mit nach Sisyphos zu gehen. Ob Sie dort bleiben wollen oder nicht, ist dann Ihre Sache. Vielleicht erst mal einen Job annehmen und etwas sparen. Irdische Währung hat auf meiner Welt einen irre schlechten Wechselkurs. Wir bevorzugen Naturalien von hier.«

Thoddler grinste. »Aber der Flug ist kostenlos. Das Angebot gilt für drei Tage, dann bin ich wieder weg. Niemand scheint mich hier besonders zu mögen. Ich schlafe sogar lieber in meinem Kurierboot, als mir ein Hotelzimmer zu nehmen. Hier, ich gebe Ihnen die Daten meines Landefeldes auf dem Raumhafen. Sie sind jederzeit willkommen. Packen Sie ein, was Sie können, ich habe Platz.«

Er schaute Roarke an.

»Das ist mein Angebot, mit herzlichen Grüßen von Commander Thrax. Wollen Sie es sich in Ruhe überlegen?«

Roarke schaffte es endlich, seinen Hals frei zu bekommen, dennoch hörte sich seine Stimme recht belegt an, als er antwortete: »Da gibt es nichts zu überlegen. Ich packe und bin spätestens morgen früh am Raumhafen. Ich möchte mich von einigen alten Freunden verabschieden. Etwas Familie. Aber es hält mich nichts. Ich bin …« Er räusperte sich dann doch wieder, es war fast schon peinlich. »Ich bin so furchtbar dankbar, ich kann es gar nicht in Worte fassen.«

Thoddler grinste und nickte. Er legte Roarke eine Hand auf die Schulter.

»Sie waren sehr mutig. Für jemanden wie Sie ist überall Platz.«

Roarke schluckte und fühlte sich so … berührt wie schon seit ewiger Zeit nicht mehr. Er wischte sich etwas Feuchtigkeit aus den Augen, die sich durch die Aufregung dort angesammelt haben musste.

Thoddler wandte sich bereits wieder zum Gehen.

»Morgen früh?«

»Ich werde da sein. Versprochen.«

»Dann ist alles geklärt. Ich verabschiede mich.«

Und der alte Mann ging.

Nachdem Roarke die Tür hinter ihm geschlossen hatte, begann er sofort zu packen.

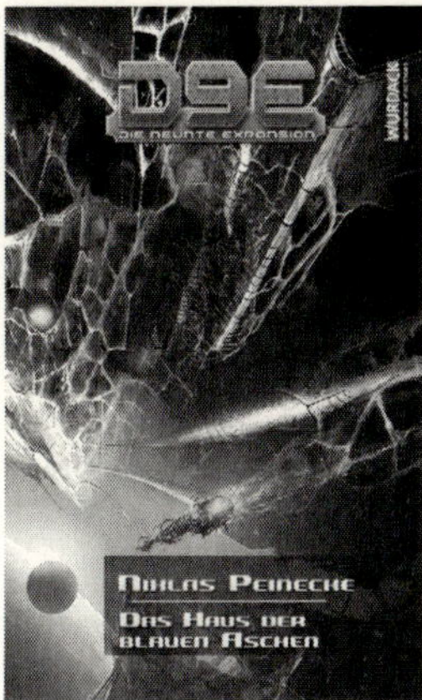

Niklas Peinecke
Das Haus der blauen Aschen

ISBN 978-3-935556-011-9

Als eine junge Astrophysikerin die Gelegenheit erhält, eine Expedition zu dem rätselhaften Zwergstern ERC 238 auszurüsten, ist ihre Freude groß, mehr noch, weil ihre große Liebe mit von der Partie sein wird.
Doch dann häufen sich unerklärliche Vorfälle: Der Bordarzt verschwindet und wird durch eine undurchschaubare Kollegin ersetzt, Geräte fallen aus, Spuren einer untergegangenen Zivilisation werden entdeckt.
Bald scheint eine Rückkehr mehr als unwahrscheinlich.
Und ERC 238 hat sein letztes Geheimnis noch nicht preisgegeben …

Niklas Peinecke, geboren 1975 in Hannover, hat Mathematik, Informatik und Soziologie studiert.
Er schreibt hauptsächlich Science-Fiction, seltener Geschichten in anderen Genres.
Seine Werke sind bisher in diversen Online- und Print-Magazinen erschienen, unter anderem c't und Nova.
Er lebt und arbeitet in Hannover.

Matthias Falke
Kristall in
fernem Himmel

ISBN 978-3-935556-012-6

Der Schwere Prospektorenraumer SCARDANELLI operiert in abgelegenen Tiefen der Galaxis.
Als die Crew nach langem Überlichtflug die Schlafkojen verlässt, muss sie feststellen, dass die Position des Schiffes unbestimmt ist. Die Telemetriedaten sind spärlich und sie ergeben absolut keinen Sinn. Auch Navigator Guardes, der das Schiff gesteuert hat, vermag nichts zur Aufklärung beizutragen.
Auffällig ist jedoch, wie sehr sich Igor Nastow, der Bordkybernetiker, vor den Navigator stellt. Während die Crew noch darum kämpft, Licht in das Dunkel zu bringen, taucht in der sternlosen Ferne eine riesige kristallomorphe Struktur auf ...

Matthias Falke geboren 1970 in Karlsruhe, ist Schriftsteller, Herausgeber und Übersetzer.
Er studierte Musikwissenschaft, Literaturwissenschaft und Philosophie
Seine Erzählung Harey wurde 2009 für den Kurd-Laßwitz-Preis nominiert; beim Deutschen Science Fiction Preis belegte sie den 3. Platz. Falkes Erzählung »Boa Esperanca« wurde 2010 für den Kurd-Laßwitz-Preis nominiert und gewann den Deutschen Science Fiction Preis.